Erin McCarthy

En 2003, elle publie son premier roman. Aujourd'hui, elle compte une trentaine de livres à son actif. Auteur prolifique, elle s'adonne à l'écriture de plusieurs genres de romances, tels que l'érotique et le paranormal, ainsi qu'à la littérature pour jeunes adultes. Des dialogues percutants, des personnages pleins de vie et des émotions extrêmes caractérisent ses romances érotiques. Sa toute dernière série est consacrée aux pilotes automobiles.

Carrément renversant

Du même auteur
aux Éditions J'ai lu

Séduction en ligne
N° 7657

Dans la chaleur des tropiques
N° 8202

Romance sur ordonnance
N° 8895

Carrément sexy
N° 9900

Carrément hot
N° 10061

Carrément dingue de toi
N° 10319

Carrément in love
N° 10614

ERIN

McCARTHY

Carrément renversant

Traduit de l'anglais (États-Unis)
par Anaïs Goacolou

J'AI LU

Titre original
SLOW RIDE

Éditeur original
The Berkley Publishing Group,
published by the Penguin Group (USA) Inc., New York

À mon père.
Même après dix ans d'absence,
tu nous manques toujours autant.

Prologue

Tuesday Jones gardait les yeux fixés sur le prêtre en face d'elle. Elle voyait ses lèvres bouger, mais n'arrivait pas à écouter ses paroles. Le soleil lui chauffait les bras, la brise faisait danser sa jupe, ses talons hauts s'enfonçaient dans l'herbe humide. À côté d'elle, sa mère pleurait doucement. Rien de tout cela ne paraissait réel. C'était comme si tout son corps et son cerveau sortaient d'un bain d'analgésiques. Elle regarda le cercueil de son père descendre en terre avec l'impression d'être complètement anesthésiée.

Ça n'aurait pas dû arriver. Il aurait dû vaincre le cancer, devenir l'un de ces miraculés dont on raconte l'histoire dans les médias. Au lieu de quoi il était mort trois mois après le diagnostic, et Tuesday ne parvenait toujours pas à y croire.

Elle n'avait pas pleuré. Impossible. On aurait dit que toutes ses émotions étaient enfermées en elle et gelées.

Il lui fallut un moment pour se rendre compte que son chapeau avait été emporté par un coup de vent.

Sans réagir, elle le regarda voltiger dans les jambes de sa mère.

Ce n'est qu'une fois que sa mère en deuil entreprit de courir rattraper le couvre-chef que Tuesday retrouva ses esprits.

— J'y vais, murmura-t-elle en lui tapotant la main au passage.

S'il n'avait tenu qu'à elle, elle aurait laissé le chapeau partir n'importe où. Elle s'en fichait. Comme de tout le reste.

Elle avança dans l'herbe et vit un homme, à quelques pierres tombales de là, se baisser pour le ramasser.

— Tenez, lui dit-il avec l'ombre d'un sourire.

— Merci.

— Mes condoléances, ajouta-t-il avec un signe de tête vers le lieu de l'inhumation, maintenant achevée.

Sa famille et les amis de son père, rassemblés en petits groupes, échangeaient des propos à voix basse. Tuesday se retourna vers l'inconnu.

— C'est gentil. De même.

Il hocha la tête.

Tuesday resta face à lui, le regardant sans même savoir ce qu'elle faisait, et il se racla la gorge.

— Vous étiez une proche, je suppose ?

— Oui. C'est mon père.

Elle ne parvenait pas à retourner là-bas. C'était une situation étrange et inconfortable que de rester à regarder cet homme, au mépris de l'intimité de son chagrin à lui. Mais elle savait que si elle revenait auprès de sa mère, elle perdrait tous ses moyens, et il ne fallait pas. Elle devait garder la face pour sa mère, complètement effondrée et embrumée par la perte de son mari. Tuesday serait forte pour elle.

— Je suis désolé, dit-il.

— Et vous ? réussit-elle à demander.

Elle devait faire sortir de sa bouche une conversation ordinaire, se concentrer sur cet homme devant elle, en chemise blanche et pantalon noir. Tant qu'elle resterait concentrée sur le comportement normal à observer avec lui, elle pourrait repousser les larmes et l'hystérie qui la menaçaient.

— J'ai perdu mon cousin, commença-t-il en désignant une tombe derrière lui. Ma mère. (Il fit un geste vers la gauche.) Mon petit frère.

Son doigt resta pointé dans la même direction, puis retomba lentement.

— Avec le temps, ça devient plus facile je vous le promets.

Et tout d'un coup, Tuesday perdit les pédales. Ses lèvres se mirent à trembler, puis les larmes jaillirent et sa poitrine fut secouée de sanglots. Elle tenta de résister, mais le chagrin l'emportait. Il ouvrit de grands yeux et bientôt, l'entoura de ses bras.

— Chhh, ça va, laissez sortir. Arrêtez de lutter.

C'est ce qu'elle fit. Elle laissa les sanglots l'agiter, les larmes couler sur la cravate grise à rayures et la chemise blanche, tout en gardant les bras bêtement ballants, incapable de l'étreindre en retour. Son torse était musclé et ferme et il la tenait dans ses bras avec douceur, mais aussi avec une force confiante. Elle sentait l'odeur musquée de sa peau et se laissa bercer par sa voix qui murmurait sans répit à son oreille.

Quand elle se reprit, elle esquissa un pas en arrière, trop chamboulée pour ressentir de la gêne d'avoir pleuré sur l'épaule d'un parfait inconnu. Il tendit la main et lui sécha les joues de ses doigts calleux.

— Tout le monde a besoin de pleurer un bon coup, de temps en temps.

Tuesday renifla et s'essuya le nez à sa manche, comme une enfant.

— Au fait, je m'appelle Daniel.

— Moi, c'est Tuesday.

— Vous devriez retourner auprès de votre famille, Tuesday. Prenez soin de vous. Et encore une fois, mes condoléances.

Il lui pressa la main en guise d'adieu, ses yeux verts emplis de sympathie, puis il partit.

Tuesday regarda la pierre tombale devant laquelle il était. Peter Briggs, le pilote de stock-car tué dans un accident quelques semaines plus tôt. C'était donc son cousin.

Elle regarda Daniel s'éloigner, boitant légèrement, et comprit qui il était.

Daniel Lange, dit « Diesel ».

Pilote de renom, il avait connu de beaux succès jusqu'au jour où sa voiture s'était lancée droit sur la rambarde, laissant les médecins et le personnel technique se demander comment il s'y était pris pour survivre à ce choc frontal. Il avait écopé d'une fracture de la vertèbre cervicale, d'un poumon perforé et d'une jambe écrasée, mais il était en vie, même s'il avait pris sa retraite.

Un bon garçon, selon le père de Tuesday, dont il était le pilote favori.

En retournant auprès de sa mère, elle lança des coups d'œil au ciel, comme si elle pouvait y voir son père.

Son pilote préféré se trouvait à quelques pas lors de son enterrement. Bob Jones aurait sans doute apprécié.

C'était la première pensée paisible qui lui venait de la journée.

1

Tuesday était soulagée que son toast de demoiselle d'honneur soit derrière elle, mais aussi que sa robe orange vif paraisse moins affreuse à la lumière tamisée de la salle de bal. Elle se dirigea vers le bar et à la dernière seconde, bifurqua en direction de la table des desserts. Elle devait retrouver Evan Monroe, l'homme qui avait montré assez d'intelligence pour épouser son amie Kendall, puis lui offrir une réception de mariage en bonne et due forme après leur mariage express quatre mois plus tôt. Lorsqu'il avait affirmé au cours du repas que les femmes étaient incapables de prendre plusieurs whiskys d'affilée, Tuesday avait estimé qu'il était de son devoir de défendre l'honneur de son sexe, robe orange ou pas.

Mais elle allait d'abord s'offrir une part de gâteau, pour blinder son estomac avant l'alcool fort.

Ou peut-être simplement parce qu'elle aimait les pâtisseries.

Elle avait une impression bizarre, elle devait le reconnaître. Elle se sentait heureuse pour Kendall, mais ne parvenait pas à apprécier entièrement cette journée. Pourtant, depuis trois semaines que son père était mort, c'était la première fois qu'elle ne risquait pas de fondre en larmes à tout moment, ce qui constituait un net progrès. Elle avançait de façon presque imperceptible, parce que la perte de son père n'était en rien facile. La mort, c'était horrible, et le chagrin aussi.

Sur cette pensée très déplaisante, elle choisit un morceau de gâteau du buffet et le fourra dans sa bouche.

Là, elle découvrit qu'elle avait jeté son dévolu sur un dessert à la noix de coco, l'un des aliments qu'elle détestait le plus au monde. Pour elle, la noix de coco méritait une catégorie à part, en deçà du bon et du mauvais. Par réflexe, elle rouvrit la bouche, horrifiée et chercha une serviette. Chacune de ses papilles était agressée par ce goût répugnant. Elle eut peur de s'étouffer et repoussa le gâteau en avant avec la langue. Pouvait-elle le ressortir discrètement et le laisser dans sa coupe à champagne ?

Une main apparut devant sa bouche.

— Il vaut mieux recracher, lui dit Evan.

Elle ne réfléchit pas longtemps avant de s'exécuter.

— Oh, merci. C'était à la noix de coco, trop dégueu…

Tuesday oublia ce qu'elle allait ajouter quand elle se rendit compte que ce n'était pas Evan à côté d'elle, mais Diesel Lange. Le pilote retraité sur qui elle avait pleuré à l'enterrement de son père.

Et elle venait juste de lui cracher du gâteau mâchouillé et baveux sur la paume.

Pas possible. Virant au rouge tomate, elle le fixa en essayant de trouver quelque chose à dire, mais ne trouva pas mieux que :

— Désolée, je vous ai pris pour Evan.

C'était pitoyable, mais comment justifier sa régurgitation sur un parfait inconnu ?

— Quelle idée ! s'étonna Diesel.

— En fait, je devais le retrouver, expliqua Tuesday, qui humecta ses lèvres pour faire disparaître le goût, se sentant toujours aussi bête. Je n'ai pas l'habitude d'aller recracher de la nourriture sur la main de n'importe qui.

Nourriture qu'il tenait toujours, d'ailleurs.

— Oh, beurk. Je suis désolée, ajouta-t-elle.

Elle tendit la main pour attraper le morceau froid et visqueux dans la sienne, mais laissa une traînée gluante sur sa peau.

— Mince, pardon.

Elle eut la tentation de la lécher pour la faire disparaître, mais se raisonna : cela ne ferait qu'empirer les choses. Aucun homme n'avait envie de se faire lécher la main par une femme à un mariage.

Enfin, peut-être certains, mais pas forcément en public.

Elle s'empourpra encore plus avec les pensées qui lui venaient, mais il lui adressa un sourire en coin.

— Arrêtez de vous excuser, c'est moi qui ai tendu la main. Je déteste la noix de coco, moi aussi, alors je suis content d'avoir pu vous aider. La texture me fait frémir.

Elle se sentit un peu mieux, ou du moins cela lui arriverait lorsque la trace de salive aurait disparu de la main de son interlocuteur. D'abord, elle imprégnait sa chemise de ses larmes à l'enterrement, et ensuite elle lui crachait dessus. La classe.

— Je vais vous trouver une serviette.

Maintenant qu'elle regardait vraiment, elle en apercevait toute une pile en bout de table, mais comme elles étaient de la même couleur que la nappe, elle n'avait rien vu tout à l'heure, d'où cet épisode humiliant.

— Voilà, dit-elle en en prenant plusieurs pour lui frotter la main. Je n'arrive pas à y croire.

Il leva l'autre main pour l'arrêter, bloquant doucement son poignet.

— Du calme. Un peu de salive n'a jamais tué personne.

— Je vous rassure, je n'ai pas de maladie contagieuse.

Aïe, elle venait vraiment de prononcer ces mots ? Elle vida son verre de champagne.

Diesel éclata de rire.

— Bon à savoir, mais je ne m'inquiétais pas !

Et là, il la regarda en face, les yeux intenses et pénétrants. Tuesday se demanda s'il se souvenait d'elle. Devait-elle lui rappeler qu'elle avait pleuré sur son épaule ? Mais s'il ne la reconnaissait pas ? Indécise, elle regarda au fond de son verre.

Le plus déconcertant, c'est qu'elle n'avait jamais été du genre à s'inquiéter de ces choses-là. Elle aimait exprimer son opinion et disposait d'une bonne dose de confiance en elle, qualités indispensables si l'on souhaitait réussir dans le journalisme sportif. Pourquoi restait-elle muette à faire de grands yeux, comme une figurine Little Pet Shop ? Il fallait que ça cesse.

— Je partais voir Evan au bar. Venez avec moi, je vous offre un verre.

— On ne paie pas, tout est à volonté.

— Je sais, répondit-elle avec un sourire. Mais c'est l'intention qui compte.

Il lui renvoya un sourire en coin qui lui fit courir un frisson le long du dos. C'était la première fois depuis des mois qu'elle ressentait un désir sensuel.

Sa réaction avait été instantanée, suivant la courbe de sa bouche. Tuesday toussota, soudain déstabilisée. Il était grand, les cheveux blond foncé en bataille et une barbe de plusieurs jours qui donnait envie de la toucher pour savoir si elle était douce.

Il était célibataire, elle le savait.

Et elle se connaissait suffisamment pour comprendre qu'elle devait s'éloigner de lui aussi vite que possible.

Il lui tendit le bras, comme un gentleman qui veut escorter une dame.

— Je vous suis, Tuesday.

Impossible de refuser de poser la main dessus sans être franchement grossière. Elle s'exécuta donc, gardant son verre vide dans sa main libre et essayant de ne pas le regarder.

Il l'avait appelée par son prénom. Cela signifiait-il qu'il se souvenait bien d'elle, ou l'avait-il simplement vue présentée en tant que demoiselle d'honneur au début du repas ?

Allons ! Elle était Tuesday Jones, et même si elle n'avait pas montré plus de vitalité qu'une serpillière ces derniers mois, il lui fallait remercier cet homme.

— Au fait, dit-elle en se forçant à le regarder. Merci de m'avoir laissée pleurer sur votre épaule au cimetière. Je vous suis reconnaissante de m'avoir supportée, même si j'ai dû vous paraître folle.

Il lui lança un regard de côté, indéchiffrable. Plutôt amical sans pour autant être empli de pitié. Elle y discernait une autre émotion, mais peut-être était-ce simplement la lumière qui jouait dans ses yeux bleu pâle.

— Pas de souci, je suis content d'avoir pu être utile. Votre père était quelqu'un de bien, et j'ai vraiment de la peine pour vous.

Tuesday s'arrêta net juste devant le bar. Il le connaissait ? Mais bien sûr, qu'elle était bête, son père avait dû l'interviewer au cours de sa carrière. Son cerveau ne travaillait pas à plein régime, ces derniers temps.

— Merci, murmura-t-elle en reposant sa coupe de champagne avant qu'elle ne glisse de sa main couverte de transpiration.

— Ben alors, qu'est-ce qui t'a pris aussi longtemps ? l'accueillit Evan, grand sourire aux lèvres et cravate de travers. Tu as changé d'avis, tu voulais te défiler ?

Tuesday était à fleur de peau, avec Diesel Lange qui lui rappelait la carrière bien remplie de son père, journaliste sportif lui aussi. Elle s'essuya les mains sur sa robe couleur citrouille. Qui pensait aux citrouilles en plein mois d'août ? C'était du délire, mais Kendall avait choisi pour elle la couleur orange. Peut-être avait-elle un thème tropical en tête plutôt que les légumes d'automne.

— Tu vas bien ? demanda Evan, dont le sourire commença à s'effacer.

Non, loin de là. La sensation de pouvoir s'effondrer à tout moment lui revint de plein fouet.

— Mais bien sûr ! Aboule la boisson, Monroe.

Elle se tourna vers Diesel :

— Vous prendrez des shots de whisky avec nous ?

— Non merci.

Pourquoi la regardait-il ainsi ? Il avait un regard perçant, comme s'il distinguait quelque chose qu'elle voulait que personne ne voie. Elle eut la conscience aiguë de sa proximité, du fait qu'il la dépassait alors qu'elle mesurait un mètre quatre-vingts. Elle n'avait pas l'habitude d'être dépassée par les hommes, mais c'était le cas avec lui. Il dégageait aussi une présence forte, qui semblait l'envelopper, et lui donnait à la fois envie de s'appuyer contre son torse pour se faire réconforter et de le déshabiller pour se faire plaquer contre un mur.

Aucune de ces idées n'était appropriée aux circonstances.

— Ne joue pas les rabat-joie, le relança Evan en avançant vers lui un verre à liqueur. C'est mon mariage et on n'a plus l'occasion de se voir, maintenant, alors tu as une dette envers moi.

— Non, sérieusement. Je prends des antidouleur, et crois-moi, ce n'est pas une bonne association. Je veux bien un Coca, par contre.

Tuesday avait remarqué son boitillement le jour de l'enterrement. Bizarrement, elle n'avait pas imaginé qu'il souffrait encore. Si ses souvenirs étaient bons, son accident remontait à plus de deux ans. Mais s'il boitait, il devait avoir mal.

Pourtant, il avait toujours l'air si calme.

Tuesday sentait ses émotions partir dans plusieurs directions différentes. Soudain perdue, elle s'adressa au barman :

— On pourrait avoir un Coca, s'il vous plaît ?

Elle prit le verre que lui tendait Evan. Ce n'était vraiment pas le moment de s'envoyer des Jack Daniels, mais elle était un peu effrayée par le tour que prenaient ses pensées. L'alcool allait peut-être aider à estomper ça.

— Tu es sûr que ta femme ne veut pas se joindre à nous ?

— Tu rigoles ? Kendall ne tient pas l'alcool. Elle ne boit pas du tout ce soir, parce qu'elle ne veut pas terminer complètement rétamée à danser la chenille sur la piste.

Tuesday renifla son verre.

— Alors c'est pour ça que je suis là ? Pour pouvoir me ridiculiser d'ici quelques heures ?

— On peut toujours espérer, fit Evan avec un grand sourire.

Malheureusement, vu son état d'esprit actuel, ce n'était pas loin de la vérité. L'espace d'une seconde, elle hésita. Le whisky par-dessus le champagne, c'était peut-être une mauvaise idée. Mais Evan leva son verre et le vida, ce qui fit appel à son esprit de compétition. Elle le suivit et vida le sien d'un trait, essayant de ne rien trahir lorsque le liquide lui brûla la gorge.

Diesel, la cannette aux lèvres, haussa les sourcils.

— Dis donc, tu ne bricoles pas.

Non, elle ne faisait pas semblant. Et elle n'allait pas se laisser aller à la mélancolie ce soir. C'était le mariage de Kendall et Evan, nom de nom ! Cela voulait dire nouveau commencement, célébration de l'espoir, de l'amour, de l'avenir ! Elle devait se reprendre en main.

— Surtout pas, répondit-elle. Boire, c'est sérieux. Tu danses ?

— Non, répondit Diesel.

C'était impressionnant que l'alcool arrive aussi vite à lui délier les membres. Cela aurait dû l'inquiéter, mais en vérité, elle était satisfaite de sentir ses épaules contractées se relâcher un tout petit peu.

— Comment ça ? C'est impoli. Pourquoi tu refuses ?

— Je ne sais pas danser.

— Pff. Toi, Evan, tu sais pas non plus, et tu danses quand même.

— Tu rigoles, je suis trop doué. Je suis le maître de la piste de danse. Si Lange se défile, je te fais danser.

Tuesday aurait préféré passer plus de temps avec Diesel, mais celui-ci secoua la tête encore une fois.

Elle ne pensait pas qu'il refusait d'être en sa compagnie. Elle aurait dû être vexée, mais il y avait quelque chose dans sa façon de la regarder… Il existait un mot pour décrire son regard, mais elle devait commencer à être ivre, parce qu'elle n'arrivait pas à le retrouver.

— C'est parti. Dansons la polka.

— Mais ils passent du Donna Summer, protesta Evan.

— Parfait. On pourra faire une polka disco. Il faut savoir créer son propre style, très cher.

Tuesday s'appuya contre le bar.

— Un champagne, *s'il vous plaît*[1].

Houlà, si elle commençait à ressortir ses rudiments de français datant du lycée, elle devait vraiment être saoule.

— À plus tard, lança-t-elle à Diesel en prenant la coupe. Attention aux noix de coco.

Ça voulait dire quelque chose, ça ? Pas sûr, mais il hocha la tête.

— Amuse-toi bien.

— Toujours.

Ce n'était pas tout à fait vrai, mais si elle le répétait assez souvent, cela pourrait le devenir.

S'amuser. Voilà ce qu'elle allait faire.

Elle saisit Evan par le bras et entreprit de le démontrer.

Diesel regarda non sans regret Tuesday se diriger vers la piste. Il avait repensé à elle plusieurs fois depuis l'enterrement, s'était demandé si elle allait bien, compatissant à une douleur qu'il ne connaissait que trop bien. C'était une belle femme dynamique, et

1. En français dans le texte. (*N.d.T.*)

son père en parlait avec fierté, mais elle éveillait la curiosité de Diesel. Il la soupçonnait d'être très près de craquer en ce moment, et ce n'était pas un whisky qui allait aider à prévenir le désastre.

Par contre, cela lui ferait sûrement du bien de danser. Diesel s'appuya contre le bar et plia le genou sans ostentation, pour soulager la raideur qui le tourmentait. Sans raison apparente, il avait vraiment mal aujourd'hui. Cela l'avait obligé à prendre les antidouleur qu'il essayait d'éviter dans des occasions pareilles.

— Alors, ça boume ? demanda Ty McCordle en s'installant à côté de lui. Tu as quoi dans ton verre ?

— Du Coca.

— Ah, un vrai boy-scout. Perso, je vais prendre une bière.

Diesel réprima un soupir. Il détestait avoir à s'expliquer, reconnaître qu'il ne pouvait faire certaines choses, comme danser ou boire. Ce n'était pas qu'il dansait avant son accident, mais ç'aurait été agréable d'en avoir la possibilité. Maintenant, cela lui était interdit, tout simplement, et c'était énervant. Mais ainsi allait la vie. Inutile de se plaindre. Il changea de conversation :

— Alors Evan a fait le grand saut. Je dois dire que je ne m'y attendais pas.

Du temps où il participait au championnat de Cup Series avec Evan, celui-ci avait tout du célibataire endurci. Contrairement à d'autres, on ne lui avait jamais connu de relation sérieuse.

— Tu sais qu'il était avec Kendall, il y a dix ans ?

Ty reçut sa bière et en prit une gorgée.

— Ils devaient être faits pour être ensemble, depuis tout ce temps.

Diesel n'aurait rien dû demander pour ne pas attirer l'attention, mais il ne put résister.

— Et la demoiselle d'honneur de Kendall, tu la connais ?

— Ouais, bien sûr. C'est Tuesday Talladega, la blogueuse. La fille de Bob Jones. Elle vient de me demander une interview sur son père pour que j'évoque mes souvenirs de lui. Elle organise une vente aux enchères au profit de la lutte contre le cancer.

— Ah oui ?

C'était une très bonne idée, et contrairement à l'alcool, ça représentait une manière positive de canaliser son chagrin.

Il la regarda réaliser des mouvements qui semblaient défier la gravité, roulant des hanches, pliant les genoux et se baissant jusqu'au sol. Il toussota. Merde, il sentait une pointe de désir, tout à coup. Ainsi qu'un début d'érection, qui se manifesta plus vite qu'il ne l'aurait cru possible.

Pas bien. Il était censé lui montrer sa compassion, pas lui dresser un piquet de tente.

— Attends un peu, toi, s'écria Ty en le poussant du coude. Tu es attiré par Tuesday !

Diesel ne l'avait pas envisagé comme ça. Il pensait être désolé pour elle. Mais en cet instant, à la voir frétiller du postérieur sur la piste de danse, il se dit qu'il y avait peut-être quelque chose de plus primitif qui le poussait vers elle.

— Je ne la connais pas.

— C'était pas ma question.

— Non, je ne suis pas attiré par elle. J'ai de la peine pour elle parce qu'elle vient de perdre son père.

Et il la trouvait sans doute assez séduisante. Ce qui, d'un strict point de vue lexical, correspondait sans doute à une attirance.

— Ouais ouais. Si tu le dis, fit Ty en lui tapant sur l'épaule. Je sais ce que ça veut dire, un regard comme le tien. Tu devrais aller danser avec elle. C'est la passerelle vers les nuits de folie, tu sais.

— Non merci.

Même s'il avait pu, ce n'était pas son style.

— Et tu peux m'expliquer pourquoi dès qu'un mec est en couple, il essaie de caser ses copains avec toutes les femmes célibataires qu'il voit ? Jefferson a déjà essayé de m'aiguiller vers la cousine de Kendall.

— Parce qu'on ne veut pas que nos potes célibataires nous rappellent notre liberté perdue.

— Alors, c'est que ça ? Dans ce cas, je signe tout de suite.

Diesel n'avait pas eu de copine sérieuse depuis presque quatre ans et, même s'il n'était pas enclin à le reconnaître, il aurait aimé avoir quelqu'un avec qui aller au cinéma ou, au hasard, à un mariage. Mais la plupart des hommes se plaignaient d'être piégés. C'était ce qu'on attendait d'eux.

— En dehors de passer du temps avec ma bien-aimée, ce que je préfère dans la vie, c'est regarder une paire de fesses bien roulées, déclara Ty, qui se racla la gorge. Y a rien de mieux, mec, je te le dis.

Diesel n'était même pas sûr de se souvenir de ce que c'était que d'avoir des relations sexuelles avec une partenaire. Il ne sortait pas beaucoup, inutile de le préciser.

— Au point où j'en suis, même des fesses mal roulées me conviendraient.

— Qu'est-ce que tu attends, regarde un peu sur la piste de danse, s'écria Ty en désignant Tuesday. Elle recherche des donations pour des enchères silencieuses à sa soirée contre le cancer. Tu devrais donner quelque chose, un moteur reconstitué ou des pièces *vintage*. Ça te donnerait un prétexte pour lui parler, et c'est pour une bonne cause.

Depuis son accident, Diesel remontait des stock-cars d'époque pour les vendre. Cela lui permettait d'avoir une occupation manuelle. L'idée de contribuer à la journée de Tuesday lui plaisait. En fait, il avait même envie de donner une voiture entière. Cela lui rapporterait un paquet de fric.

— Oui, pas bête. J'irai lui parler quand elle aura fini de danser.

Ça n'avait pas l'air près d'arriver. Tuesday se lâchait complètement, face à un homme d'au moins cent douze ans. Celui-ci bougeait à peine et la regardait s'agiter autour de lui, un sourire béat aux lèvres.

Inutile de le nier, Diesel aurait donné n'importe quoi pour pouvoir s'avancer jusqu'à elle, la saisir par la taille et l'embrasser jusqu'à ce qu'elle arrête de faire la maligne. Pour être entièrement honnête, il avait envie de l'allonger sur la table la plus proche et de soulever son affreuse robe orange.

— Elle est pleine de vie, commenta Ty. Bonne chance avec elle, veinard.

Diesel allait lui faire remarquer que c'était lui qui planifiait le mariage du siècle avec sa fiancée Imogen, mais au moment où il allait ouvrir la bouche, un groupe d'enfants très décidés à atteindre la fontaine à chocolat foncèrent juste à côté de lui, en tout cas trois d'entre eux : le quatrième lui rentra dedans, et l'impact sur son genou le fit flageoler.

— Pardon, lança le petit garçon sans un regard en arrière.

La chemise sortie du pantalon, les cheveux rebondissant dans sa course, il rattrapa ses camarades.

Pendant un court instant, la douleur fut telle que Diesel crut qu'il allait vomir. Puis la souffrance intense laissa place à un lancement plus habituel, et il reprit son souffle. Tout allait bien, rien de grave.

Ty le regarda d'un air soucieux, mais à son soulagement, ne fit pas de commentaire autre que :

— Petits cons. On ne chahutait pas comme ça, de notre temps.

— Mais si, articula difficilement Diesel à travers des dents serrées. Je te rejoins tout à l'heure, je vais aux toilettes.

— OK, je suis content de t'avoir vu.

— Moi aussi.

Par la seule force de sa volonté, Diesel réussit à traverser la pièce en boitant à peine plus qu'à l'accoutumée. Il ne voulait pas attirer l'attention, mais il avait besoin de sortir s'asseoir une minute.

Heureusement, l'attention des invités fut captée par le DJ, qui annonça la danse de la mariée avec son père. Tous les yeux se tournèrent vers Kendall, et Diesel parvint à la sortie. Une fois dans le couloir, il trouva un banc matelassé encadré de plantes en pots et s'y installa avec précaution.

Il n'aurait pas dit non à une petite gorgée de Coca suite à cet effort, mais il l'avait oublié au bar. Il appuya sa tête contre le mur et se concentra pour détendre les épaules et respirer profondément. Tout allait bien.

Quand Tuesday sortit de la salle de bal avec deux verres de champagne, il fut tenté malgré la contre-indication avec ses médicaments.

— C'est pour moi ? demanda-t-il en affichant à grand-peine un sourire nonchalant.

— Sûrement pas, répondit-elle en ramenant amoureusement les verres contre sa poitrine. Ils sont tous les deux pour moi. Ça gagne du temps d'en demander deux à la fois.

Il avait un peu envie de rire, mais cette attitude fêtarde provocante sonnait faux. Elle avait les yeux trop brillants et un air un peu désespéré.

— Assieds-toi, proposa-t-il en tapotant la place à côté de lui. Je promets de ne pas te piquer tes bulles.

— Merci.

Elle prit place à son côté et étira ses longues jambes fuselées devant elle.

— Alors, qu'est-ce que tu viens faire par ici ? l'interrogea-t-il.

Après un temps de silence, elle déclara :

— J'avais trop chaud là-dedans. Et toi ?

Il envisagea de lui donner le même genre de réponse, mais s'il souhaitait qu'elle lui dise la vérité, il fallait être sincère de son côté. Il la soupçonnait fortement d'avoir besoin de parler.

— Un gamin m'a foncé dessus et mon genou endommagé s'est tordu. J'ai eu besoin d'aller souffler un peu.

Elle grimaça et regarda sa jambe.

— C'est très douloureux ?

— À hurler.

— Désolée. Tu devrais prendre un verre, en fait.

Elle essaya de lui en tendre un, mais il refusa de la tête.

— Je suis toujours sous médocs. Même si en ce moment, je ne sens pas leur effet.

Tuesday posa les deux coupes à terre.

— C'est nul.

— C'est comme ça. Tu sais, j'ai de la chance d'être en vie.

C'était vrai. D'après les médecins, le choc qu'il avait subi aurait dû le tuer. Ses douleurs intermittentes, il les acceptait. C'était toujours mieux que de manger les pissenlits par la racine.

— Je suis contente que tu ne sois pas mort, déclara Tuesday avec conviction.

Diesel ne savait pas trop comment répondre à ça, mais elle n'avait pas fini.

— La mort, c'est nul. Vraiment. Tu sais pourquoi je suis sortie ?

Il fit signe que non.

— Parce que c'était le moment de la danse de la mariée avec son père, et devine quoi ? Je n'y aurai pas droit quand je me marierai, et c'est injuste.

Son visage se décomposa et elle se mit à pleurer.

— Ce n'est pas juste.

Diesel sentit son propre cœur se serrer à entendre la douleur dans sa voix. Elle avait l'air tellement malheureuse, vulnérable et ivre.

— Non, ça n'a rien de juste. Viens là.

Il lui passa le bras autour de l'épaule et l'attira contre son torse. Elle se laissa faire sans difficulté et enfouit le visage dans sa chemise.

— Je suis contente pour Kendall, bien sûr. Enfin, je suis ravie pour elle, précisa-t-elle d'une voix tremblante, entre deux sanglots. Mais ça fait trop mal.

— Je suis désolé, Tuesday. Je ne peux pas te dire à quel point. Mais je trouve que ton idée de soirée contre le cancer en l'honneur de ton père, c'est génial. Je ferai une donation avec plaisir.

Diesel lui caressa le dos et essaya de penser à d'autres mots de réconfort, mais il était à court. Le deuil, c'était horrible, et on devait lutter pour s'en sortir, étape par étape.

— Tant que ce n'est pas de la noix de coco, répondit-elle, ses sanglots cédant la place à des reniflements.

— Eh bien si, je donnerai une grande tarte à la noix de coco décorée de noix de coco râpée. Je donnerai une tarte coco par jour pendant un an.

C'était ridicule, mais tout serait bon pour la distraire.

— Je te les jetterai à la tête.

— J'aimerais voir ça.

Tuesday se dégagea de son étreinte et le scruta, cherchant son regard. Elle renifla, le nez rouge.

— Tu es un mec sympa, dis donc.

Amusé, il répondit :

— Je sais que c'est difficile à croire, mais ça existe.

— Vous êtes une espèce en voie de disparition, approuva-t-elle. Je pense que je n'en ai jamais vu évoluer en milieu naturel.

— Pour ta gouverne, je peux aussi être un dur à cuire.

Il ne voulait pas apparaître efféminé non plus.

Tuesday éclata de rire et essuya les larmes sur ses joues.

— Bon, ça prouve que tu es un vrai mec. Je te fais un compliment et tu veux t'assurer de ne pas avoir l'air trop sensible. Typique.

Un peu penaud, il haussa les épaules.

— Je ne suis pas parfait. Juste très sympa et hyper viril.

— Bon, tu es assez viril pour retourner là-bas et danser avec moi ?

Cette pensée le glaça. Hors de question de danser, quelles que soient les circonstances.

— C'est plus viril de ne pas danser. Je resterai au bord de la piste et je te regarderai en grognant comme un homme de Cro-Magnon.

Elle pencha la tête de côté, prête à parlementer, mais finit par s'avouer vaincue.

— D'accord, mais tu peux laisser tomber les grognements.

Elle se releva, non sans avoir récupéré ses coupes de champagne, qu'elle siffla l'une après l'autre. Son geste assuré rappela à Diesel les films montrant des soirées étudiantes. Impressionnant.

— Je grogne si je veux.

Elle rota avec un sans-gêne qui entrait en complète contradiction avec sa silhouette svelte, sa coiffure élégante et sa robe de demoiselle d'honneur. Diesel s'esclaffa.

Tuesday tendit le doigt vers lui.

— Et j'en ai encore en stock.

— Dépêche-toi, j'attends, plaisanta Diesel.

Quand il se leva à son tour, elle ne bougea pas, et leurs cuisses se frôlèrent. Depuis ce point de vue, il voyait comme ses lèvres étaient charnues et humides, sa peau lisse. Il sentait son parfum sucré. Il eut très envie de l'embrasser, ses doigts le démangeaient de plonger dans ses cheveux bruns et de défaire ce chignon impeccable. Cela lui plaisait qu'elle soit grande, qu'elle puisse le regarder dans les yeux sans se démonter le cou comme la plupart des femmes. Il aimait l'idée de ne pas avoir à calculer sa trajectoire pour lui passer les mains autour de la taille.

Tuesday le regardait, une lueur intéressante dans les yeux. Il espéra avec force qu'il s'agisse de désir.

Tout ce qu'il aurait à faire serait de descendre la bouche à la hauteur de la sienne et goûter ces lèvres rouges sensuelles. Mais elle fit un petit bond et lui prit la main.

— Oh, mon Dieu ! La danse des canards. Il faut absolument que tu danses avec moi.

Diesel serra les dents en se laissant entraîner vers la salle de bal. La danse des canards ne lui souriait franchement pas autant qu'une séance de baisers enflammés.

Celui qui hésite doit se ridiculiser sur la piste de danse.

2

Tuesday savait qu'elle aurait dû ralentir : Diesel venait de lui rappeler qu'il avait mal au genou. Mais elle voulait retourner au plus vite dans cette salle de bal bondée. Tout à l'heure, elle avait ressenti le besoin de s'en échapper, et maintenant elle ne souhaitait rien plus que replonger dans cette ambiance. Allez comprendre. Installée face à Diesel, elle avait soudain ressenti le désir de le pousser sur le banc pour venir s'asseoir à califourchon sur lui.

Ça n'aurait pas été très convenable.

D'une, c'était un mariage, et la grand-mère de Kendall risquait d'être un peu choquée si la demoiselle d'honneur s'envoyait en l'air dans un couloir. De deux, elle n'avait pas à penser au sexe ici et maintenant, alors que son père venait de mourir.

Conclusion, elle optait pour la danse des canards.

Elle était étonnée que Diesel l'ait suivie jusqu'à la piste de danse. Cela dit, elle ne lui avait guère laissé le choix, car elle lui tenait la main d'une poigne de fer. Entre l'éclairage et les danseurs qui s'agitaient, l'atmosphère était encore montée en température.

Tuesday trouva un emplacement en plein centre que personne n'avait osé occuper.

Ils étaient entourés de la famille des mariés qui remuait selon la chorégraphie prévue par la musique kitsch. Tuesday se tourna vers Diesel. Elle avait bien conscience que l'alcool lui montait à la tête, car elle se sentait échauffée, la vision un peu trop aiguisée, et elle avait du mal à contrôler ce qui sortait de sa bouche. C'est sans doute pour cette raison qu'elle déclara :

— Ah, j'ai vraiment envie de passer les doigts dans tes cheveux…

Il ne cacha pas sa surprise, mais répondit sur le même ton, avec un sourire en coin :

— Vas-y, lâche-toi.

Mais c'était une mauvaise idée, elle le savait.

— Non, on doit faire la danse des canards avant que la musique passe à autre chose.

Elle se mit à battre des mains et se dandiner comme les autres.

Diesel resta immobile, les bras ballants, et Tuesday remarqua que sa cravate bleu ciel s'accordait parfaitement avec la couleur de ses yeux mystérieux. Elle ne pouvait pas savoir ce qu'il pensait, s'il appréciait ce moment ou s'il souhaitait qu'elle parte et lui fiche la paix.

— Il faut juste taper dans les mains, tu sais, lui rappela-t-elle en criant pour couvrir le bruit ambiant.

— Ça ira, merci.

— Tu ressembles à un tronc d'arbre.

Un tronc d'arbre très agréable à regarder, et Tuesday ne s'en privait pas. La vue était tellement intéressante qu'elle en était douloureuse. Il était adorable sur tous les plans, de ses cheveux ébouriffés à sa courte barbe, en passant par cette expression impassible qu'il arborait toujours. De plus, il avait toujours une épaule en réserve si elle avait envie de pleurer.

Mignon, sexy…

Elle jeta un œil à son entrejambe, et son regard y resta accroché.

Oh, oh ! Il était en érection.

La musique passa à des rythmes plus tranquilles, et elle voulut le prendre par le bras, mais Diesel fit un signe négatif de la tête.

— C'est non.

Elle supposa que c'était à cause de son genou et non parce qu'il était moralement opposé à danser comme un prêtre dans un film des années 1980, alors elle se mit à évoluer langoureusement autour de lui. Ça évoquait un peu le *pole dance*, mais elle était saoule et s'amusait bien, donc autant continuer. Diesel paraissait apprécier l'activité de son côté : il eut du mal à réprimer un sourire quand elle se baissa devant lui et lui lança un regard.

— Allez, il faut partir de l'autre côté, maintenant, dit-il en lui indiquant par où elle était venue.

— Ah, oui. C'est comme ça, cette danse.

Elle s'exécuta, malgré un petit déséquilibre au niveau du talon au moment de tourner. Elle faillit trébucher, mais Diesel lui prit le bras et la remit d'aplomb.

Hmm, c'était plutôt sympa, d'avoir quelqu'un pour la rattraper quand elle tombait. Tuesday repoussa aussitôt cette pensée de son esprit. Elle était adulte et indépendante, journaliste sportive et blogueuse de renom dans le milieu automobile. Elle n'avait besoin de personne pour la rattraper, parce qu'elle ne tombait pas. Jamais.

Elle ne faisait rien, si ce n'était remarquer que Diesel avait des fesses absolument charmantes dans son pantalon de costume. Comme il ne portait pas de veste, cela permettait une vue fabuleuse. Incapable de se retenir, elle modifia un peu ses pas de danse et lui passa la main le long du dos, puis la laissa traîner un peu plus bas que ne l'auraient voulu les convenances. Quand elle revint face à lui, il observa :

— Je crois que ce n'était pas prévu dans la chorégraphie.

— Ah, non ? Alors je l'ai remaniée à mon idée.

Elle se rapprocha de lui, les mains sur son torse. Elle voulait l'embrasser. Se jeter sur lui, le serrer à l'étouffer et s'évader. Oublier tout le monde à part lui et le plaisir qu'ils sauraient créer ensemble.

Mais avant qu'elle puisse passer à l'action, il recula d'un pas.

— La musique est terminée.

Tuesday cligna les yeux. Effectivement, le DJ était passé à un slow mélancolique, et tout le monde abandonnait la piste de danse.

Mais cela ne les empêchait pas de s'embrasser, quand même ? Il avait vu le regard qu'elle lui adressait et avait forcément compris où elle voulait en venir. Peut-être qu'il ne souhaitait pas l'embrasser, tout simplement.

Au moins, cette pensée lui permettait de dessoûler.

— Tu n'as pas faim ? Ils viennent d'apporter des petits gâteaux. Tu devrais sans doute manger un bout.

D'accord, il pensait qu'elle était ivre. En même temps, c'était le cas, non ? Pour autant, elle restait maîtresse de ses actes.

— Je n'ai pas besoin de manger. J'ai besoin de danser. Et si tu n'es pas intéressé, j'en trouverai un autre qui voudra bien.

Un lointain cousin d'Evan qui l'avait draguée tout à l'heure la reluquait depuis le bord de la piste.

— À plus, Diesel.

Hors de question de se sentir blessée sans raison apparente. Ni d'être vexée par le manque d'intérêt de Diesel à son égard. Et surtout pas de pleurer – encore une fois – à ce mariage.

Elle allait danser et flirter avec un homme qui ne l'attirait pas le moins du monde pour se remonter le moral et se changer les idées.

C'était une décision parfaitement adulte, qui n'avait rien à voir avec la quantité d'alcool qu'elle avait ingurgitée.

Prends ça dans la face, Diesel Lange.

Diesel suivit des yeux Tuesday qui partait furieuse, la démarche vacillante. Il serra les poings involontairement en la voyant marcher droit sur un pauvre nul qui portait sa cravate comme une ceinture. Il s'efforça de ne pas grincer des dents lorsqu'elle se mit à danser avec le type, qui lui enroula la cravate autour de la taille pour l'attirer plus près de lui.

Diesel aurait dû danser le slow avec elle. Il aurait pu y arriver. Éventuellement.

Il aurait dû l'embrasser. Il aurait pu mieux s'y prendre, sans aller trop loin sur la piste de danse. Peut-être.

Au minimum, il n'aurait pas dû lui suggérer de manger. Il était nul, ou quoi ? Il espérait ralentir sa descente en flammes, mais cela n'avait fait que l'énerver. Et elle avait raison, parce que cela ressemblait à une recommandation de grand-mère. Il ne voulait pas jouer les vieux acariâtres.

Alors maintenant, que faire ? Rester là comme un *loser*, à la regarder se presser contre un joli garçon, ou agir ? Il pouvait partir et abandonner l'idée de Tuesday – et en toute honnêteté, était-ce vraiment une idée ? Il aurait été bien en peine de le dire. Sinon, il pouvait la préserver d'un choix très mal avisé.

Mais comment savoir si c'était un bon ou un mauvais choix ? Ce gars pourrait lui plaire vraiment, ils se marieraient, et s'il les interrompait, il compromettrait l'avenir de Tuesday.

Il avait mal à la tête, et il avait l'impression que plus il restait sur place, plus sa testostérone partait en fumée. Encore cinq minutes et il serait transformé en fillette.

La question était : voulait-il Tuesday, oui ou non ?

Son membre se dressa dans son pantalon. C'était oui.

Question suivante : y pouvait-il quelque chose ce soir ?

Non. Pas tant qu'elle était aussi imbibée. Par contre, il pouvait l'empêcher de faire une erreur qu'elle regretterait sûrement après avoir dessoûlé.

Vu l'expression du gars, celui-ci n'avait qu'une chose en tête. Certes, Tuesday riait et dansait toujours avec lui, mais elle devait aussi régulièrement replacer ses mains baladeuses.

Diesel s'obligea à décrisper les poings et se dirigea vers eux.

— Excusez-moi, je vous interromps.

Le roi des cons arrêta de sourire à Tuesday et le dévisagea avec hargne.

— Tu peux pas.

— Et pourquoi ?

— Parce que j'en ai pas fini avec elle.

En entendant ce ton possessif et condescendant, Diesel vit rouge :

— Oh, si, tu as fini. Laisse-la tranquille.

Tuesday le regardait avec un sourire ravi.

— Tu vas danser avec moi ? Pour de vrai ?

Elle n'avait pas du tout suivi leur conversation, mais Diesel ne fut pas peu fier de la voir aussi contente.

— Oui, beauté. Je vais danser avec toi.

En espérant que la chanson se termine dans les dix secondes. Mais s'il fallait danser pour l'éloigner de ce mec, il le ferait.

— C'est trop génial !

Tuesday se dégagea des tentacules de l'affreux peloteur et lui dit :

— Je suis désolée, il prend son tour. On pourra peut-être se revoir tout à l'heure.

— Tu rigoles, là ? fit l'autre, clairement en colère.

— Non.

— Salope.

Il se détourna pour partir, la cravate traînant à terre.

Diesel l'attrapa par le bras. Il ne voulait pas faire d'éclat, mais c'était inacceptable.

— Ho, tu lui montres un peu de respect. Tu lui dois des excuses.

L'autre regarda la main de Diesel qui lui agrippait le bras.

— Pardon. Mais tu devrais dire à ta copine d'arrêter de flirter avec les mecs. Ou alors je sais pas, c'est peut-être un jeu entre vous.

— Je ne joue pas.

L'idée qu'un couple puisse s'amuser à ça était loin de plaire à Diesel, mais il ne voulait pas prolonger cette conversation.

— Viens, Tuesday, on s'en va.

— Mais tu allais danser avec moi !

Ah, exact. Diesel réprima un soupir et s'éloigna un peu de l'autre idiot. Puis il prit Tuesday dans ses bras et ne regretta plus sa décision.

Elle était magnifique. La tenir comme ça doucement, c'était bon, tellement que c'en était effrayant. Quelque part, dans un recoin de son esprit, il eut conscience d'avoir mal au genou, mais il n'en tint aucun compte. Il n'avait pas le sens du rythme, mais il pouvait se balancer. C'est donc ce qu'il fit, les mains sur sa taille, ses bras à elle noués autour de son cou.

— Contente ? lui dit-il. Je me ridiculise pour toi.

— Bof ! fit-elle en secouant la tête comme si elle n'était pas habituée à s'attacher ainsi les cheveux. Tu crevais d'envie de danser avec moi, et tu le sais. Tu avais juste envie de te faire désirer.

— Oui, c'est tout à fait moi. Et ensuite, je vais me mettre à battre des cils.

Il attendit sa repartie ironique, mais elle garda les yeux fixés sur les siens, si longtemps qu'il commença à se sentir mal à l'aise. Qu'est-ce que ce qu'elle pouvait bien voir ? Peut-être qu'elle s'attardait sur la cicatrice qu'il avait sous l'œil quand il s'était coupé en recevant une boule de givre dans son enfance. Ça ne l'avait jamais dérangé jusque-là, mais qu'est-ce qui la gênait ?

— Tu as de super beaux yeux, dit-elle enfin d'une voix un peu rêveuse.

Et un peu alcoolisée.

Diesel fut flatté, même si cette affirmation était due à la boisson. Il se sentit un peu gêné aussi car franchement, un homme n'avait pas envie qu'on remarque ses yeux en premier. Si elle avait mentionné ses biceps, il se serait senti un peu plus viril.

— Merci.

— Par contre, tu as raison : tu ne sais pas danser.

Il éclata de rire.

— Là-dessus, je ne vais pas te contredire.

Il essaya de se détendre, d'être moins raide, mais son corps refusait de coopérer.

— Au fait, tu as de beaux yeux aussi, tu sais.

C'était vrai. Ils étaient d'un joli marron foncé semé de paillettes dorées. On y lisait le mystère, le dynamisme et la vulnérabilité... Il s'engageait en territoire dangereux. Tuesday Jones n'était pas en situation de s'impliquer avec quelqu'un ce soir. Ni en ce moment, sans doute. Et il n'était pas du genre à passer une seule nuit avec quelqu'un.

Mais cela faisait longtemps qu'il n'avait pas goûté la peau d'une femme, senti des jambes glisser contre les siennes, qu'il ne s'était pas enfoui profondément dans un corps moite et chaud...

— Merci, murmura-t-elle en se passant la langue sur les lèvres.

Diesel suivit la progression le long de la lèvre inférieure, qu'elle laissa brillante, prête au baiser.

Merde. Il ne pouvait pas profiter d'une femme saoule.

Il ne le voulait pas.

— Comment tu rentres chez toi ? demanda-t-il.

Elle lui coula un regard suggestif, et il comprit l'insinuation qu'il venait de faire malgré lui.

— C'est la limousine des mariés qui te ramène ? Tu as besoin que je te dépose ?

— Non, j'ai ma voiture.

Elle n'était franchement pas apte à conduire.

— Enfin, je vais plutôt appeler un taxi, corrigea-t-elle.

C'était rassurant de voir qu'elle avait conscience de son état.

— Je peux te ramener.

Un petit sourire se dessina au coin de sa bouche.

— Et si je dis oui, tu vas en profiter ?

— Bien sûr que non.

— Mince, j'espérais le contraire.

Diesel se retint de pousser un râle de désir. Elle passa la main dans ses cheveux et l'y enfouit en lui massant le crâne doucement, ce qui était très plaisant.

— Tu ne sais pas ce que tu dis, répondit-il enfin.

— Oh, que si.

Elle ouvrit la bouche et se dressa sur la pointe des pieds pour la diriger vers la sienne, rapprochant sa poitrine de son torse.

Pas question de se laisser faire. Il voulait l'embrasser le premier.

Mais avant qu'il ait pu s'emparer de sa bouche, Tuesday trébucha et tomba, dans un tourbillon d'étoffe orange. Pris de court, il ne réagit pas à temps et elle se retrouva par terre.

— Oh, merde, tu vas bien ? Qu'est-ce qui t'est arrivé ?

Diesel s'agenouilla à son côté, et une douleur de chien se rappela à lui. Il l'examina, mais ne trouva aucun signe de blessure. Il ne voyait que des mollets bien dessinés et des cuisses fermes. Beaucoup de cuisses. Beaucoup plus qu'on ne devrait en apercevoir, à part en maillot de bain. Il détourna les yeux et les posa sur son visage.

Elle riait, les jambes étalées devant elle, la robe remontée en terre inconnue.

— Je ne comprends pas ce que j'ai fait.

Sur ce, elle s'allongea complètement sur la piste de danse, le ventre tressautant sous l'effet du rire. Quelques danseurs la regardaient, et Diesel entreprit de rabattre sa robe. Il ne pouvait pas supporter autant de tentation, et ne voulait pas non plus que d'autres hommes la matent. Il ne put s'empêcher de sourire de la voir s'esclaffer d'aussi bon cœur.

Il lui prit la main pour l'aider à se relever.

— Allez, la poivrote. Je te ramène.

— Je ne suis pas bourrée. Enfin, d'accord, je ne marche plus très droit, mais je ne suis pas une poivrote.

Elle prononça ces mots les jambes encore écartées sur la piste de danse, pendant qu'elle fourrageait sous sa robe pour rajuster son soutien-gorge.

— Si tu le dis.

Ce ne fut pas évident, mais il parvint à la hisser du sol à la force des bras, sans se causer trop de douleur. Tuesday se remit tout de suite à vaciller sur ses talons hauts.

— Je pense que tu devrais enlever tes chaussures, beauté.

— Pourquoi tu m'appelles comme ça ? Tu me fais peur.

Elle se tint fermement à son bras et se pencha pour ôter ses talons. Après un moment indécis où elle manqua de retomber, elle se redressa.

Pourquoi l'appelait-il ainsi ? Il n'en avait aucune idée. En fait, il ne s'en était pas rendu compte avant qu'elle le lui dise. Il sentit la chaleur lui monter aux joues, ce qui n'était pas dû au monde dans la salle de bal.

— Je peux arrêter, si ça te déplaît.

— Non, dit-elle, désormais bien droite, en le regardant dans les yeux. Je veux pas que tu t'arrêtes.

Il eut encore envie de répondre par un râle suggestif. Elle n'allait pas lui rendre les choses faciles. C'était parfois nul, d'être un mec sympa.

Heureusement, Evan et Kendall s'approchaient.

— Tu vas bien, Tuesday ? demanda Evan.

— Impec.

Kendall prit son amie par la main et dit :

— Excusez-nous, mais il faut que je lui parle deux secondes.

Elles s'éloignèrent de quelques pas, et ils les suivirent des yeux.

— Au fait, félicitations, mec. Tu as l'air heureux comme tout.

— Merci. J'ai une sacrée chance, c'est clair, dit Evan, qui se racla la gorge. Écoute, je vais être direct. Tuesday est la meilleure amie de Kendall, et toi, tu es quelqu'un que j'aime bien, tu le sais. On se connaît depuis longtemps et j'ai du respect pour toi. Mais ce soir, elle est dans un sale état, et il faut juste la ramener chez elle, tu vois ce que je veux dire.

Diesel essaya de ne pas se vexer. Evan cherchait seulement à protéger Tuesday.

— C'est tout ce que je comptais faire. Enfin, je peux lui appeler un taxi, si tu préfères.

— Mais non, je te fais confiance, dit Evan en lui tapant sur l'épaule. Je suis juste content qu'on soit sur la même longueur d'ondes. Elle vient de passer des sales moments, tu vois ?

— Oui, je sais bien.

Diesel connaissait cette douleur, cette envie de s'échapper dans l'alcool, ou dans n'importe quoi qui puisse faire oublier. Il avait connu ce combat quand il avait perdu son frère, puis sa mère et son cousin. Et bien sûr aussi quand il avait eu son accident et compris qu'il ne pourrait plus jamais piloter une voiture de course.

— Donc elle n'a personne dans sa vie ?

Cela venait de le frapper : il serait bon de se renseigner sur le sujet avant de trop penser à embrasser ces lèvres si attirantes...

— Ah, on tâte le terrain ? fit Evan avec un sourire. Non, elle n'a pas de copain. Elle a essayé les rencontres en ligne, pendant un temps, mais d'après ce que m'a dit Kendall, elle a eu beaucoup de premiers rendez-vous ratés et rien de plus.

— Ah, oui ?

Diesel s'efforça de paraître détaché. Il n'était d'ailleurs pas sûr de ce qu'il pensait ou de ce qu'il recherchait. Il savait seulement qu'il avait l'occasion, s'il le désirait, de revoir Tuesday un de ces jours. Éventuellement.

— Je suis sûr que tu peux lui proposer un premier rendez-vous raté, toi aussi.

Était-ce ce qu'il voulait ?

Diesel étudia la grande brune en robe couleur citrouille et soudain, il se dit que c'était ce qu'il voulait le plus au monde.

— Tu as besoin de boire de l'eau, décréta Kendall.

— Mais je vais bien, protesta Tuesday.

Elle était saoule, rien de plus. C'était déjà arrivé d'autres fois.

— Tu veux bien arrêter de t'inquiéter et aller sauter sur ton mari, qu'on n'en parle plus ? Je suis une grande fille, je peux m'occuper de moi, déclara-t-elle avant de chercher sur le sol. Merde, où sont passées mes chaussures ?

— Je crois que c'est Diesel qui les a.

Tuesday soupira longuement.

— Ah, Kendall, il est trop mignon, ce mec. Ce serait mal si je passais la nuit avec lui ?

— Oui.

Étonnée, elle fronça les sourcils. Ce n'était pas la réponse qu'elle attendait.

— Pourquoi ? Je parie que c'est un dieu au lit.

— Je n'ai eu aucun écho sur ses performances dans ce domaine, mais de toute façon, tu seras trop biturée pour apprécier.

Impossible d'être trop ivre pour apprécier ce mec splendide. Une force de la nature.

— Allez, d'accord, j'ai juste bu un peu trop de champagne. Et alors ? Ça veut juste dire que je n'essaierai pas de cacher mes cuisses potelées.

Cela voulait peut-être aussi dire qu'elle n'articulait pas très bien, car sa langue lui paraissait plus encombrante que d'habitude, mais elle devait sûrement pouvoir faire avec.

Kendall lui posa les mains sur les épaules.

— Tuesday, regarde-moi. C'est une mauvaise idée. Si tu veux t'envoyer Diesel samedi prochain, après un petit rencard, parfait. Mais pas ce soir. Il ne faut pas t'attendre à un orgasme, tu risques plus de lui vomir dessus.

Le simple fait d'entendre ce mot retourna un peu l'estomac de Tuesday.

— Je sais pas…

— Imagine-toi lui faire une gâterie. Tu as vraiment envie de ce genre de trucs dans ta bouche, en ce moment ?

Beurk. C'était peut-être un peu trop terre à terre. Tuesday porta la main à sa bouche et lutta contre la nausée.

— Non, avoua-t-elle.

— Il y a un endroit et un moment pour tout. Ce soir, il faut que tu dormes seule.

Kendall n'avait peut-être pas tort.

— Je peux le garder dans mon lit, juste pour un câlin ?

Elle avait dans l'idée que ce serait agréable de sentir ses bras solides l'entourer et de laisser reposer la tête sur son torse, qui avait l'air très ferme.

— Oui, si ça en reste là. Sois bien claire là-dessus. Mais d'après ce que j'en sais, la plupart des hommes comprendraient quelque chose d'un peu plus corsé dans « câlin ».

— C'est compliqué, se plaignit Tuesday.

Elle aurait trouvé bien plus simple de se déshabiller.

— Bon, j'y vais avant de me faire trop de nœuds au cerveau. Je t'aime, dit-elle, ponctuant ces propos d'un gros baiser bruyant sur la joue de Kendall. Encore toutes mes félicitations. Tu es une mariée magnifique, tu le sais.

— Merci, fofolle. On se voit demain au retour de noces.

Le retour de noces. Beurk. Tuesday n'avait aucune envie de se retrouver à une petite table avec les femmes de la famille de Kendall pour parler de la pluie et du beau temps. Le seul point positif, ce serait les cocktails mimosa.

— Ah, c'est vrai. À demain.

Elle agita la main, puis alla retrouver Diesel en regrettant de ne pas parvenir à adopter une démarche plus sexy. Elle avait plutôt l'impression de faire beaucoup d'efforts pour arriver à marcher plus ou moins droit, parce que son corps avait tendance à partir en zigzag.

— Je m'en vais, annonça-t-elle à Diesel.

Il y avait quelque chose dans sa phrase qui clochait, mais ce n'était pas le moment de s'en soucier. D'un coup, elle avait envie de fuir les invités restants, de se débarrasser de sa robe orange et de dormir.

Diesel ne se laissa pas démonter :

— Alors on s'en va.

Il serra la main d'Evan et lui souhaita bonne nuit.

— Où sont mes chaussures ? demanda-t-elle en se dirigeant vers la porte.

Elle parvint à adresser un vague signe à Evan ; un geste plus élaboré aurait demandé trop d'efforts. Si elle s'approchait de lui pour l'embrasser, elle risquait de trop s'appuyer et de le faire tomber.

— Dans ma main.

Bizarre. Elle avait du mal à se souvenir pourquoi elle les avait enlevées au départ.

— Je devrais les remettre, quand même. Sur le parking, il y aura sûrement des débris de verre et compagnie. Je ne veux pas blesser mes petits petons.

— Si tu remets ces engins de torture, tu vas te casser la cheville. Je vais te porter à la voiture.

Cette perspective lui procura un délicieux frisson. Difficile de faire plus sexy.

— Vraiment, tu es sûr ? Mais je suis trop lourde.

C'est ce qui se disait dans un tel cas. Une façon d'aller à la pêche aux compliments connue de toutes les femmes.

Malheureusement, Diesel ne connaissait pas la réponse qu'on attendait de lui, à savoir : « Tu plaisantes ? Tu es légère comme une plume ! », ou quelque chose dans ce goût-là. Au lieu de ça, il lança :

— Ne sois pas bête.

Ils étaient arrivés à la porte d'entrée. L'air étouffant enveloppa Tuesday, qui se sentit aussitôt transpirer.

Le parking semblait être une étendue sans fin de bitume, et sa voiture se trouvait à une distance franchement insurmontable. Effectivement, ce serait sympa de se faire porter, même si Diesel ignorait le protocole verbal à appliquer dans ces cas-là.

C'est alors qu'elle se souvint de son genou. Son mauvais genou qui le faisait souffrir, même s'il essayait de faire comme si de rien n'était. Il ne fallait surtout pas qu'il la porte. Elle l'agrippa donc par la manche et lui prit une chaussure, puis se pencha pour l'enfiler. Son petit orteil se retrouva du mauvais côté de la lanière, mais elle s'en fichait, du moment qu'elle était à son pied. Inutile de fermer la boucle, elle marcherait prudemment.

— C'est toi qui fais l'idiot. Je suis tout à fait capable de marcher.

— Ne commence pas à te rebeller. Je t'ai dit que j'allais te porter. Ou plus ingénieux encore, je peux aller chercher la voiture et passer te prendre.

— Ça, mon pote, c'est bien pensé. Deux têtes valent mieux qu'une, pas vrai ?

— Surtout quand l'une des deux baigne dans l'alcool, répondit-il en lui tendant sa deuxième chaussure. Ne te fais pas mal avec, j'arrive tout de suite avec ma voiture.

— Et la mienne, qu'est-ce qu'elle devient ?

Tuesday sautilla pour arriver à caser son pied dans la chaussure. Du coup, le parking tanguait dans son champ de vision, et elle déglutit avec peine.

— Deux voitures ne valent pas mieux qu'une, donc on va devoir laisser la tienne ici.

Elle aurait sans doute dû s'inquiéter, que son véhicule se fasse vandaliser, ou qu'il lui faille le récupérer le lendemain, mais en fait, elle n'y accordait pas d'importance. Revenus dans leurs chaussures, ses pieds lui faisaient mal ; la transpiration lui ruisselait entre les seins, et elle avait tellement soif qu'elle aurait bu à une flaque si elle en avait trouvé une.

En le regardant s'éloigner, elle essaya de se souvenir pour quelle raison c'était une mauvaise idée de coucher avec lui. Il était vraiment beau gosse. Grand, de longs membres, des bras musclés. Un peu débraillé, même habillé pour la réception. Un mâle typique. Ça n'avait jamais été le genre de Tuesday. Elle avait toujours eu une préférence pour les métrosexuels dotés d'un sens de la mode affûté et d'une connaissance encyclopédique des vins. Mais il y avait quelque chose chez Diesel… Ça commençait par son nom et ça se terminait par ses fesses divines.

Quand il s'arrêta à côté d'elle dans sa voiture de sport noire, il sortit pour venir lui ouvrir la porte.

— Quoi ? Pourquoi tu me regardes comme ça ?

— Comme quoi ? demanda-t-elle, l'esprit occupé par une image de lui sur elle.

— Comme si tu n'avais aucune idée de ce que tu vois.

— Ne sois pas bête, dit-elle, très contente de lui renvoyer ses paroles à la figure.

Elle monta dans la voiture. Ou s'y laissa tomber, si l'on voulait vraiment être précis.

— Tu as un sac en plastique, ou une boîte ?

— Non, pourquoi ?

Au cas où elle serait soudainement prise d'une envie de vomir.

— Pour rien.

Il tourna la tête ver elle pour l'examiner.

— Tu préfères t'allonger sur la banquette arrière ?

Reconnaissante d'être enfin assise, Tuesday se balança contre le siège avec un soupir et demanda :

— Tu vas t'allonger avec moi ?

— Non.

— Dans ce cas, pourquoi je voudrais aller derrière ?

Franchement, n'importe quoi.

Diesel serra les lèvres, comme pour se retenir de rire.

— Bien sûr. Et si tu fermais les yeux, ma belle ?

L'idée lui parut très bonne, mais quand elle voulut se caler contre l'appuie-tête, les yeux fermés pour stopper sa vision brouillée, elle ne put se détendre à cause de son chignon enduit de laque. Elle avait l'impression d'être à trois mètres du siège ; les épingles à cheveux lui vrillaient le crâne. Elle se redressa et entreprit de tirer dessus.

— Fait chier, marmonna-t-elle.

Sur le siège d'à côté, Diesel demanda :

— Tu as vraiment besoin de faire ça maintenant ?

— Oui, ces épingles m'énervent.

Pourtant, elle n'arrivait à rien. Pour une raison indéterminée, ses doigts refusaient de fonctionner correctement. Elle ne réussissait qu'à se tirer les cheveux, ce qui lui faisait monter les larmes aux yeux.

Diesel tendit la main et, d'un geste efficace, sortit cinq ou six épingles de sa chevelure, puis défit son chignon.

— Voilà, ça va mieux ?

Elle se massa le crâne pour remettre ses mèches dans une position plus naturelle et poussa un soupir de soulagement.

— Beaucoup mieux. Il va falloir arrêter d'être aussi sympa avec moi, sinon je risque de tomber amoureuse !

Quelque part, dans un endroit de son cerveau où subsistait le bon sens, une alarme se mit en route : ce n'était peut-être pas la chose à dire, même en blaguant. Mais elle ne s'attarda pas là-dessus, et décida plutôt d'écouter ses conseils et de s'allonger. La tête sur les genoux de Diesel.

— Euh, tu m'expliques comment je peux conduire, là ?

Tuesday, qui sentait ses cuisses sous sa tête, regarda en l'air. De cette position, ses cheveux semblaient un peu plus longs et elle voyait mieux son menton bien dessiné. Elle tendit la main pour lui caresser la barbe. Très douce.

— Allez, t'es un pro. Pas de quoi fouetter un chat. Et ne me dis pas qu'on ne t'a jamais fait de fellation pendant que tu étais au volant.

— Pas dans le cadre de mon travail.

Tuesday trouva cette réponse hilarante et se mit à hoqueter.

— Mais non, banane. En conduisant en ville, je veux dire. Tous les mecs ont vécu ça au moins une fois, non ?

— Pas moi.

— C'est vrai ?

Tuesday envisagea de se retourner sur le ventre pour lui montrer que ça pouvait être très agréable, mais ç'aurait représenté un sacré effort. En plus, elle avait la bouche sèche et très envie de dormir. Le résultat serait médiocre et ne correspondrait pas à ce qu'elle souhaitait prouver.

Elle ne savait pas trop ce qu'il y avait à prouver, mais c'était sûrement important.

— Oui. Et non, je ne veux pas que tu te charges d'y remédier maintenant.

Bon, tant pis.

— Pff, qui a dit que je te le proposais ?

Mais si elle le faisait, elle était sûre qu'il accepterait. Alors, voilà pour lui.

— C'est vrai, tu n'avais rien dit. Excuse-moi.

C'était gentil, ça. Elle s'installa mieux dans le siège, se recroquevillant un peu au moment où il passait les vitesses et sortait du parking.

— Mais t'en as un peu envie, quand même ?

— En théorie, oui. Mais en réalité, ce ne serait pas une bonne idée.

— Parce que tu n'es pas motivé ?

Il y eut un temps de silence, et Tuesday commença à fermer les yeux... qui se rouvrirent d'un coup quand Diesel lui décala la tête un tout petit peu à gauche. Elle sentit un obstacle dur qui n'était pas son portefeuille.

— Pas exactement, répondit-il d'une voix tendue.

— Oh.

Tuesday se tortilla un peu pour avoir une idée de sa taille. Longue et grosse. Waouh. Elle fut tentée de revenir sur sa décision. Mais en avait-elle vraiment pris une ? C'était peut-être ce qu'elle avait eu envie de faire toute la soirée. Elle avait la bouche très proche de son pénis, décidément très dur et très gros.

Elle en caressa la longueur légèrement à travers son pantalon, et le sentit gonfler encore. C'était vraiment une érection très sympathique.

En même temps, Diesel lui caressait les cheveux, des racines à la pointe, de ses doigts virils étonnamment doux. Elle sentit le désir s'éveiller en elle, sa féminité devenir moite, sa respiration se faire languide et forte. Ils se caressaient, tous les deux, en un rythme naturel, lent et régulier, qui donnait une impression d'intimité et de sécurité.

Tellement lent et naturel qu'avant de s'en apercevoir, Tuesday s'était endormie.

3

— Arrête de me renifler l'entrejambe ! C'est impoli, je te l'ai déjà dit !

Diesel repoussa doucement sa chienne Wilma et se concentra à nouveau sur son moteur.

Cette voiture était sa fierté du moment. Il s'agissait d'une Chevrolet datant de 1963, conduite par le champion en titre de cette même année. Bien amochée lors de la course, elle était passée de main en main sans être réparée, puis avait fini par être laissée à rouiller dans un garage. Maintenant, Diesel lui donnait une seconde vie. Une fois qu'il aurait fini, le véhicule serait en état de marche et arborerait les couleurs et le numéro de son pilote d'origine.

Il travaillait dessus depuis trois mois, et pensait en avoir pour un de plus avant qu'elle soit bonne pour le service. Il envisageait de la donner pour la vente aux enchères de Tuesday. Cela représenterait un sacré paquet d'argent pour la recherche contre le cancer, et il y aurait beaucoup de personnes intéressées par une voiture de stock-car classique dans l'histoire de la course automobile.

Diesel se demanda comment allait Tuesday ce matin. Il eut envie de lui envoyer un SMS, mais se rendit compte qu'il n'avait pas son numéro. Ce ne serait pas sympa de contacter Evan pour l'avoir, car même s'il était marié depuis quatre mois, on était en principe au matin de sa nuit de noces. Mais il restait inquiet pour Tuesday. Elle allait certainement avoir un mal de crâne atroce.

— Salut, mon neveu.

En regardant par-dessus le capot, Diesel aperçut son oncle, Johnny Briggs, qui s'avançait dans le garage.

— Tiens, tonton, quoi de neuf ?

— Pas grand-chose. Je pars chez le cardiologue, alors je me suis arrêté au passage pour savoir ce que tu devines.

Diesel regarda dans l'allée, où il ne vit personne.

— Tante Beth n'est pas avec toi ?

— Non, elle fait du bénévolat à l'école des petits-enfants.

— Ton rendez-vous, ce n'est pas pour quelque chose de grave ?

Il s'en faisait pour son oncle, il devait le reconnaître. Son père avait quitté sa mère quand il avait quatre ans, et Johnny avait été une figure paternelle pour lui, l'influence masculine la plus positive dans sa vie.

— Oh, non. Un petit examen de routine après l'angioplastie, rien de plus. Alors, cette voiture, comment ça se présente ?

Johnny vint se placer à côté de lui pour regarder, et ils examinèrent le moteur dans un silence complice pendant un temps. Son oncle lui fit une ou deux suggestions, ce que Diesel apprécia. Mais il sentait que son oncle avait quelque chose à dire, aussi attendait-il que Johnny soit prêt.

— Au fait, ta tante voulait savoir si tu as quelque chose de prévu samedi soir.

— Pourquoi ?

Si son oncle l'invitait à une régate, ou une manifestation de cet acabit, c'était une chose, mais si Beth commençait à se renseigner sur son emploi du temps, il y avait de quoi s'inquiéter.

— Tu n'as pas répondu à ma question. Tu es libre, ou pas ?

Aïe.

— Oui.

C'était rare qu'il soit de sortie, ces temps-ci. En général, ses samedis soir étaient présidés par une bière et une télécommande. Il n'y avait pas à dire, il menait une vie palpitante.

— Ils organisent une soirée à l'église de Beth, une simulation de courses, si j'ai bien compris. Son amie Jean amènera sa fille Ellie. Il y aura un siège libre à notre table et Beth voudrait que tu viennes.

Diesel se retint de gémir. Ellie cherchait désespérément à se caser, avec un gros compte en banque, et elle avait une personnalité qui lui faisait rétrécir l'appareil génital.

— Johnny, je n'ai pas envie de me retrouver à table avec Ellie. Il n'y a rien de plus désagréable qu'un rendez-vous arrangé avec toute la famille autour.

Son oncle souleva sa casquette et se gratta le front.

— C'est bien ce que je lui ai dit, mais ta tante n'a pas la même opinion. Elle cherche à bien faire.

— Je peux trouver des filles tout seul.

— Ah, oui ? Et c'était quand, ton dernier rencard ? Les promenades avec Wilma ne comptent pas, fit Johnny en grattant la chienne entre les oreilles. Même si c'est une jolie fille. Hein, Wilma ?

— Si je voulais un rencard, je pourrais en avoir.

Ça faisait puéril, il en avait conscience, mais comment expliquer à son oncle qu'il avait peur ? La dernière fois qu'il avait voulu faire l'amour avec une femme, cela s'était soldé par un soufflé au fromage : son genou s'était rappelé à lui en plein milieu de l'acte, et il avait dû laisser tomber et la satisfaire à la main. C'était l'une des expériences les plus humiliantes de sa vie, et il n'était pas spécialement impatient de la renouveler.

— C'est juste que je n'en ai pas envie, compléta-t-il.

C'était faux, il avait rencontré une femme qui l'intéressait. Il avait envie de revoir Tuesday Jones, et il était inutile de nier qu'il aurait bien voulu coucher avec elle la veille. Mais il était à peu près sûr qu'il n'allait pas agir en conséquence.

— Et pourquoi ?

— J'ai mes raisons.

— Écoute, mon garçon, si tu es gay, tu sais qu'on t'aime et qu'on te soutiendra dans toutes les situations. Tu n'as pas à le cacher à ta famille.

Diesel regarda son oncle, qui avait viré au rouge tomate et se dandinait, tout gêné. Il éclata de rire.

— Je ne suis pas gay, mais ça me touche que vous soyez prêts à me soutenir.

Johnny reprit une couleur plus naturelle et souffla un bon coup avant d'esquisser un geste d'incompréhension.

— Alors où est le problème ? Tu es jeune, tu as de l'argent et du temps. Tu as hérité de mes gènes, donc tu es beau. Tu devrais voir défiler les blondes !

— J'aime les brunes.

— Ne fais pas le malin avec moi. Tu as trente ans. Quand j'avais ton âge, ça faisait presque dix ans que j'étais marié.

— C'est ton problème, pas le mien, lui dit Diesel gentiment.

Il sourit en voyant son oncle s'étrangler de rage.

— Allez, je rigole. Ne t'en fais pas pour moi, et dis à tante Beth de ne pas s'inquiéter non plus. Je vais bien.

— Aller bien, c'est déjà ça. Mais est-ce que tu es heureux ?

Johnny avait tapé un peu trop juste, et Diesel n'avait pas vraiment de réponse à cette question. Il allait bien, mais il n'était pas sûr d'être particulièrement heureux. Il se satisfaisait de son sort, plutôt.

— Écoute, ton père a agi comme un pauvre con en vous quittant comme il l'a fait. Tu es le fils de ma sœur. Toi et Josh, je vous ai toujours considérés comme mes garçons aussi. Maintenant que ta mère est partie, que ton frère et Peter aussi, il n'y a plus que toi, moi, Beth, Petey et Hunter. On n'est pas éternels, et les petits de Peter ont un beau-père désormais. On a envie de te voir installé et heureux, avec des enfants à toi.

Essayant d'ignorer la boule qui se formait dans sa gorge, Diesel regarda son oncle avec intensité.

— Tu es sûr que c'est juste un rendez-vous de contrôle chez le cardiologue ? Si tu commences à me donner tes bateaux et tes voitures, je vais m'inquiéter.

Diesel connaissait la réalité. Il n'y avait que lui, Johnny et Beth. Bien entendu, les enfants de Pete n'avaient pas disparu du tableau. Tammy, sa veuve, gardait le contact, mais elle était remariée. Bientôt, elle aurait sans doute d'autres enfants avec Elec Monroe, et Diesel ne se rappelait pas la dernière fois qu'il avait vu Petey et Hunter. Savoir sa famille aussi réduite et finie était franchement terrifiant. Il ne voulait pas perdre les deux personnes les plus importantes dans sa vie.

— Je te dis que je suis en forme. On te demande juste de nous accompagner à cette satanée soirée courses de l'église, et de rester à table avec Ellie ? C'est à ta portée, oui ou merde ?

Apparemment, la minute de tendresse s'était envolée, et son oncle en avait assez de cette conversation.

— C'est bon, je vais y aller, à ta putain de soirée courses. Fous-moi la paix, un peu !

Ils avaient un langage très fleuri pour parler d'activités religieuses, mais la perspective d'une soirée avec Ellie exigeait quelques jurons.

Son oncle le gratifia d'une main sur l'épaule et d'un sourire triomphal.

— Tu seras bien content d'avoir accepté. Ellie est une chic fille, très douce.

— Pardon ? On parle bien d'Ellie Babcock ? Parce qu'il faut que tu saches qu'elle m'a mis la main au panier dans l'allée de l'église.

— N'importe quoi, fit Johnny, incrédule. Tu dois avoir mal compris.

Ben voyons.

— Comment peut-on mal comprendre une main qui vient tâter la marchandise ? Et en plus, elle m'a proposé d'aller faire un tour derrière les fonts baptismaux pour approfondir la question !

— Tu inventes, mon garçon.

— Mais pourquoi irais-je inventer un truc pareil ? s'indigna Diesel. C'était trop gênant. Ellie est bizarre et je ne veux pas être assis à côté d'elle. Elle va tenter des attouchements sous la table.

— Franchement, c'est idiot. Pourquoi irait-elle faire ça en pleine église ?

— Mais tu n'écoutes rien, ou quoi ? Si elle était prête à s'envoyer en l'air sans même sortir de l'église, elle va forcément essayer de me tripoter !

— Et alors ? Ça te réveillerait un peu ! Tu n'as pas dû connaître ce genre de gestes depuis des mois.

Cette conversation ne plaisait pas du tout à Diesel. Son oncle n'avait peut-être pas tort sur ce point, mais il n'était pas désespéré au point d'être attiré par une tigresse en chasse. S'il la laissait sortir de sa cage, elle allait le réduire en pièces au lit, et il y avait fort à parier qu'il n'y prendrait même pas de plaisir.

Heureusement, il n'eut pas à répondre grâce au téléphone qui se mit à vibrer dans sa poche. C'était un SMS d'Evan Monroe.

Tuesday est bien rentrée chez elle ?

Il répondit : *Oui. J'espère qu'elle se sent bien aujourd'hui.*

— À qui tu envoies un message ? demanda Johnny. Ne te gêne pas pour échanger des SMS quand tu es seul avec Wilma, mais quand je suis juste en face de toi, c'est malpoli.

— Pardon. C'était Evan Monroe. J'ai raccompagné la demoiselle d'honneur chez elle hier soir, alors il prenait de ses nouvelles.

— Ah, oui ? Tu as tiré ta chique après la fête ? Tu m'étonnes que t'aies pas envie de revoir Ellie.

Sérieux, c'était quoi, cette expression ? Mais Diesel aurait bien aimé « tirer sa chique ».

— Mais non. Elle était complètement allumée, et elle s'est endormie dès que je l'ai emmenée dans son appart. En fait, elle était déjà endormie dans la voiture. J'essayais juste d'être sympa.

— Bon, c'est bien. Mais l'histoire aurait été encore plus intéressante si tu avais passé la nuit à prendre ton pied.

— Tirer sa chique ? Prendre son pied ? Tonton, tu as peur du mot « sexe » ?

Il espérait ainsi détourner la conversation, surtout qu'il était d'accord. Ce matin, il aurait largement préféré se réveiller ave Tuesday blottie contre lui qu'avec la chienne à ses pieds.

— Je peux dire « sexe », ce n'est pas la question. La question, c'est que tu as trente ans et que tu n'es pas marié. Tu devrais au moins tirer sur tout ce qui bouge.

— Tirer ? s'esclaffa Diesel. Tu me prends pour un dépravé ? Sérieux, ne t'en fais pas pour ma vie sexuelle.

Il s'en inquiétait assez pour deux.

Son portable vibra à nouveau.

Tuesday ne répond pas au téléphone.

— Evan me dit qu'elle ne répond pas à ses coups de fil. Qu'est-ce que ça veut dire, à ton avis ?

— Qu'elle a la gueule de bois et qu'elle souhaite qu'on la laisse tranquille pour pouvoir mourir en paix.

C'était sans doute vrai. Mais si jamais elle avait fait un coma éthylique ? Si elle s'était évanouie dans la salle de bains, que sa tête avait heurté les toilettes et qu'elle était inconsciente ? Il n'aurait sans doute pas dû la laisser seule, mais il avait eu peur d'être trop envahissant en restant d'office dormir sur le canapé.

— Je devrais peut-être aller vérifier qu'elle va bien.

— Oh, sûrement.

Un autre SMS arriva : *Et elle est en retard pour le retour de noces.*

— Merde.

Elle avait toujours sa voiture à la salle des fêtes.

— Elle devait aller au brunch suivant le mariage, et elle n'y est pas. J'ai laissé sa voiture à l'endroit des festivités hier soir, et je l'ai ramenée chez elle. Elle doit être coincée chez elle avec sa gueule de bois. Il faut que j'y aille.

Diesel se tapota les poches, trouva ses clés à gauche et les sortit.

— OK, c'est sans doute ce qu'il faut faire. Qui est cette fille, au fait ?

— Tuesday Jones.

— La fille de Bob ?

— Oui. Elle passe de mauvais moments depuis son décès.

— J'imagine, dit son oncle en le dévisageant. Sans doute quelqu'un avec qui il ne vaut mieux pas commencer une histoire maintenant.

— Non ? dit-il tranquillement.

Johnny ne voulait que son bien, et il avait sans doute raison. Diesel savait tout cela, mais il ne pouvait se sortir Tuesday de la tête. Ça, il en était certain.

— Non. Par contre, Ellie est un bon parti.

Diesel rit.

— Tu n'en sais rien du tout. Tu dis ça parce que tu veux avoir la gagne.

— C'est sans doute vrai, fit son oncle en lui tapant dans le dos. Mais tu verras. C'est une chaude, un vrai piment rouge.

Ça, il n'en doutait pas.

— Je ne suis pas intéressé, répéta-t-il.

Il avait des images de fille déguisée en piment en train de danser dans sa tête.

Bizarrement, des morceaux de noix de coco mâchouillés lui paraissaient plus attirants.

Tuesday tourna la tête dans son lit et ouvrit un œil, ce qu'elle regretta aussitôt. Elle vit la pièce tourner et sentit son estomac se soulever.

Aïe, elle tenait une sacrée gueule de bois.

Pourquoi après une bonne évasion grâce à quelques verres, devait-on en payer le prix par une migraine atroce et un système digestif en révolution ? Ce n'était pas juste.

Tuesday voyait son téléphone sur la table de nuit, mais ne put rassembler la force de le soulever et de regarder l'heure. Puis elle aperçut le grand verre d'eau qui arrivait tel un miracle, avec à côté deux cachets d'aspirine.

C'était sûrement le fait de Diesel. Elle en fut à la fois ravie et mortifiée. L'eau lui faisait vraiment envie, aussi elle tendit une main hésitante vers la table de nuit. Quel mec, alors. Vraiment prévenant. En même temps, quelle humiliation d'imaginer l'état où elle se trouvait au moment où il l'avait mise dans son lit.

Ce n'était pas à son avantage.

Enfin, ce n'était pas la fin du monde. Elle n'y pouvait plus rien, et elle ne s'était pas non plus montrée complètement indécente. Elle avait flirté avec lui, et alors ? Elle aurait aussi bien pu le faire sobre. Se coucher sur ses genoux, c'était un peu exagéré, mais il n'avait pas détesté. Elle s'inquiétait plus du fait qu'elle ne portait que ses sous-vêtements, et n'avait aucun souvenir d'avoir ôté sa robe de demoiselle d'honneur. Avec un peu de chance, c'était après le départ de Diesel.

Elle avala d'un trait la moitié de l'eau et se redressa un peu. Elle engloutit l'aspirine, puis vida le verre. Prenant enfin son téléphone, elle constata qu'Evan et Kendall lui avaient envoyé en tout six SMS et qu'il était midi passé de huit minutes. Elle gémit et s'affala à nouveau sur l'oreiller.

— Merde !

Elle était en retard pour ce fichu retour de noces, et même si elle parvenait à se traîner misérablement sous la douche, puis à s'habiller, elle n'avait pas de quoi s'y rendre. Sa voiture était toujours à la salle des fêtes.

On ne pouvait pas dire qu'elle ait très bien prévu son coup… ni qu'elle soit une demoiselle d'honneur très fiable.

Réprimant une nausée, Tuesday rejeta les couvertures et se leva. Elle se trouva une odeur de porc à la sauce aigre-douce, et un coup d'œil dans le miroir de sa coiffeuse lui apprit qu'Halloween se fêtait en avance chez elle. Elle avait des cheveux dignes d'un film d'horreur, certains dressés sur sa tête et d'autres assemblés en paquets. Son maquillage avait migré de ses yeux pour s'étaler en plaques noirâtres qui s'étalaient jusqu'à son menton. Elle avait le teint blafard, des cernes prononcés, les paupières gonflées, les yeux rouges et larmoyants.

Vampire, vous avez dit vampire ?

Elle s'avança prudemment vers la porte, avec l'impression d'avoir fait de la musculation pendant douze heures d'affilée. Chaque parcelle de son corps était raide et douloureuse, et elle arborait un bleu mystérieux sur la hanche. Elle détestait dormir en soutien-gorge, et la marque imprimée sur sa peau la grattait.

Dans le couloir, elle trébucha sur ses chaussures, qu'elle avait dû laisser là. Elle avait envie de retourner au lit. De boire un café. De se faire offrir un nouveau crâne.

Et là, la sonnette retentit.

Oh, génial. Ce devait être quelqu'un qui passait la prendre pour l'emmener au brunch. Si c'était une grand-tante, elle ne répondrait pas. Elle n'avait aucun besoin d'être jugée sur son mode de vie. Elle regarda par le judas, mais la vision était bien pire qu'une vieille parente en robe à fleurs.

C'était Diesel.

— Oh, putain, souffla-t-elle en portant la main à ses cheveux.

Non que ses doigts puissent faire quoi que ce soit pour ce nid d'hirondelles. Elle ne pouvait vraiment pas lui ouvrir.

Cependant, il portait deux gobelets de café taille maxi.

C'était tentant. Vanité contre caféine.

Il se mit à frapper.

— Tuesday, c'est Diesel. Je voulais te ramener à ta voiture. J'ai apporté du café.

Elle apprécia qu'il ne lui demande pas comment elle se sentait. Il n'y avait rien de plus énervant que cette question quand on avait mal aux cheveux.

— Salut, fit-elle à travers la porte. Merci, mais on ne peut pas dire que je sois prête.

C'était un doux euphémisme, sachant qu'elle déambulait en sous-vêtements et avec la tête de quelqu'un qui aurait passé la nuit dans les bois à fuir un meurtrier.

— Pas de souci, je peux attendre cinq minutes.

Tuesday jeta à nouveau un œil par le trou. Il buvait à l'un des gobelets en papier. Elle pouvait presque le sentir descendre dans sa gorge et atténuer sa souffrance.

Il fallait qu'elle se rende à ce brunch, et Diesel était son meilleur espoir, à la fois pour le transport et pour une dose de caféine. Tant pis pour son apparence. S'il pensait qu'elle ne ressemblait à rien, eh bien… il aurait raison !

Tuesday attrapa une couverture sur le canapé et s'en couvrit sommairement avant d'ouvrir la porte.

Il afficha un air un peu effaré en la voyant, mais ne fit aucun commentaire.

— Bonjour. Désolé de ne pas avoir appelé avant, mais je n'avais pas ton numéro.

— Pas grave.

Elle lui prit aussitôt le café de la main. Au diable le savoir-vivre.

— Merci beaucoup, ajouta-t-elle tout de même.

Elle avala une longue gorgée et poussa un soupir quand le liquide eut soulagé la sécheresse de sa gorge et son impression d'avoir du coton dans la bouche.

Arrivée à sa deuxième gorgée, elle se rendit compte qu'elle n'était pas seulement dans un état pitoyable, mais qu'elle faisait preuve d'une impolitesse rare.

— Euh, désolée, entre !

Elle recula de quelques pas dans sa toge improvisée, de façon à lui laisser la place d'avancer.

— C'est super sympa à toi de venir. Je devrais être au retour de noces, je viens juste de me réveiller et de me rappeler que je n'ai pas de voiture. Je suis nulle.

Maintenant que sa tête la malmenait moins, elle se sentait encore plus coupable. Qui était capable de se torcher au mariage de sa meilleure amie, puis d'être trop déboîtée pour arriver à l'heure au retour de noces ? Une copine nulle, voilà.

Diesel haussa les épaules.

— Ça arrive. Tu avais une bonne raison de boire un coup de trop hier soir. Tu étais à la fois en train de fêter l'occasion et de poursuivre ton processus de deuil.

Elle déglutit, accrochée à sa tasse et à sa couverture, reconnaissante de son attitude détachée.

— Tu as raison. Je pense pas avoir été trop embarrassante hier soir.

Elle se souvenait de tout. Elle avait beaucoup dansé, mais pour le tout-venant, rien de plus. C'était Diesel qui avait eu le droit aux sorties les plus scandaleuses. Elle n'avait quand même pas pour habitude de s'étaler sur les genoux d'un homme qu'elle connaissait à peine.

— Désolée de t'avoir dragué.

— Ah, tu retires ? Ce n'était que l'effet de l'alcool ? s'indigna-t-il, la main sur le torse. Tu foules aux pieds mon ego, tu sais.

— Là, c'est ton cœur, pas ton ego. Et je doute sincèrement avoir foulé aux pieds l'un ou l'autre, répliqua Tuesday en posant le gobelet. Je veux juste te remercier d'avoir été correct et de ne pas avoir profité de mon état pour coucher avec moi.

En louchant sur les biceps qui débordaient de son tee-shirt, elle se souvint de l'érection qui se pressait contre elle cette nuit, et n'eut pas la certitude qu'elle l'aurait regretté.

— Je t'en prie.

Il s'avança encore et posa à son tour son café sur la table. En passant à côté d'elle, il l'effleura et une fois arrivé au canapé, il la regarda droit dans les yeux.

— Si je couche avec toi, je veux que tu sois pleinement consciente de tout ce que tu fais. Et de tout ce que je fais.

Malgré ses muscles douloureux, sa tête lourde et son nez bouché, Tuesday sentit un délicieux frisson lui parcourir une certaine zone. Elle ne s'attendait pas à ce genre de déclaration.

— C'est hypothétique ? demanda-t-elle d'une voix un peu plus rauque qu'elle ne l'aurait souhaité.

— À toi de voir, suggéra-t-il en s'asseyant.

Comment répondre ? Son cerveau ne fonctionnait pas encore à plein régime, et elle ne trouvait aucune réplique intelligente.

— Pour l'heure, c'est hors de question.

— Sans doute ! dit-il dans un éclat de rire. Tu dois toujours aller à ton brunch.

— Oui, et il se trouve que j'ai une tête atroce et que je sens le grand-père. D'ailleurs, je te suis reconnaissante de ne pas en avoir parlé.

— Ne sois pas ridicule, tu n'as pas une odeur de vieux bonhomme.

Diesel posa les pieds sur la table basse et se carra dans le canapé.

Tuesday attendit, mais il n'ajouta rien. Un peu irritée, même si elle savait que c'était illogique, elle lui demanda :

— Et par contre, j'ai bien une tête atroce ?

Elle savait bien que c'était le cas. Elle avait une mine épouvantable, comme si elle sortait des égouts, si elle était une sorcière sortie de *Macbeth*, ou si elle avait perdu un combat contre un singe. Mais il aurait quand même pu mentir.

— Tu n'as pas une tête atroce. Tu seras toujours une très belle femme. Mais je dois dire que je préférais ta coiffure d'hier soir.

C'était mignon et honnête, mais elle restait déçue. Elle voulait qu'il la trouve sexy. Elle le remercia à contrecœur, puis jeta à terre la couverture qui l'entourait.

— Je file sous la douche cinq minutes.

Il en resta bouche bée. Bien fait pour lui.

Un soutien-gorge et une culotte, ce n'était pas très différent d'un maillot de bain, après tout. Et Tuesday n'était pas mécontente de son corps. Peut-être cette vision effacerait-elle son désastre capillaire. Elle jouait avec le feu, mais on n'obtenait rien sans rien. C'était sans doute comme claquer des doigts pour demander une érection.

Si elle s'était sentie plus dans son assiette, elle n'aurait sans doute pas usé d'une tactique aussi directe, mais l'alcool qui suintait par ses pores et l'enveloppait d'un nuage nauséabond lui donnait l'envie d'avoir des réponses fermes et rassurantes. D'une façon étrange, ça les remettait à égalité.

Tournant les talons, elle se dirigea vers la salle de bains en raflant son café au passage.

Diesel était tout à fait conscient d'être incapable de parler. Impossible de se forcer à émettre un son. Tout son sang et sa concentration avaient migré au sud. Tuesday était... nue, ou quasiment. Il s'était douté qu'elle ne portait pas grand-chose sous la couverture, mais il ne s'attendait pas du tout à avoir le privilège d'apercevoir ce qui se trouvait dessous. Pas aujourd'hui, en tout cas.

C'était une vue divine.

De très longues jambes, un dos étroit, un ventre plat qui lui donnait envie de le lécher, depuis les seins jusqu'au nombril, puis en terre promise. Elle était extraordinaire, avec son teint pâle et laiteux, ses petits seins bien fermes, ses bras longs et élégants.

Certes, ses cheveux donnaient l'impression qu'elle venait de mettre les doigts dans la prise, et on aurait dit qu'un enfant de cinq ans avait reçu la permission de la maquiller, mais rien d'étonnant après une soirée trop arrosée. Avec la quantité de laque nécessaire pour fixer son chignon, le résultat aurait sans doute été le même si elle était restée sobre.

Elle était très belle, il n'avait dit que la vérité. Et maintenant, il savait de source sûre qu'elle avait un corps à damner un saint, et une érection pour le prouver. Merde, il ne l'avait pas vue venir. Il commençait à penser que ça allait être un problème permanent en présence de Tuesday.

Après avoir manqué de s'étouffer à force de saliver, il parvint à lancer :

— Je te conduis à ta voiture, c'est ça ? Ou je reste à attendre sur ton canapé pour rien ?

— Oui, tu vas me conduire à ma voiture, répondit-elle d'une voix agacée. Comment j'irais au brunch, sinon ?

— Tu déploierais tes ailes d'ange pour y aller en volant ? suggéra-t-il, un peu lourdement.

Elle sortit la tête par la porte de la salle de bains.

— Ne sois pas méchant. Je ne suis pas au mieux de ma forme, ce matin. J'ai la gueule de bois, un peu honte, et je suis en retard. Sérieux, merci de me conduire aujourd'hui, et de m'avoir ramenée hier.

C'était d'une sincérité rafraîchissante.

— De rien. Et tu n'as pas de raison d'être gênée. C'était un mariage, tout le monde avait un petit coup dans le nez.

Pour toute réponse, il l'entendit actionner le jet d'eau. Effectivement, sa tête avait disparu, mais elle n'avait pas fermé la porte. Elle était sans doute en train de retirer son soutien-gorge et sa culotte pour se glisser sous la douche, entièrement nue. L'eau chaude allait lui couler dessus et la tremper entièrement.

Diesel s'agita sur le canapé. Il commençait à se sentir vraiment mal à l'aise. Malgré sa méfiance actuelle envers le sexe, il aurait eu très envie de se jeter sur Tuesday si l'occasion l'avait permis, genou récalcitrant ou pas.

Pour arrêter de l'imaginer en train de se passer les mains sur tout le corps, il regarda son appartement.

Il était typique de Tuesday. Bien aménagé, propre et classe. Tout semblait être à sa place. Même la petite couverture qu'elle portait tout à l'heure était élégante, rien à voir avec un plaid de grand-mère. Dans la nuit, il n'avait pas vu grand-chose, étant occupé à la traîner à l'intérieur. Ils avaient parcouru le couloir en titubant tous les deux, puis elle avait plongé droit sur son lit. Il lui avait retiré ses chaussures et l'avait retournée sur le dos. Il avait envisagé de lui enlever sa robe, mais avait renoncé à franchir cette limite, sachant qu'ils ne s'étaient vus que deux fois. Il s'était donc contenté de la couvrir et de lui laisser de l'aspirine avec de l'eau.

Il se sentait quand même coupable de ne pas avoir dormi sur le canapé. Il en avait eu la tentation, puis avait craint de la réveiller. Elle aurait pu croire que c'était un taré entré par effraction qui fouillait son tiroir à soutien-gorge.

L'eau s'arrêta presque tout de suite. Il fut impressionné par sa vitesse. Un instant plus tard, elle apparut dans l'encadrement de la porte, une serviette enroulée autour d'elle et une sur la tête.

— Encore trois minutes, annonça-t-elle.

— Ils font ça où ?

— À Statesville, dans une chambre d'hôtes, je crois.

— C'est dans la direction opposée par rapport à ta voiture. Tu devais y être quand ?

— Il y a un quart d'heure, cria-t-elle depuis un renfoncement de sa chambre.

— Je peux t'y emmener, alors. Quelqu'un pourra te ramener récupérer ta voiture après.

C'était le moins qu'il puisse faire, car il se sentait un peu responsable de sa situation. Il aurait dû réfléchir un peu plus la veille, sachant que c'était lui qui en avait les capacités.

Elle ressortit, vêtue d'une robe courte et de talons hauts noirs, un sac plastique rose à la main, affairée à enfiler plusieurs bracelets à son poignet.

— Vraiment ? C'est trop gentil. OK, je suis prête.

Sachant qu'elle avait encore les cheveux mouillés, il ne la trouvait pas spécialement prête, mais il savait préférable d'éviter de critiquer la coiffure d'une femme.

— Parfait, dit-il en se levant. Tu veux que je prenne ton café ?

— Ah, c'est vrai ! Oui, merci Diesel.

Il alla prendre le gobelet dans la salle de bains, s'efforçant de ne pas regarder la culotte et le soutien-gorge laissés à terre. Ce n'était pas *du tout* le moment.

Tuesday attrapa un petit sac à main noir ainsi que ses clés, puis ils furent dehors, et elle claqua la porte avec une violence qui la fit sursauter elle-même.

— Ouille, ma tête.

— Tu es beaucoup mieux. Mignonne, ta robe.

Une fois ces mots sortis de sa bouche, ils donnaient une impression tellement nulle qu'il eut envie de gémir. La présence de Tuesday le transformait en gamin de quatorze ans.

— Merci. C'est cool que tu sois au volant, comme ça je pourrai me maquiller vite fait et m'attacher les cheveux. On fera comme si c'était du gel qui leur donne un aspect mouillé.

Il repensa à une scène de film où c'était autre chose qui était pris pour du gel pour cheveux, et se dit qu'il fallait vraiment qu'il se reprenne.

— Pourquoi tu es si calme, tout à coup ? s'étonna-t-elle en fermant la portière passager et en abaissant le pare-soleil pour révéler le miroir.

Euh, parce qu'il était sérieusement excité ?

— Pour rien, répondit-il tout haut.

— Oh, là, là, je n'ai aucune envie d'aller à ce truc. Entre la famille et les intimes, tout le monde viendra en couple, et je serai au milieu, la seule fêtarde à avoir la gueule de bois.

— Mais tu n'as pas fait de folies de ton corps cette nuit, donc tout va bien.

Lui non plus, d'ailleurs. Frustré tout à coup, Diesel enclencha la marche arrière et appuya un peu plus que nécessaire sur l'accélérateur.

— Ce n'est pas la question. J'en ai assez d'être la célibataire qui fait pitié à tout le monde. Ils ne comprennent pas que je vais très bien ?

Il se remémora les paroles de son oncle ce matin. Elle allait bien, d'accord, mais était-elle heureuse ? Diesel n'en savait trop rien quand il s'agissait de lui-même, et il soupçonnait que Tuesday n'en serait pas plus sûre sur son propre compte.

— Alors là, je te comprends. Mon oncle essaie de me convaincre d'aller à une soirée de courses de chevaux organisée par son église, où il y aura, comme par hasard, une certaine jeune femme célibataire. Je trouve qu'on a passé l'âge des plans dans ce genre.

— Tu l'as dit, approuva-t-elle tout en s'étalant un genre de crème sur le visage. Je te donne vingt dollars pour venir à ce brunch avec moi.

Ben voyons.

— Tu me prends pour un demeuré ?

— Allez, tu auras droit à plein de bonnes choses à manger, en prime !

— Je suis en jean.

Et de toute façon, c'était hors de question. Il ne voulait surtout pas d'un tas de bonnes femmes en train de l'interroger sur la façon dont il avait connu Tuesday.

— Et alors ? Allez... s'il te plaît ?

Sa voix prit un ton enjôleur qui le mit en alerte rouge. Il était sans défense quand les femmes commençaient à se faire douces et suppliantes. Il aventura un regard vers elle, ses grands yeux magnifiques, ses cernes encore visibles.

Mince, il allait céder. Il le sentait. Mais dans ce cas, autant y trouver son compte lui aussi.

— Je veux bien t'accompagner au brunch si tu me rends la pareille au gala de charité de l'église.

Elle plissa les yeux.

— T'es un sacré négociateur, Lange.

— Samedi soir. À prendre ou à laisser.

Tuesday regarda à nouveau son reflet dans le miroir et décréta :

— C'est bon, je viens.

Ce n'était pas la manière la plus courante de proposer un rendez-vous galant, mais Diesel devait le reconnaître, il était étrangement ravi à l'idée de passer plus de temps avec Tuesday. Même à un retour de noces et à un gala de charité religieux.

Ce qui signifiait qu'il était complètement, assurément, carrément cinglé.

4

Tuesday était assez satisfaite d'avoir réussi à obtenir de Diesel qu'il soit son cavalier, autrement dit un repoussoir à questions de vieilles dames. Son idée était de le laisser à la merci des diverses grands-tantes pendant qu'elle ingurgiterait six assiettes de nourriture et trois litres de café pour se débarrasser de son restant de gueule de bois. C'était sans doute très égoïste de sa part, car Diesel se montrait franchement adorable. Combien de mecs seraient venus apporter un café à une femme dont ils venaient de refuser les avances alcoolisées la veille ?

Pour être honnête, elle ne savait qu'en penser. Était-ce tout simplement qu'il n'était pas attiré par elle ? Était-il un très, très bon Samaritain ? Difficile de savoir.

En tout cas, elle lui fut très reconnaissante d'être là, sexy à son côté, quand elle entra dans la salle plus tard que ne l'admettaient les conventions sociales, et que tous les yeux se tournèrent vers elle pour la détailler. Elle avait relevé ses cheveux toujours mouillés en queue de cheval, et son maquillage était au mieux acceptable. Mais c'était tout ce qu'elle avait pu accomplir en moins de dix minutes.

— Je crois qu'on me regarde, murmura-t-elle.

— Alors, souris. Tu es superbe.

Pour sa part, il n'avait pas l'air nerveux le moins du monde. Il fallait dire qu'il n'était pas la demoiselle d'honneur qui n'avait pas assuré envers sa meilleure amie. Tuesday savait qu'elle n'avait rien fait de catastrophique, comme vomir partout ou faire une fellation à un homme dans les toilettes, mais elle se sentait quand même honteuse.

C'était souvent comme ça, depuis quelque temps. Elle parvenait à oublier ou s'évader un bref moment, puis la réalité lui revenait avec violence et elle se sentait encore plus mal qu'avant. L'estomac noué, elle se rapprocha de Diesel. Elle ne souhaitait pas être jugée défaillante. Elle s'était toujours flattée d'être forte et capable de garder ses émotions pour elle. Depuis la maladie de son père, c'était quasiment impossible.

Maintenant, avec sa gueule de bois et son retard, face à ces femmes bien mises, jeunes comme vieilles, ses cheveux mouillés et son maquillage à la diable ressortaient d'autant plus. Elle se sentit exposée, vulnérable. Et elle détestait cette sensation.

— Tu mens effrontément, répondit-elle à Diesel. Mais merci quand même.

Elle ne comprenait vraiment pas cet homme. Aucun mec n'était aussi gentil sans arrière-pensée. C'était surréaliste.

Ou peut-être pas ? Après tout, son propre père était comme ça. Pensait-elle qu'aucun mec ne pouvait être aussi bien que lui ?

— Il y a un plan de table ? demanda Diesel.

Elle fit un signe négatif de la tête, mais en réalité, elle n'en était pas trop sûre. Pas plus que du reste.

Elle aurait pu rester dans l'entrée pendant un temps infini pour arriver à se reprendre, mais Diesel se mit aux commandes. Il la prit par la main, littéralement, et la guida vers une table où se trouvaient deux chaises libres côte à côte.

Cette main dans la sienne était forte et grande, comme lui. Pour une fois, elle fut contente qu'un homme mène la marche, car elle n'aurait peut-être pas eu la force d'entrer toute seule.

— Ces sièges sont pris ? demanda-t-il à une vieille dame en tailleur-pantalon rose poudré.

— Non, je vous en prie, asseyez-vous.

Elle tapota l'une des chaises et Tuesday prit son courage à deux mains pour s'asseoir en souriant aux dames attablées et en luttant pour se souvenir de leurs prénoms. Sa tête lui faisait de nouveau mal, et elle ressentait un inexplicable besoin de pleurer. Qu'est-ce qui clochait, chez elle ? Pourquoi était-elle aussi pleurnicharde ?

— Je dois aller saluer Kendall, annonça-t-elle à Diesel en laissant son sac à terre. Qu'est-ce que tu voudrais boire ?

— Du café, ça m'ira, dit-il en souriant. Merci, beauté.

Et il lui passa un doigt sur le bout du nez.

Cela lui fit passer l'envie d'ouvrir les vannes. Sérieux, est-ce qu'elle ressemblait à une femme qui voulait se faire pincer le nez ? Elle était trop grande, trop indépendante, trop… coincée.

Elle ne s'était jamais considérée comme telle, mais en vérité, elle ne supportait pas de ne pas avoir le contrôle d'une situation. Ce qui devait signifier qu'elle était un peu… coincée.

Heureusement, il ne la connaissait pas assez bien pour savoir qu'on ne pinçait pas ainsi son nez, car ce geste lui évita de s'humilier encore plus par les larmes. Elle ne put s'empêcher de lui faire la grimace en se levant, et Diesel sourit avec amusement, comme s'il avait très bien anticipé ce qu'elle en penserait. Peut-être la connaissait-il déjà un peu.

Kendall était entourée de personnes qui lui adressaient leurs vœux de bonheur, mais elle parvint à s'en libérer pour lui proposer :

— Allons prendre un verre, Tuesday.

Celle-ci se retrouva propulsée vers le bar où l'on servait des jus de fruits, des cafés et des cocktails mimosa.

— Désolée pour mon retard, souffla-t-elle à son amie. Je n'ai pas entendu mon réveil.

— Alors, en fin de compte, tu as couché avec lui ? demanda Kendall en se rapprochant d'elle. Il ressemble à quoi, à poil ?

— Kendall Hollbrook Monroe ! s'offusqua Tuesday en souriant, plus en forme tout à coup. En quoi est-ce que ça t'intéresse ? Tu es une femme mariée et respectable !

— J'ai encore le droit d'être curieuse. Il est vraiment grand pour un pilote, largement plus d'un mètre quatre-vingts.

Elle marqua un temps d'arrêt et après un coup d'œil dans la salle, baissa encore le ton.

— Est-ce qu'il est, tu vois… proportionné ? Ça me chiffonnerait de savoir que cette grande taille se limite à sa hauteur. C'est injuste qu'on ne puisse pas connaître la dimension du sexe d'un simple coup d'œil. C'est vrai, les hommes voient notre corps, la taille de nos seins, mais nous, on n'a aucune idée de ce qui nous attend avant de passer à l'acte, et là, il est trop tard.

Tuesday fit de l'œil à un mimosa, se demanda s'il était raisonnable de traiter le mal par le mal. Très amusée par la tirade de Kendall, elle répondit :

— Je suis tout à fait d'accord. On devrait avoir des scanners, comme ceux des aéroports, pour pouvoir évaluer l'instrument d'un mec avant de le ramener chez soi. Mais pour un peu, j'aurais l'impression que tu te plains des centimètres qui feraient défaut chez Evan.

Kendall la tapa sur le bras.

— Mais pas du tout ! Evan a une... est parfait à ce niveau-là. N'empêche que j'en ai quand même croisé une ou deux dans ma vie qui étaient ridicules.

Malheureusement. Tuesday ne le savait que trop bien.

— M'en parle pas. Pendant un temps, j'ai bien cru être au pays de Lilliput. La galère ! Peu importe ce qu'ils veulent nous faire croire, la taille compte.

Elle se décida pour le mimosa. Un tout petit peu d'alcool ne ferait pas de mal. Ce serait peut-être même l'inverse.

Après une gorgée, qui lui donna une idée du paradis, elle s'empara d'une tasse afin d'aller la remplir de café pour Diesel.

— Par malheur, je ne peux pas te dire s'il est bien monté, parce que je n'ai rien vu.

— T'as pas regardé ? s'indigna Kendall, ébahie. Tu devais être plus saoule que je ne pensais.

— Hou, crois-moi, j'étais bien éméchée.

Bourrée. Torpillée. Blindée. Tous les qualificatifs étaient bons.

— Mais Diesel n'a pas voulu de moi. Apparemment, il n'est pas attiré par les femmes complètement paf.

Au loin, elle le vit bavarder poliment avec Mme Tailleur rose. Il n'était peut-être pas non plus attiré par les femmes en pleine gueule de bois, mais il était là, obligé à des conversations pénibles simplement parce qu'elle lui avait demandé de venir.

— Je ne comprends pas. Si ça ne l'intéressait pas de tirer un coup, qu'est-ce qu'il fait ici avec moi ? Et pourquoi m'a-t-il raccompagnée ?

Kendall secoua la tête, la mine incrédule.

— Incroyable, ce qu'on peut être aveugle quand il s'agit de notre relation. Ma belle, il est intéressé, c'est juste qu'il est trop sympa pour profiter de toi bourrée. Et puis, il préfère sûrement une femme consciente à une poupée de chiffon.

— Comment tu sais qu'il est intéressé ?

Elle coula encore un regard vers Diesel. Il était trop mignon, avec ses cheveux en bataille et sa barbe de trois jours.

— Parce qu'il est à un brunch auquel il pouvait échapper, où il connaît environ cinq personnes, et où la plupart des invités sont des femmes ayant dépassé la cinquantaine. Tu vas comprendre, oui ? Il est intéressé, je te dis.

Tuesday avait envie de la croire, mais elle n'était pas convaincue.

— À mon avis, il a juste eu pitié de moi.

— Et à mon avis, tu es folle. Si un mec te faisait pitié, tu l'accompagnerais à un repas de Noël ?

— Beurk, un truc de famille, ça va pas ? grimaça Tuesday. Ça met hyper mal à l'aise, et après, tout le monde penserait qu'on est ens… oooh.

Elle comprit enfin où voulait en venir Kendall.

— Tu as raison, les gens vont nous prendre pour un couple. En fait, si je le voyais venir avec quelqu'un d'autre, j'en parlerais sur mon blog.

— Exactement. Ce que j'en dis, c'est : tente le coup. Sors avec lui et avise.

— Tu veux juste en savoir plus sur son engin.

— Ah, peut-être, sourit Kendall. Mais en fait, je pense que tu pourrais vraiment passer de bons moments. Et c'est un mec sympa, vous iriez bien ensemble.

Tuesday n'en savait pas assez sur Diesel pour parvenir à cette conclusion. Elle n'était même pas sûre de savoir quel genre d'homme lui conviendrait. Ses trois dernières relations s'étaient terminées de la même façon : son compagnon la trouvait trop indépendante et obstinée, trop acharnée à réussir. Apparemment l'homme moderne voulait qu'on fourre son nez dans ses affaires à lui, exclusivement, et ce n'était pas son truc. Elle ne voyait pas l'intérêt d'envoyer huit cents SMS par jour à quelqu'un, ni de passer chaque seconde de temps libre avec lui. Elle voulait un partenaire, un égal, quelqu'un dont rechercher la compagnie parce qu'elle l'appréciait, et pas parce qu'elle craignait qu'il ne la quitte ! Cela ne paraissait pas si compliqué, et pourtant…

Elle n'avait aucune idée de ce que Diesel recherchait dans un couple, mais jusqu'ici, il l'avait traitée avec respect et prévenance, ce qui n'était pas rien.

En fait, il méritait bien la tasse de café qu'elle allait lui apporter.

— Dans tous les cas, je vais retourner le voir, et je te laisse à tes invités.

— C'est vrai, je devrais y aller aussi. Tu m'appelleras, tout à l'heure. Tu sais, quand Diesel t'aura reconduite chez toi, fit Kendall d'un air entendu.

— Je me sens naze. Pas moyen que je couche avec lui aujourd'hui. Si je me lance, tu peux être sûre que je serai en grande forme.

— Alors tu t'inquiètes de ce qu'il pense ?

Sur ce commentaire, Kendall partit d'un pas léger, juste avant que Tuesday puisse lui clouer le bec par une repartie cinglante. Elle s'en inquiétait, et pas pour les raisons suggérées par Kendall. Elle mettait toujours un point d'honneur à être bien perçue par les gens et à tout faire de son mieux, quoi qu'elle entreprenne.

Coincée. Maniaque. On en revenait là.

Prenant place à table, elle donna son café à Diesel.

— J'ai oublié de te demander comment tu le prenais. Tu voulais du sucre et de la crème ?

— Un café noir, c'est parfait, répondit-il en lui souriant.

Ils se regardèrent un instant, et elle se sentit examinée. Il lui adressait un tout petit sourire intime.

— Quoi ? finit-elle par demander.

— Tu es jolie, c'est tout.

Tuesday leva les yeux au ciel, car elle savait qu'elle avait une tête impossible, mais elle goûta quand même le compliment.

— Merci. Je prends note : Diesel aime la peau blafarde et les cernes sous les yeux.

— Oui, dit-il avant de vider la moitié de sa tasse en une gorgée.

Tuesday étudia ses mains. Elles étaient calleuses et dures, avec de longs doigts. Des mains de travailleur. Il avait peut-être un compte en banque bien garni, mais il mettait toujours les mains dans le cambouis, et elle trouvait cela inexplicablement sexy. Pour tout avouer, elle trouvait beaucoup de choses séduisantes chez lui, comme ses cheveux. Ses yeux bleu pâle. Sa mâchoire. Sa haute taille. Ses mains…

Mais avant tout, elle appréciait sa gentillesse, sa réserve et son calme. Jamais il n'avait l'air stressé, comparé à elle qui était une boule de nerfs, de façon positive ou négative selon les moments. Elle naviguait entre les extrêmes, s'éclatait ou stressait pour absolument tout, alors que Diesel avait l'air de s'adapter aux situations sans faire d'histoires. Et quand il la regardait, il donnait l'impression de vraiment prêter attention à ce qu'elle disait.

En plus, il ne mordait pas à l'hameçon lorsqu'elle essayait de le provoquer.

La dame en rose s'interposa entre elle et Diesel pour lui parler :

— Votre mari est vraiment un amour. Il me laisse lui montrer des photos de ma Lottie. C'est un loulou de Poméranie.

— Oh, ce n'est pas mon mari.

Tuesday aurait pu éviter de corriger la dame, mais elle ne voulait pas que Diesel pense qu'elle profitait de la situation. Elle n'était pas une aventurière cherchant à se trouver un mari riche.

— Ne prends pas l'air si soulagé, lui reprocha Diesel.

Ah, les hommes, quelles créatures délicates et susceptibles !

— Pourtant, ce n'est pas le premier venu ! Il ne faut pas le laisser échapper, celui-ci, recommanda la vieille dame. Qu'attendez-vous ?

Il aurait sans doute été bon de commencer par un premier rendez-vous. Tuesday allait rétablir la vérité, mais changea d'avis. C'était l'occasion rêvée de lui en faire voir, et elle allait en profiter.

— Qu'il me demande.

Diesel afficha une mine stupéfaite, et la dame en rose gloussa avec satisfaction.

— Ah, ma pauvre ! (Elle tapota le bras de Diesel.) Alors comme ça, vous faites partie de ces hommes qui ne savent pas s'engager ?

— Bien sûr que non, s'indigna Diesel. Pour être honnête, je ne savais pas qu'elle voulait que je lui demande.

Tuesday manqua d'éclater de rire.

— Voyons, toutes les femmes veulent qu'on leur demande. Sinon, pourquoi serais-je en couple avec toi ?

Pour la compagnie, et si possible du sexe à tomber par terre, mais c'était sans doute un point de vue incompréhensible pour toute personne âgée de plus de soixante ans. D'ailleurs, ça l'était pour beaucoup d'hommes de son âge. C'était tout ce qu'elle voulait, en somme. Quelqu'un avec qui passer du temps. Était-ce si difficile ? En tout cas, c'était amusant de voir Diesel se dépêtrer de la situation.

— Ah, eh bien vous m'avez donné de quoi réfléchir, madame Crandall.

— Tss, fit celle-ci en réponse, avant de se tourner vers Tuesday. Si vous n'avez pas de bague de fiançailles d'ici Noël, plaquez-le.

— Vous le pensez vraiment ?

— Tout à fait. Vous ne pouvez pas laisser ces hommes se laisser aller et penser que vous êtes leur dû. Vous couchez avec lui ?

À côté de Tuesday, Diesel fit mine de s'étouffer et elle réprima un rire.

— Non.

Cela constituait au moins une réponse honnête.

— Bravo. Il ne faut pas qu'il vous croie à sa disposition.

Diesel repoussa sa chaise à grand bruit.

— Veuillez nous excuser, madame Crandall, mais je voudrais faire un tour avec ma petite amie avant que le repas soit servi.

— Oh, mais bien sûr, fit leur interlocutrice.

Très satisfaite d'elle-même, elle adressa un clin d'œil à Tuesday.

— Alors, tu vas me demander en mariage ? demanda Tuesday quand Diesel la prit par le bras et lui fit traverser la pièce. Mme Crandall serait folle de joie.

Diesel aurait sans doute dû la réprimander, mais il était amusé. Aussi à l'aise que si on lui avait mis du poil à gratter dans le caleçon, mais amusé.

— Je comptais surtout te demander d'arrêter de l'ouvrir, mais c'est peine perdue. Je suis sûr que même en dormant, tu parles.

Elle lui tira la langue.

— Qu'est-ce que j'aurais dû dire ? Qu'on se connaît à peine, mais que tu m'as ramenée chez moi hier soir parce que j'étais pintée ? Ça l'aurait choquée et ça aurait choqué son loulou.

— Je disais juste ça pour t'embêter.

Elle avait l'air plus en forme. Ses joues avaient retrouvé des couleurs et elle n'avait plus les épaules aussi affaissées. Avant, elle donnait l'impression que le fait d'être debout lui donnait mal au crâne.

— On va vraiment se promener ?

— Pourquoi pas ? Un peu d'air frais te fera du bien.

— Pas autant qu'un deuxième mimosa.

Diesel ne savait pas trop si elle était sérieuse. Pour la première fois, il s'interrogea sur la cuite de Tuesday. Peut-être n'était-ce pas réservé aux grandes occasions ? Autant aborder le sujet tout de suite.

— Se mettre à boire avant le repas de midi, pour moi, c'est signe d'un problème.

— Il est déjà une heure. Et tout le monde sait que la meilleure façon de se remettre sur pied quand on a trop bu la veille, c'est de prendre un petit verre. C'est bizarre, mais c'est vrai. Ne t'inquiète pas, je ne suis pas alcoolique. Hier soir, c'était une exception open-bar.

Il fut vraiment soulagé d'entendre ces propos. Il aimait bien Tuesday. Son esprit vif et sa confiance en elle lui plaisaient. Il était impatient d'être à leur pseudo-rendez-vous galant, et cela l'aurait embêté qu'elle ait de vrais problèmes d'alcool. Le chagrin du deuil, c'était normal et transitoire. Mais si le souci était plus profond, Diesel ne pensait pas être l'homme pour elle.

Enfin, il n'était pas du tout l'homme pour elle, de toute façon. Rien à voir. Pas du tout. Il s'agissait juste de passer un peu de temps ensemble.

— D'accord.

Il la lâcha et ouvrit la porte. La chaleur étouffante de l'été faillit le renverser. Il aurait bien pris une petite bière, de son côté.

— Dès qu'on retournera à l'intérieur, on te prendra un rafraîchissement.

— Mon héros ! s'écria-t-elle en battant des cils.

Elle se dirigea vers un banc bien à l'ombre à quelques pas de là.

— Est-ce qu'ils peuvent nous voir, de là-bas ?

Diesel regarda la salle.

— Non, pourquoi ?

Elle retira l'élastique de ses cheveux et poussa un soupir.

— Arg. Trop serré.

Elle fouilla dans son sac et en extirpa une brosse. Elle se pencha en avant pour faire basculer ses cheveux et entreprit de les démêler de haut en bas.

Il s'assit à côté d'elle, avec un curieux sentiment de bien-être. Elle s'était déjà apprêtée devant lui largement plus que certaines femmes qu'il avait fréquentées pendant des mois, et elle n'y mettait aucune pudeur. Ce côté nature chez elle lui plaisait.

— Quelle chaleur ici, pesta-t-elle derrière son rideau de chevelure. J'ai l'impression d'être dans mon micro-ondes.

— Il fait chaud comme dans un four, tu veux dire ?

La comparaison était plus usitée.

Elle rabattit ses cheveux dans leur position habituelle et le regarda comme s'il était fou.

— Non. Je n'utilise jamais mon four, pourquoi y ferait-il chaud ?

Diesel éclata de rire. Pourquoi n'était-il pas surpris ?

— Alors tu ne cuisines pas ?

— Non, c'est pour ça que les restaurants existent. Mais je fais un peu de pâtisserie, de temps en temps.

— Tu me ferais des cookies ?

Pourquoi lui avoir suggéré ça ? Il n'en était pas sûr. Sans doute était-il curieux de connaître sa réponse. Tuesday était imprévisible, mais toujours intéressante.

— Si tu me masses les épaules, là, tout de suite, je te fais des cookies. Et même, je me mettrai toute nue, je me recouvrirai de pâte crue et je te permettrai de la lécher.

Voilà. Imprévisible. Il fut partagé entre l'envie de rire et celle de lui faire une réponse suggestive. Une fois l'image en tête, il était difficile de se défaire de la vision de son corps couvert de pâte à cookies aux endroits stratégiques. Il s'éclaircit la gorge et répliqua :

— Franchement, quel homme pourrait refuser une telle offre ?

Elle ouvrit la bouche, mais il leva la main pour l'arrêter. Il n'était pas sûr de vouloir entendre sa réponse.

— Laisse tomber. Place-toi de biais, je vais te masser. Et je ne te demanderai même pas de tenir ta partie du marché.

Dès qu'il posa les mains sur sa peau nue, elle poussa un soupir de plaisir. Il écarta les fines bretelles de sa robe et s'attaqua à la chair et aux muscles en dessous. Elle était tendue et nouée, sans doute à cause d'une nuit de sommeil intermittent. Quand il lui décontracta un muscle noué, son soupir se mua en gémissement.

— Y a pas à dire, tu es un mec bien, déclara-t-elle.

Pour l'heure, Diesel n'avait pas l'impression d'être un mec bien. Il était douloureusement tenté de faire suivre ses doigts par ses lèvres et de goûter sa peau tendre. Il avait envie de lui enlever entièrement les bretelles, pour faire glisser sa robe au sol. De la délester de ses sous-vêtements et de la mettre à cheval sur lui.

Mme Crandall n'aurait pas approuvé. Par contre, le loulou n'aurait peut-être pas été contre. Sur les photos, Diesel avait discerné une lueur lubrique dans ses yeux.

— Ça se voit toujours, que mes cheveux sont mouillés ? demanda Tuesday.

Ils tombaient en cascade sur l'une de ses épaules, les mèches sombres humides au soleil.

— Oui.

— Fait chier, commenta-t-elle en tournant la tête dans sa direction pendant qu'il poursuivait son massage. Et sinon, tu fais quoi de ta vie, maintenant que tu ne conduis plus ?

C'était une question attendue et légitime, mais qui le mettait toujours sur la défensive. Pourquoi ? Ce n'était que de la curiosité, mais il en était toujours dérangé. Sans doute parce que pendant longtemps, il avait eu l'impression que l'accident l'avait privé de sa carrière et de ses objectifs, et c'était frustrant.

— Je restaure de vieilles voitures utilisées pour les courses de stock-cars. J'ai une liste d'attente de clients, à l'heure actuelle.

Cela lui procurait du plaisir, il jouissait d'une indépendance financière et il était en vie. Que désirer de plus ? Il n'avait pas à se plaindre.

— Ah, vraiment ? C'est cool. Super, d'avoir pu rester impliqué dans ta branche.

Il n'aurait pas vraiment dit ça. Il n'évoluait plus vraiment dans les mêmes cercles. Ses moments de gloire en tant que pilote étaient révolus, passés à la génération suivante depuis qu'il avait heurté de plein fouet cette rambarde.

— C'est un gagne-pain.

— Attention, freine ton enthousiasme.

— Tu veux que je fasse la roue comme une pompom girl ? Je peux pas, avec mon genou !

D'accord, ça faisait ronchon, mais que dire d'autre ? Il aimait bien son boulot, qui le satisfaisait et lui occupait les mains. Mais il n'y avait rien de palpitant à l'évoquer dans des discussions.

— L'amertume ne te va pas bien.

— Qui a dit que j'étais amer ?

Il n'estimait pas l'être vraiment. Certains jours, il était déçu de ne pas avoir profité de plus de temps sur le circuit, mais de manière générale, il s'était adapté à la situation. C'était comme ça, et il était bien content d'être en vie avec tous les membres en état de marche, même si son genou le faisait souffrir parfois.

— J'ai vraiment de la chance que le travail soit un choix et pas une nécessité pour moi. J'ai une vie sympa, aucun doute là-dessus.

— Et elle va partir en sucette maintenant que tu m'as rencontrée.

Elle lui sourit par-dessus son épaule, les yeux brillant dans la lumière du soleil.

Elle était belle. Éthérée, mais forte. Vulnérable, mais pleine de ressources. Il se sentit envahi du désir impérieux de l'embrasser. Il n'en revenait pas de l'intensité et de la spontanéité de ce sentiment, et il se rapprocha d'elle, dans l'envie, ou plutôt le besoin, de la toucher plus.

Mais Tuesday ne devait pas être sur la même longueur d'onde, car elle se leva.

— Vaut mieux qu'on y retourne, avant qu'ils s'imaginent qu'on se pelote derrière un arbuste.

Sur le moment, Diesel ne trouva pas l'idée si mauvaise.

Tuesday partit d'un pas vif. Elle ne savait même pas si Diesel s'était levé du banc. Il fallait qu'elle s'éloigne de ce soleil, et de lui aussi. Il y avait quelque chose dans sa façon de la regarder… Comme s'il la trouvait belle et importante. Elle était décontenancée par l'intensité de ses expressions.

Alors elle avait fui, évité les regards lui signifiant des choses qu'elle ne comprenait pas. Les hommes qui plaisantaient, ceux qui faisaient du charme, ceux qui parlaient autant qu'elle et frisaient la prétention, elle y était habituée. Diesel ne faisait partie d'aucune de ces catégories. Il parlait peu en choisissant ses mots, et jusqu'alors, elle ne l'avait jamais vu déçu, énervé ou impatient. Même quand elle l'avait laissé seul en compagnie d'une vieille dame et de ses photos de toutou.

Elle ne savait pas trop pourquoi la personnalité de Diesel l'effrayait autant, mais elle flippait.

Il la suivait. Elle le sentait derrière elle, et quand elle arriva à la porte, il passa la main autour d'elle pour ouvrir, en parfait gentleman. Pourquoi ? Il n'aurait pas pu être un gros nul, comme tous les hommes qu'elle avait fréquentés, non ? Évidemment, elle était certaine d'apprécier un peu de sport en chambre avec lui, mais ce dont elle doutait fort, c'était d'être capable de s'engager avec quelqu'un en ce moment. Pourtant, il lui en donnait l'envie.

— Tu dois aller mieux, tu fais presque un jogging, commenta-t-il alors qu'ils rentraient dans la salle.

— J'ai faim.

Et surtout, elle paniquait. Ça devait juste être le besoin de sommeil. Dans l'état où elle était, c'était logique. Rien de grave.

— Moi aussi, je suis affamé.

À entendre son ton, elle se retourna pour le regarder. Aïe. Il ne parlait pas de quiche, c'était évident. Son expression annonçait qu'il parlait de sexe. Et cela lui plaisait, vu la façon dont ses mamelons se mirent à pointer sous sa robe et dont ses cuisses furent inondées d'une douce chaleur.

Trahie par son corps.

Elle sentit le rouge lui monter aux joues, ce qu'elle allait attribuer à la déshydratation à cause du champagne de la veille au soir.

— Eh bien, les salades sont sur la table, donc on est bons.

Tuesday grimaça intérieurement en entendant le ton faussement enjoué qu'elle venait d'employer.

Il lui tira une chaise, qu'elle fut tentée de lui sortir des mains pour lui montrer qu'elle savait prendre une chaise toute seule. Elle se força au contraire à s'asseoir et posa la serviette sur ses genoux. Elle s'attaqua aux salades composées, et entre la mastication et le fait que Mme Crandall monopolisait Diesel, elle n'eut pas à lui parler de tout le reste du repas.

C'était précisément ce qu'elle recherchait, mais au moment où tout le monde commença à prendre congé, elle était de sale humeur.

Pour compenser, ses cheveux étaient secs et la nourriture avait apaisé son mal de tête et ses vertiges.

— Prête à partir ? demanda Diesel avec un sourire engageant.

— Oui.

Pourquoi ne pouvait-il pas se plaindre, comme la plupart des mecs ? C'était vraiment frustrant.

— Merci encore de m'avoir accompagnée. Et de m'avoir conduite, bien sûr. C'est vraiment gentil.

— Pas de problème. Et tu ne vas pas te défiler le soir des courses ?

— Non, non, je serai là. Je dois juste savoir à quelle heure te retrouver.

Elle était impatiente d'y être tout en redoutant cette soirée.

Il lui lança un regard désapprobateur.

— Tu plaisantes ? Je passerai te prendre à sept heures.

— Je peux y aller par moi-même, protesta-t-elle.

S'il l'emmenait, ce serait un rencart officiel, alors qu'elle voulait que ça reste un échange de services. Car elle était redevable à Diesel.

— Ne discute pas, je passe te prendre.

Parce qu'elle discutait, là ? Tuesday avait beau le trouver sexy et avoir envie de le connaître mieux – avec et sans vêtements –, il était parfois énervant.

Ou peut-être, si elle était honnête avec elle-même, qu'elle le trouvait rafraîchissant. Il disait ce qu'il pensait, sans détour. Aucun homme n'avait agi ainsi avec elle auparavant.

— OK, alors perds ton temps à traverser la ville pour venir me chercher. Ça me va.

Plutôt que de lui en vouloir de son ton agressif, il chassa les cheveux qui lui tombaient dans les yeux.

— Voilà. Maintenant, si tu es prête, on n'a qu'à sortir, que je puisse encore perdre du temps aujourd'hui en te ramenant à ta voiture.

— En fait, Mme Holbrook me ramène, donc tu es libéré.

En réalité, elle ne pensait pas pouvoir passer plus de temps avec lui avant d'avoir dormi vingt heures, et elle avait donc supplié la mère de Kendall de s'y coller.

— Bon, à samedi dans ce cas. Sept heures.

Diesel se pencha vers elle pour effleurer son front d'un baiser et quitta les lieux.

Vraiment ? Il n'allait pas insister pour la ramener lui-même. Elle ne souhaitait pas réellement qu'il le fasse, mais il aurait sans doute pu essayer un peu plus fort. Même si cette idée était complètement déraisonnable de sa part.

Elle le regarda sortir.

Tout d'un coup, sa tête se remit à la faire souffrir.

Belote chez les pilotes
Par Tuesday Talladega

Dans la soirée de mardi, les pilotes de Cup Series Evan Monroe et Kendall Holbrook ont rendu plus qu'officiel leur mariage historique dans le milieu. La réception comptait plus de deux cents personnes, avec tous les pilotes participant au championnat ainsi que des retraités restés dans le cœur des fans, comme Diesel Lange. Toujours sexy et célibataire, les filles, ce qui ne laisse pas d'étonner votre blogueuse dévouée. Une chanceuse devrait lui mettre le grappin dessus avant qu'on ait le temps de dire « démarre ». Hormis les nombreux mecs séduisants, les demoiselles d'honneur présentes à cette élégante fête, y compris votre humble servante, portaient des tenues Vera Wang d'une charmante teinte citrouille, avec un rendu particulièrement éblouissant lors de la danse des canards.

La mariée, vêtue d'une robe fourreau, était resplendissante. Je pourrais vous raconter plus de détails sur les plats servis et les fleurs, mais il est temps de dormir, afin de réparer les dommages causés par le champagne et les talons hauts. C'est une association qui n'est pas recommandée, qu'on se le dise…

5

Lorsque Tuesday lui ouvrit sa porte le samedi suivant, Diesel eut un mouvement de surprise. Elle arborait des bottes d'équitation, un legging noir, une veste et une bombe portée un peu de biais sur les cheveux.

— Euh... Tu as une raison particulière d'être habillée comme ça ?

— Tu as dit qu'on allait aux courses. Je me suis dit, autant s'amuser un peu.

D'accord, c'était inattendu. C'était ce qu'il devait toujours avoir à l'esprit avec Tuesday. Il hésita entre être un peu gêné de ses petites bizarreries et éclater de rire. Il choisit la voie moyenne.

— Tu as oublié ta cravache.

Il plaisantait, mais pas elle.

Elle retourna à l'intérieur et ramassa une badine sur la table basse. Elle en fouetta un coussin du canapé avant de lui adresser un grand sourire.

— T'inquiète, je l'ai.

Et ça, c'était une érection qu'il remarquait aussi.

— Je te trouve très à l'aise dans le maniement de cet objet.

— C'est vrai. J'avoue que ça me plaît bien.

Elle cingla à nouveau l'oreiller, avec tant de force qu'il tressauta.

Diesel aurait dû avoir un mouvement de recul, mais en fait, son érection prit de l'ampleur aussitôt. Tuesday dégageait des ondes incroyablement séduisantes en agitant cet instrument.

— Tu me rappelleras de ne pas t'énerver.

— Bah ! Tu sais très bien que tu as envie de te faire rappeler à l'ordre !

Sur cette déclaration fracassante, elle passa à côté de lui et se dirigea vers la porte.

Après un temps d'arrêt, lors duquel tout son sang afflua dans sa zone génitale et où sa langue parut trop épaisse pour articuler un mot, Diesel se reprit et repassa devant Tuesday.

— À mon avis, c'est toi qui as besoin d'être disciplinée.

Elle ouvrit de grands yeux, sous l'effet de la surprise, mais aussi du désir.

— Pardon ?

Elle pensait qu'il n'allait pas répliquer, c'était clair. C'était elle qui prononçait les paroles choquantes, comptant sur le fait que la plupart des hommes n'oseraient pas dépasser cette limite de leur côté.

Diesel, par contre, n'allait pas hésiter.

— Tu m'as bien entendu. Ne propose pas de jeu à moins d'avoir vraiment envie de respecter les règles.

Sa bombe glissa un peu et elle le regarda droit dans les yeux. Il fit de même, bien campé sur ses jambes.

Elle déglutit de manière audible, puis recouvra ses esprits et lui adressa un sourire rusé.

— J'ai jamais dit que je ne voulais pas jouer.

Dans ce cas, ils allaient jouer. Diesel ne s'arrêta pas pour se demander si c'était ou non une bonne idée. Il allait se fier à son instinct, ou plus précisément à son membre. Le désir s'était emparé de lui, et chaque muscle dans son corps était bandé de désir pour elle. Il lui arracha la cravache des mains et déclara :

— Dans ce cas, ceci me revient.

Elle eut un petit hoquet, mais ne fut pas horrifiée. Plutôt excitée, à en juger par la façon dont elle se déplaça légèrement vers lui, les yeux chavirés.

— Ne me pique pas ma cravache.

— C'est toi qui m'as laissé la prendre.

— Pas du… commença-t-elle, indignée.

Mais Diesel l'interrompit. Il se pencha en avant, lui prit le menton et l'attira tout contre lui. Lorsque ses lèvres rencontrèrent celles de Tuesday, il ferma les yeux dans un soupir intérieur. Hmm, elle était délicieuse. Elle avait des lèvres parfaites : chaudes, réceptives, pleines.

Ce n'était pas un quelconque bisou tout doux, mais il ne cherchait pas à en faire un baiser sauvage non plus. Jusqu'au moment où Tuesday lui mordit la lèvre inférieure, clairement pas pour l'arrêter, mais pour lui signifier d'aller plus loin.

Là, plus rien n'était joué. Il enfouit les mains dans ses cheveux et l'embrassa avec toute la frustration accumulée ces derniers mois. Elle lui saisit les fesses, les seins collés à son torse, et lança sa langue à l'assaut de sa bouche.

Waouh. Elle lui rendait la monnaie de sa pièce, et Diesel sentit un grondement sourd s'échapper de sa gorge. Il était tellement excité par cette femme que c'en était affolant. Tout ce qu'il voulait, c'était la jeter à terre, lui retirer son ridicule pantalon d'équitation et plonger en elle. Pour éviter de passer à l'acte, il interrompit le baiser au prix d'un grand effort, lui lâcha les cheveux et reprit une inspiration un peu saccadée.

Elle avait les lèvres brillantes, de grands yeux, et respirait de façon aussi hachée que lui.

Il glissa la cravache entre les jambes de Tuesday et l'en caressa, le pantalon moulant lui montrant qu'il était exactement là où il voulait.

Elle ferma les yeux, appréciant le passage lent et répété sur son clitoris. Elle écarta les jambes, et quand elle se mit à bouger les hanches pour obtenir des caresses plus poussées, Diesel éloigna la cravache.

— Allons-y, on va être en retard.

Elle resta bouche bée, mais ne protesta pas. Elle plissa les yeux d'un air contrarié, et quand elle passa à côté de lui, elle fit en sorte de presser les seins contre son bras, lui léchant la lèvre inférieure par la même occasion.

Diesel se raidit. Si elle touchait à nouveau son membre, il n'arriverait pas à ces satanées courses de charité. Il comptait passer les deux heures suivantes à la combler de toutes les manières possibles.

Mais elle ne le toucha plus, ne le mordit pas. Par contre, elle lui reprit la cravache des mains.

— Ça m'appartient, il me semble.

Elle sortit, les fesses bien hautes et moulées dans son pantalon, tête rejetée en arrière et cheveux au vent.

Diesel n'eut d'autre choix que de la suivre, douloureux de désir et impressionné par son corps superbe et son attitude imperturbable.

Il devait le reconnaître, il ne voyait plus pourquoi il avait reculé devant l'idée de lui faire l'amour, à part quand elle était éméchée. Tant pis pour son genou. Elle pourrait aller dessus. Ils pourraient se mettre sur le canapé, l'autre genou à terre. Tout ce qu'il faudrait pour pouvoir être en elle. C'était son objectif de la soirée. Maintenant qu'elle l'avait enfin laissé l'embrasser, il en voulait davantage. Il voulait tout.

— Ah mince, attends.

Tuesday repartit dans son appartement.

Diesel resta sur le pas de la porte, se disant qu'elle avait oublié quelque chose et attendant qu'elle réapparaisse avec allez savoir quoi.

Elle revint avec une boîte en plastique qu'elle lui tendit. Elle était remplie de cookies faits maison.

— C'est quoi, ça ? lui demanda-t-il alors qu'elle fermait la porte.

— Au retour de noces, je t'ai promis des cookies si tu me massais les épaules. Tu as rempli ta part du contrat, alors j'ai fait de même. Je tiens toujours mes promesses.

Et elle partit d'un bon pas.

Diesel fut à la fois touché et excité. Elle avait fait des cookies, spécialement pour lui. Cela ne lui était jamais arrivé. Dire qu'il avait été assez bête pour la libérer de la deuxième partie de son offre ! Il avait l'eau à la bouche à l'idée de lécher de la pâte crue sur son corps nu...

Trente minutes plus tard, il était assis à côté d'elle dans un sous-sol d'église, les pensées lubriques défilant sans discontinuer dans sa tête. C'était l'enfer. Son oncle et sa tante se trouvaient face à lui, clairement curieux, et la fameuse Ellie alternait les regards noirs pour Tuesday et coquets pour lui.

Tuesday tenait une forme olympique, charmant son oncle et sa tante par ses grands sourires contagieux et son papotage plein d'esprit. Sa bombe glissait sans cesse vers l'avant pendant leur conversation et Diesel ne pouvait oublier que sa cravache était appuyée contre sa chaise, hors de sa portée.

— Cette course, c'est la nôtre, j'en suis persuadée, affirma Tuesday à sa tante. Je mise encore dix dollars.

L'église diffusait d'anciennes courses sur un écran géant au bout de la salle. Les participants misaient chacun sur un cheval. On pouvait également parier sur le classement. Il y avait des prix remis, mais le but était de verser une somme à l'association caritative de son choix.

Sa tante rit.

— J'adore votre confiance. Je pars sur dix moi aussi.

Elles placèrent toutes deux un billet de dix dollars au centre de la table.

— Beth, tu es en folie, ce soir, s'exclama Johnny, rayonnant.

Apparemment, tout le monde était sur le même tempo. Pour sa part, Diesel était frénétique, même si son état n'avait rien à voir avec son portefeuille. Il avait beaucoup de mal à se retenir de toucher Tuesday, et de temps à autre, sa main s'égarait au niveau de son genou, voire le long de ses cuisses. C'était à cause de ce pantalon. Il révélait tellement ses formes que Diesel avait du mal à se contenir. C'était aussi son attitude, sa façon de mettre l'argent sur la table avec entrain, sans jamais une hésitation.

De plus, elle n'arrêtait jamais sa main, même quand il repoussait les limites de la décence.

Le buffet offrait de la pizza et de la bière, et Tuesday ne se priva pas d'avaler trois grandes parts de pizza à la viande hachée, mais s'en tint au soda, ce que Diesel fut content de voir. Il voyait ainsi la vraie personnalité de Tuesday, assuré de ne pas assister à une embellie temporaire due à l'alcool.

— Zut alors, on n'a plus de chips.

Tuesday montra à Diesel le saladier, qui ne contenait plus que quelques miettes solitaires.

Elle en engouffrait avec régularité depuis le début de la soirée, et il était assez intelligent pour comprendre que ce n'était pas sans raison qu'elle lui désignait le récipient vide.

— Tu voudrais que j'aille en chercher d'autres ?

— Oh, tu ferais ça ? s'écria-t-elle, ravie. Merci, c'est trop gentil de ta part.

Il aurait dû être irrité qu'elle le manipule de façon aussi évidente, mais il n'en était qu'amusé. Et excité. Vraiment très excité.

— Je viens avec toi, décréta Johnny en repoussant sa chaise pliante en métal. Beth, il te faut quelque chose d'autre ? Ellie ? Jean ?

— Non, merci chéri.

Diesel savait que Johnny voulait lui parler, et ils avaient à peine franchi un mètre que son oncle se pencha vers lui :

— Je croyais que tu ne voulais fréquenter personne ?

— Je n'ai jamais dit ça. J'ai dit que si je voulais sortir avec quelqu'un, je me débrouillerais tout seul.

— Et tu t'es bien débrouillé, je reconnais. Tuesday, c'est pas n'importe qui. Belle, intelligente, et gentille comme tout.

Il n'était pas persuadé du côté « gentil », mais elle était pourvue des deux autres qualités, c'était incontestable.

— C'est sûr.

— Alors tu n'as vraiment pas pris du bon temps avec elle ? demanda son oncle d'un air déçu.

— Non, je t'ai dit qu'elle était saoule.

— Ce soir, elle ne l'est pas.

— Mais pourquoi tu t'intéresses autant à ma vie sexuelle ? s'emporta Diesel.

Il ne s'était pas seulement éloigné de la table pour aller recharger le saladier, mais surtout pour résister à la tentation que Tuesday représentait pour lui. Il n'avait aucune envie de s'éterniser ici, à parler du fait qu'il n'avait pas encore eu l'occasion de la voir nue.

— Ne sois pas sur la défensive, fit Johnny en levant les mains, alors qu'ils arrivaient au buffet. Je te signale juste que si tu veux arriver à tremper le biscuit avant qu'il ne soit attaqué par les asticots, tu aurais de bonnes chances ce soir.

La semi-érection qui tourmentait Diesel depuis des heures disparut enfin. Bizarrement, cette description pittoresque avait réussi à le calmer.

— J'arrive pas à croire que tu viennes de prononcer ces mots dans un bâtiment religieux. Et franchement, j'ai l'impression d'avoir douze ans. Je ne crois pas que Tuesday serait très à l'aise si elle savait que tu conspires dans son dos pour la mettre dans mon lit.

Aucune femme ne devait avoir envie d'être l'objet de tels propos.

— Ne fais pas ta chochotte. Elle a envie de toi aussi, ça se voit comme le nez au milieu de la figure.

— Qu'est-ce que tu en sais ?

Les baisers de tout à l'heure avaient vraiment été enflammés, mais ce n'était pas plus mal de savoir qu'on avait remarqué le courant entre eux.

— Alors là, oui, tu as douze ans. Comment fais-tu pour ne pas remarquer les regards qu'elle te lance ?

— Des regards comment ? Dégoûtés ? En colère ?

— Noyés de désir, mon petit gars. Ni plus, ni moins, fit Johnny en lui administrant une tape dans le dos. Profites-en.

D'un côté, c'était exactement ce que Diesel voulait faire. D'ailleurs, il n'avait pensé qu'à ça toute la soirée. Mais d'un autre, il trouvait ça déplacé. Le désir brut, ce n'était pas la seule chose qu'il souhaitait entre Tuesday et lui. Il ressentait de la tendresse pour elle, aussi. Il ne voyait pas pourquoi les deux sentiments devaient être séparés, et ne savait pas si elle lui trouvait de l'intérêt en dehors de l'aspect sexuel.

Alors qu'ils n'avaient même pas encore couché ensemble.

Il était vraiment dans un état grave.

— La course commence, prends les chips.

À l'écran, les chevaux alignés étaient prêts pour le départ. Diesel remplit le saladier, prit de l'eau et suivit son oncle à la table. La course débuta et il trouva Tuesday debout, en train de sauter sur place pour encourager son cheval. Ces bonds mettaient en valeur ses fesses d'une façon alléchante dans son pantalon moulant, et sans surprise, l'érection revint aussitôt.

— Youhou ! criait-elle. Allez, Fringant Fernand ! Vas-y, mon Fernand !

Comme par hasard, elle avait choisi le cheval au nom le plus ridicule. Elle poursuivit avec enthousiasme :

— Tu vas te les faire, Fringant Fernand !

Diesel posa les chips devant elle et observa :

— Attention à ton langage, ma douce.

Elle lui accorda un coup d'œil entre deux sauts de haut en bas.

— Quoi ? Ne sois pas salace. Qu'est-ce que ça pourrait vouloir dire d'autre ?

— Je pense à beaucoup de choses, qui mettent en scène des histoires de pirates et de jeunes femmes consentantes.

Elle lui renvoya un visage intéressé et un peu émoustillé.

— Ah, d'accord. Garde cette idée pour tout à l'heure. Pour l'instant, j'ai un cheval à encourager.

— Ne te gêne pas.

Il allait tout simplement se rasseoir, reposer son genou et la regarder. Cette occupation lui apportait une satisfaction étonnante. Tuesday était toujours en mouvement, ce qui faisait balancer ses cheveux bruns lisses sur ses épaules. Elle était du genre à toucher beaucoup les gens. Elle était toujours en train de prendre quelqu'un par le bras, l'épaule, ou de se pencher vers eux. En ce moment, c'était son oncle et sa tante qui recevaient ces marques d'intérêt ; Diesel était content de voir qu'ils s'entendaient bien.

Il était tout à fait content de son sort, jusqu'au moment où Ellie s'agita dans la chaise à côté de lui.

— Vraiment ? fit-elle d'un ton dédaigneux. C'est ça que tu choisis, plutôt que moi ?

Ce n'était pas le genre de confrontations gênantes qu'il appréciait. Que voulait-elle qu'il dise ?

— Ce n'est pas une compétition.

— Bien sûr que si.

Ellie était une brune aux formes généreuses qui faisait beaucoup d'efforts pour entretenir son corps et son bronzage. Elle était attirante, mais trop agressive au goût de Diesel. Il jeta un coup d'œil à la ronde, dans l'espoir que quelqu'un vienne les interrompre et lui épargne cette conversation.

Pas de chance. Son oncle et sa tante se tenaient derrière Tuesday, en train de parler pendant que celle-ci s'agitait, des chips à la main.

— La vie est une compétition, Diesel. Tu devrais le savoir, étant donné ton ancien métier.

Il ne voyait pas trop où elle voulait en venir.

— On n'a pas grand-chose en commun, Ellie.

L'air outré, elle répliqua :

— Tu pourrais quand même être content que je ne sois pas rebutée par ta fin de carrière. La plupart des femmes ne voudraient pas d'un pilote bon pour la casse.

Ce coup à l'endroit sensible était inattendu. Un instant, il resta assis sans pouvoir réagir. Il savait bien que des tas de femmes couraient après les pilotes uniquement à cause de leur aura. Pourtant, il n'en avait pas déduit qu'il n'était plus intéressant. Qu'il était perçu comme un has-been.

Il y avait plein de fois où il pensait cela de lui-même, mais ce n'était pas du tout plaisant de se l'entendre rappeler par quelqu'un d'autre. Il lutta un instant, mais parvint à dire d'un ton dégagé :

— C'est très généreux de ta part. Mais je reste sur ma décision.

Ellie repoussa sa chaise, sa poitrine rebondissant dans son petit haut décolleté. Elle regarda en direction de Tuesday et lança :

— Tu es trop plan-plan pour elle, tu sais. Tu ne seras jamais à la hauteur.

Rajouter l'insulte à la blessure, c'était fait. Jusqu'ici, Diesel ne comprenait pas lui-même sa retenue vis-à-vis de Tuesday, mais Ellie venait de lui lancer en pleine figure ce qui risquait de ne pas marcher. C'était très utile. Ou pas.

Il était un pilote au rebut ennuyeux. Il ne serait jamais capable de maintenir l'intérêt d'une femme aussi dynamique que Tuesday.

Diesel suivit Ellie du regard ; elle avait pris son sac à main et s'était éloignée de la table. Il était trop maussade pour remarquer l'arrivée de la course, et Tuesday dut lui agiter la main devant les yeux.

— Qu'est-ce que tu regardes ? Tu as vu, un peu ? Fringant Fernand a assuré comme une bête, bébé !

Diesel écarta non sans peine les doutes qu'Ellie venait d'insinuer en lui et se força à sourire pour Tuesday.

— Félicitations, c'est génial. Tu dois savoir choisir, alors.

Sans prévenir, elle s'assit sur ses genoux.

— Tu l'as dit, je suis la championne du choix de chevaux. Je veux dire, de chevaux gagnants.

Elle tortilla un peu de son postérieur bien ferme pour trouver une position confortable sur ses cuisses. Que penser du fait qu'elle le considérait comme son fauteuil pliant attitré ?

— Ils repassent de vieilles courses. Tu les as peut-être déjà vues ?

Il ne pensait pas un instant que ce soit le cas, mais sa réaction serait drôle à voir. Et ce serait plus facile d'affronter son indignation que ses gestes démonstratifs en public. Il n'était pas très à l'aise quand il s'agissait de marques d'affection devant tout le monde. Surtout qu'il n'amenait jamais de femme avec lui à ce genre d'occasions, et que tout le monde le regardait avec curiosité. Comment allait-il s'expliquer d'ici une ou deux semaines, une fois que Tuesday se serait désintéressée de lui ?

— Comment oses-tu ? fit-elle en levant le nez. C'est une accusation insultante. Et même si par hasard il m'avait été donné de voir la première diffusion, cela ne diminue en rien la confiance que j'apporte au talent de Fringant Fernand, ni mon enthousiasme pour le déroulement de la course. Et en plus, c'est pour une bonne cause.

— Alors en fait, tu l'as vue ?

— Carrément, avoua-t-elle en mettant le doigt sur les lèvres de Diesel. N'en parle à personne.

Était-elle consciente de l'attirer à ce point ? Savait-elle comme elle était sensuelle ? Sa démarche, sa façon de rabattre ses cheveux en arrière, l'inclinaison de sa tête, le sourire en coin qu'elle esquissait avec assurance, tout cela le rendait fou. Elle était toujours juchée sur ses genoux, le doigt sur sa bouche, l'autre bras sur son épaule pour rester en équilibre, et son aisance dans cette position l'intriguait et l'excitait à la fois. Il aimait sa franchise.

— Jamais je ne ferais ça, répondit-il. C'est pour la bonne cause.

— Tout à fait, dit-elle en baissant le doigt. Dis-moi trois choses que je ne sais pas déjà à ton sujet.

Et voilà qu'à nouveau, elle le prenait complètement au dépourvu.

— Sérieux ?

— Non, je t'ai demandé ça uniquement pour que tu ne dises rien, ironisa-t-elle en levant les yeux au ciel. Bien sûr, que je suis sérieuse.

Il commença à réfléchir, car personne ne lui avait posé une telle question auparavant. Il ne savait pas trop ce qu'elle recherchait, mais si elle pouvait dire ce qui lui passait par la tête, il en était capable aussi.

— Je suis allergique aux chats. Le seul État du pays que je n'ai pas visité est le Dakota du Nord. Et je suis né un quatre juillet.

— Chouette, avec un anniversaire le jour de la fête nationale, tu as droit aux feux d'artifice.

— En fait, c'est un peu l'arnaque d'avoir son anniversaire un jour de fête. Ç'aurait pu être pire, Noël par exemple, mais quand on est gosse, on a envie d'être au centre des événements.

— Oui, je vois. Alors, raconte-moi pourquoi tu n'es jamais allé au Dakota du Nord. C'est du boycott ?

— Non, s'esclaffa Diesel. Je n'ai pas encore eu l'occasion, c'est tout. Je devrais, avant de mourir. Alors dis-moi, d'où te vient ce prénom ?

Elle se déhancha à nouveau.

— Je commence à avoir les fesses qui s'endorment.

Pour sa part, il n'avait aucune partie de son corps qui s'endormait. Il lui passa la main au creux des reins, craignant qu'elle ne tombe à force de s'agiter. Il ne souhaitait pas la toucher plus que nécessaire, étant donné l'endroit où ils se trouvaient, et le fait que la cravache les narguait, appuyée contre la chaise.

— C'est une histoire nulle, répondit-elle. Mes parents n'arrivaient pas à se mettre d'accord sur un prénom. Ils se disputaient, et disons qu'ils ont tous les deux des opinions bien arrêtées. J'ai hérité de ce gène, heureusement, observa-t-elle avec un sourire. Bref, je suis née un mardi. À la maternité, ils ont subi des pressions pour remplir l'acte de naissance, ma mère était énervée que mon père ne cède pas, et inversement. Du coup, il a dit : « Eh bien, on n'a qu'à l'appeler Mardi. Tuesday » Et c'en est resté là. C'est l'histoire la plus dépourvue d'amour dans un nom donné à un enfant. Mais comme tu dis, Mardi, il y a pire. Ils auraient pu m'appeler… « Sexe féminin ».

— Bien vrai. Et puis, c'est cool, comme prénom. Ça te rend unique, contrairement à Daniel.

— Mais personne ne t'appelle Daniel. Ou si ? demanda-t-elle avec un air volontairement scrutateur, en se pianotant sur le menton.

Personne, à part sa mère de son vivant.

— Plus maintenant. Ce serait sympa, de m'entendre appeler Daniel, de temps en temps.

Il manqua d'ajouter que cela signifierait que la personne était spéciale, plus importante, ou qu'il représentait quelque chose d'important pour elle, mais s'interrompit avant de passer pour un *loser* complet.

— Et trois choses que je ne connais pas sur toi ?

— Voyons ça, Daniel. Mon surnom quand j'étais petite, c'était Klaxon. Ne me demande pas pourquoi, je ne te le dirai pas. Je ne suis jamais allée en Europe, et c'est un scandale. Je n'ai jamais croisé un cookie que je n'aimais pas.

Entendre son nom dans sa bouche lui plaisait beaucoup. Il se retint de rire et répondit :

— Si tu ne voulais pas que je te pose la question, pourquoi tu me l'as dit ?

— Pour te frustrer.

Elle pouvait être douée dans ce domaine, il n'en doutait pas.

— Alors il n'existe aucun cookie auquel tu peux résister ?

— Non.

— Tu viens de me donner de bonnes munitions.

— C'était le but, fit-elle avec son fameux sourire à mille gigawatts.

Diesel sentit une nouvelle poussée d'excitation. Elle était trop séduisante.

— On va peut-être pouvoir y aller bientôt, qu'en penses-tu ?

— Tout dépend d'où on va.

— Chez toi ou chez moi. Dis-moi juste où tu serais le plus à l'aise pour qu'on se déshabille.

Il en avait assez de parier pour de faux sur des vieilles courses de chevaux, et marre que son interaction avec Tuesday soit soumise au regard de toute la tablée.

Si elle devait se lasser de lui, il voulait passer au moins une nuit avec elle avant de se faire jeter.

Elle passa la langue sur ses lèvres, une lueur de désir dans les yeux.

— Qu'est-ce qui est le plus près ?

Il aimait beaucoup sa façon de raisonner.

— Sans doute chez moi. Et n'oublie pas que j'ai des cookies dans la voiture. Ceux que tu as faits.

Tuesday regretta d'avoir choisi ce fichu pantalon moulant, car elle aurait eu besoin de plus d'espace pour s'aérer. Diesel avait une manière de la regarder qui l'embrasait tout entière. Ses paroles envoyaient comme une décharge électrique entre ses cuisses. Ils n'avaient pas clairement dit qu'ils comptaient coucher ensemble tout à l'heure, mais il était évident qu'ils étaient tous les deux très partants. Elle l'aurait bien fait après le mariage, mais à ce moment, elle n'aurait su dire s'il s'intéressait à elle ou s'il se sentait simplement responsable de la pauvre fille bourrée.

Entre le baiser sensuel de tout à l'heure et ses paroles de maintenant, elle ne se posait plus de questions. Il avait envie d'elle, et elle était sur la même longueur d'onde.

— Il faut juste que je récupère ma cravache, et on peut y aller.

— Alors, c'est parti, lui souffla-t-il d'une voix rauque.

Diesel n'avait pas toujours les répliques les plus inventives, mais c'était sa façon de les dire, son ton sérieux et sexy à la fois, les cheveux qui lui tombaient dans les yeux, qui faisaient grimper Tuesday aux rideaux. Le simple fait d'entendre ces paroles en cet instant, laissant une trace comme ses baisers chauds et exigeants, lui faisaient tremper son legging. Il fallait vraiment qu'ils sortent de là, avant qu'elle balaye les chips de la table et ouvre les cuisses pour l'accueillir.

Elle se releva, prenant soin que ses fesses soient en plein milieu du champ de vision de Diesel. Autant attiser son appétit par tous les moyens. Elle dit au revoir à la femme dont le nom lui échappait, venue avec sa fille qui avait visiblement des vues sur Diesel. Celle-ci, Ellie, n'était plus là, ce qui était sans doute mieux. Tuesday n'avait pas envie de se friter avec une autre femme, et elle avait l'air du genre à chercher des noises.

Elle préférait savoir ce que donnait Diesel au lit avant de décider s'il valait la peine de tirer les cheveux et mettre des gifles à cette peste.

L'oncle et la tante, pour leur part, l'avaient sans conteste appréciée.

— Merci beaucoup, ça a été une très bonne soirée, dit-elle à Beth, qui la prit dans ses bras.

— Nous avons été ravis de vous rencontrer. Je me suis beaucoup amusée en votre compagnie.

Ce fut ensuite au tour de Johnny de l'étreindre brièvement. Tuesday sentit son eau de toilette affluer à ses narines, et eut un instant de confusion, suivi d'une immense tristesse. Il sentait comme son père, et lui tapotait le dos comme l'aurait fait son père. Soudain, elle regretta de ne pas avoir profité de la bière qui avait coulé à flots toute la soirée.

Mais elle se composa un sourire, termina ses adieux et, munie de sa cravache et de son sac à main, décampa. Elle supposa que Diesel la suivait, car elle ne voulait pas se retourner et exposer ses larmes pour vérifier.

Jamais plus elle ne passerait de soirées avec son père.

Après avoir monté l'escalier quatre à quatre, Tuesday ouvrit la porte en grand pour se ruer sur le parking de l'église. L'air du soir l'assaillit et elle respira profondément. Il faisait trop chaud pour porter sa veste d'équitation sans air conditionné, alors elle la retira, les joues en feu.

Quand enfin la porte s'ouvrit derrière elle, elle lança un regard assassin à Diesel.

— Pourquoi tu as mis aussi longtemps ?

— J'essayais de t'énerver, répondit-il d'un ton tranquille.

Tuesday poussa un soupir. La plupart des hommes auraient mordu à l'hameçon et lui auraient renvoyé des propos cinglants. Sa colère s'apaisa du fait qu'il ne le fasse pas. Elle avait eu envie de se disputer avec lui, alors qu'il n'avait rien fait de mal. Ce n'était pas sa faute si son père n'était plus là, et elle n'avait pas à se venger sur lui. Qu'il ne la laisse pas s'en prendre à lui gratuitement, c'était un soulagement.

Elle ouvrit la bouche pour s'excuser, quand il la prit au dépourvu. Elle se sentait coupable, vidée de sa colère et s'apprêtait à lui présenter ses excuses, quand elle se retrouva plaquée contre le mur sans ménagement. Ses épaules et son dos heurtèrent les briques. En retrouvant son équilibre, elle l'interrogea, même si elle savait très bien où il voulait en venir.

— Mais qu'est-ce que tu fous ?

— Je t'embrasse, répondit-il en insérant un genou entre ses jambes.

Tuesday se demanda brièvement si on pouvait les voir depuis l'intérieur de l'église.

— Non, tu ne m'embrasses pas. Tu me brutalises.

Il l'agrippa par les cheveux et approcha sa tête de la sienne.

— Question brutalité, tu n'as encore rien vu.

Elle avait les mamelons durcis, l'intérieur des cuisses humides. Avant cela, elle n'aurait pas imaginé pouvoir être excitée aussi vite par les paroles d'un mec. Mais il y avait quelque chose dans sa façon de dominer son espace, de prendre en main ce qu'ils faisaient, qu'elle trouvait intensément sexy.

— Tu vas me montrer ?

Au lieu de lui répondre, il l'embrassa. Elle s'attendait à un baiser agressif, mais il la surprit encore une fois en la caressant de sa bouche avec douceur et adoration. Elle relâcha les épaules, entrouvrit les lèvres et s'affaissa carrément sous ce baiser en contradiction totale avec son prélude brutal.

Puis il se dégagea, sans avertir, partant si loin d'elle qu'elle bascula vers l'avant.

— Oui, je vais te montrer, mais pas maintenant. Je préfère te donner la fessée en privé.

Il plaisantait, ou pas ? Tuesday le dévisagea, mais ne distingua rien d'autre que du désir dans son expression. S'il était sérieux, qu'entendait-il par là exactement ? Quelques petites claques sur les fesses dans le feu de l'action, bien sûr, elle en avait déjà donné et reçu. Mais il évoquait peut-être des châtiments corporels plus ritualisés, genre renversée sur le genou ? Il n'avait pas l'air d'être du genre à pratiquer ça, mais ces choses ne se devinaient pas forcément au premier abord.

Elle devait l'avouer, elle n'était pas vraiment épouvantée. Plutôt très curieuse. Sans oublier, très excitée.

Ramenant la cravache tout contre sa poitrine, elle lança :

— Bonne chance. C'est moi qui ai l'instrument de correction, rappelle-toi.

Il se contenta de sourire, d'un air entendu qui lui fit frissonner le bas-ventre dans l'attente d'en savoir plus.

— Pour l'instant.

Pour la première fois depuis son adolescence, Tuesday se dit qu'elle avait peut-être visé trop haut. Mais elle était toujours prête à relever un défi.

— Envoie la sauce.

6

Tuesday s'attendait à ce qu'il l'embrasse une deuxième fois, ou qu'il lui donne un avant-goût de la soirée à venir par une tape. Mais au lieu de conclure ses promesses par un acte sexuel qui montre sa domination, il lui donna la main, comme s'ils étaient vraiment en rendez-vous amoureux. De façon antithétique par rapport à ses paroles précédentes, il lui dit :

— Alors allons-y, beauté. Je te remercie d'avoir été aussi gentille avec mon oncle et ma tante.

Comment s'y prenait-il pour opérer de tels revirements ? Un coup d'œil lui assura qu'il était toujours en érection. Malgré tout, il était revenu au mode gentil garçon au premier rencard. Elle ne savait qu'en penser. À part qu'il se doutait sans doute qu'elle réagirait ainsi, et s'attendait à ce qu'elle se montre passive. Elle n'allait pas lui laisser le contrôle de la situation aussi facilement.

— Avec plaisir. Je me suis bien amusée, et ce sont des gens chouettes.

L'espace d'une seconde, il lui lança un coup d'œil, comme s'il était surpris qu'elle réponde de façon tout aussi posée. S'il voulait qu'elle lui demande de s'expliquer, il pouvait toujours rêver.

— Tu es prête à prendre des risques, quand il s'agit de parier.

— Non, pas d'habitude. Mais là, c'était pour donner à des associations, alors... Enfin, j'aurais quand même dû prendre une bière.

Entre la douleur de penser à son père et l'anticipation nerveuse de faire venir Diesel en elle, elle n'aurait pas dit non à un petit verre.

Diesel lui ouvrit la portière et déclara :

— Je te veux au maximum de tes facultés au moment où je te donne un orgasme.

Oh, oui. À l'idée d'avoir un orgasme avec Diesel, elle contracta les cuisses en s'asseyant dans le siège passager. Elle prit toutefois un air dubitatif.

— Comme si une bière allait mettre à mal mes facultés. Pff.

En guise de réponse, il referma et alla se mettre au volant.

— Tiens, on se retrouve encore dans une voiture.

C'était une simple observation, un peu hors de propos. Mais pour des gens qui ne se connaissaient que depuis quelques jours, ils avaient passé beaucoup de temps en voiture.

— On devrait peut-être s'arrêter à un bar en chemin, proposa-t-elle.

— Je ne te paye pas un coup à boire.

Pourquoi tant de fougue ?

— Je ne te demande pas de financer, je peux payer.

— Non.

— Si.

— Non.

Arrivée là, Tuesday se fichait bien de ce verre. Elle voulait juste gagner. Il n'était pas en droit de lui interdire de boire. Ils vivaient dans un pays libre.

— Alors arrête-toi au 24/24, juste là.

— Mais non ! fit-il, exaspéré. Tu as besoin de te saouler pour coucher avec moi ?

— Mais pas du tout. Je veux juste un verre. Arrête-toi tout de suite, à la station-service.

Sans mot dire, Diesel s'exécuta. Quand il gara la voiture, il l'avertit :

— Tu auras une dette envers moi. Et je n'oublierai pas de me faire rembourser.

— Parce que c'est si désagréable de faire un saut ici en route ? N'importe quoi, je te dois rien du tout.

Ce qui avait débuté comme un échange rigolo commençait à sérieusement l'agacer. Il n'avait aucun droit de lui donner des ordres. Et si elle avait réclamé des nuggets, les lui aurait-il refusés aussi ? Il n'avait pas à juger ses besoins.

Tuesday claqua fort la portière en sortant. Elle entra dans la boutique en tapant des pieds et traîna dans les rayons. On n'y trouvait aucun alcool de qualité. C'était en majorité de la bière et du vin à bas prix, de la variété qui donnait envie de mourir en se prenant la tête à deux mains après trois verres. Elle n'aimait pas la bière plus que ça, mais il ne s'agissait pas d'en boire. Elle allait en acheter par principe, donc n'importe quelle marque ferait l'affaire.

Elle sortit un pack de six du réfrigérateur, passa le payer à la caisse et ressortit d'un pas toujours aussi décidé. Les bottes d'équitation, c'était pratique pour faire du bruit quand elle était excédée. Tout ce qu'elle pouvait dire, c'était que Diesel aurait intérêt à en avoir une grosse.

— Arrête de bouder, lui intima-t-il.

— Personne ne boude, fit-elle d'un ton boudeur. Et si c'était le cas, j'aurais le droit, sachant que tu veux me diriger et que tu m'accuses d'être une ivrogne.

C'était un brin exagéré, mais elle n'était pas des plus rationnelles quand elle était irritée.

— Je ne t'ai jamais traitée d'ivrogne. Tu n'as même pas pris un verre, fit-il remarquer en redémarrant la voiture. Comment on en est arrivés là, sérieux ?

Elle n'en avait aucune idée.

— Arrivés à la boutique de la station essence, ou à cette dispute incroyablement ridicule ?

Il éclata de rire et répondit :

— La deuxième réponse.

— Je ne sais pas, dit-elle en s'escrimant à décoller l'étiquette de prix sur le pack de bière, qu'elle avait sur les genoux. Peut-être parce que tout à l'heure, ton oncle m'a fait penser à mon père, et...

Elle pouvait lui avouer ses sentiments. Diesel n'était pas responsable si elle avait complètement changé d'humeur depuis tout à l'heure. Il méritait de savoir où elle en était.

— Oh, merde. Je suis désolé, Tuesday, dit-il d'une voix grave et emplie de compassion. Ça doit être très dur.

— Je confirme.

Elle avait le doigt enduit de colle de l'étiquette qu'elle avait arrachée et froissée. La déplaçant entre ses doigts, elle la serra avec force.

— En plus, je suis nerveuse à l'idée qu'on couche ensemble pour la première fois.

— C'est vrai ?

— Ben, pas toi ? On a vachement fait monter la pression, là. Et je suis sûre que tout va bien se passer, mais c'est toujours délicat, la première fois avec quelqu'un.

— Tu l'as dit. Je suis un peu tendu, de mon côté.

— Alors ne m'en veux pas d'avoir suggéré qu'on s'arrête à un bar pour prendre un verre et discuter tranquillement, histoire de se relaxer un peu. C'est tout ce que je proposais, et tu n'y es pas allé de main morte sur le refus.

Il marqua une pause, les yeux sur la route.

— Je te demande pardon. Je ne voulais pas jouer les connards.

— En général, les gens n'essaient pas d'être des connards, ils le sont. Alors réfléchis avant de parler.

Si la moitié de la population mondiale appliquait ce conseil, elle serait une femme heureuse.

— J'étais vexé que tu ressentes le besoin de te pinter pour coucher avec moi. Mais tu as raison, ce n'est pas la même chose de chercher à se saouler et de s'arrêter à un bar pour prendre un verre.

Si cette idée le vexait, c'est qu'il était soucieux de l'opinion de Tuesday sur lui. Il souhaitait passer du temps avec elle, et pas seulement une nuit vite fait. Ça, c'était séduisant.

Elle voulut bien tourner la page, car elle lui avait déjà assez remonté les bretelles. Il valait mieux alléger l'ambiance.

— Dans ce cas, on est quittes. Dis donc, tu as déjà pensé au nombre de mots d'argot qu'on a pour dire « ivre » ? Une centaine ! Ça signifie quoi sur l'alcool et notre culture ?

— Qu'on est imbibés jusqu'à l'os. Mais je pense que cent, c'est exagéré.

— On n'a qu'à compter. Mort, bituré, torché, cuité.

— Bourré, plein, pété.

— Binge-drinké.

— C'est quoi, ce mot ?

— Je suis sûre que ça existe. Tu ne connais pas les jeunes d'aujourd'hui ? On binge-drinke et c'est le faya !

— Je capte rien à ce que tu racontes.

— Euh, laisse tomber.

Tuesday saisit une canette, comme si elle allait en tirer l'inspiration.

— Chargé, blindé, dévasté.

— Dévasté, c'est un peu pousser, je trouve. Ça peut vouloir dire en ruines, usé. On s'éloigne de l'alcool.

— D'accord, mais je le compte quand même, parce que pour l'instant, on en est à onze, et c'est franchement décevant.

— Pompette.

— Ha, ha, j'y crois pas ! C'est trop mignon, sorti de ta bouche !

— Ce n'est pas moi qui l'ai inventé.

Diesel était émerveillé que Tuesday puisse le faire sentir aussi viril et sexy, quoi qu'il dise ou fasse. Pour la première fois, il commençait à comprendre comment les hommes pouvaient rester à tenir le sac à main de leur compagne sans avoir l'impression d'être de gros nuls. Ils se fichaient de ce que pensaient les autres parce qu'elles leur donnaient le sentiment d'être la définition même du *Mâle*.

— Mais on n'en est qu'à douze. Je suis dégoûtée. On devrait en chercher plus dans un dictionnaire d'argot en ligne.

— Eh bien si tu veux, c'est possible. On est chez moi, annonça Diesel, qui appuya sur la télécommande pour ouvrir la porte du garage. Mais j'espérais un peu qu'on puisse se livrer à d'autres activités.

— Manger des cookies ? demanda-t-elle en s'humectant les lèvres.

— Voilà, approuva-t-il. Manger des cookies.

Mais Tuesday fut distraite quand ils entrèrent dans le garage, qui pouvait loger quatre voitures.

— Waouh. C'est grand.

— Les pièces détachées prennent beaucoup de place, expliqua-t-il.

Il avait acheté la maison avant son accident, avec l'idée d'acheter un bateau et une ou deux voitures pour ses loisirs. Dans les deux années qui avaient suivi, il s'était félicité d'avoir un garage aussi grand, qu'il utilisait la plupart du temps pour ses restaurations.

— Non, je veux dire, c'est une maison. Je m'attendais à ce que tu vives dans un appartement de luxe, un loft, quelque chose comme ça.

— Ah, pourquoi ? s'étonna Diesel, qui arrêta la voiture et se tourna vers elle dans la pénombre.

La lumière du garage projetait une ombre sur le visage de Tuesday, lui cachant les yeux, mais montrant sa joue au teint de porcelaine. Quand elle répondit, il garda les yeux fixés sur ses lèvres.

— Je sais pas, c'est bête. Je vois un homme célibataire comme forcément décidé à ne s'attacher à rien, même pas à une propriété.

— Je n'ai jamais pris de décision dans ce genre. C'est juste que je n'ai pas rencontré de femme avec qui je souhaite passer le reste de ma vie. Mais j'adore cette maison, même si elle est trop grande pour moi.

— C'est quoi, comme style ?

— L'agent immobilier avait appelé ça « rustique à la française ». Pour moi, c'est du bois, des briques, et une super vue.

Il sortit du véhicule, tenant à la main la boîte de cookies, avant d'ajouter :

— Et tu pourras en profiter si tu sors de la voiture.

Elle lui tira la langue, mais ouvrit sa portière. Diesel s'avança, résistant à l'impulsion de lui reprendre la main. Cela faisait trop exclusif, trop couple. Ce n'était pas la voie dans laquelle ils s'engageaient.

D'ailleurs, il n'avait aucune idée de ce qu'ils s'apprêtaient à faire exactement. Ils n'arrêtaient pas d'alterner le ton de leurs échanges, d'érotique à amical puis intime. En tout cas, il ne voulait pas donner un ton de lycéens amoureux qui se promenaient main dans la main à leur soirée. Il désigna donc la porte d'un grand geste et, d'une voix sépulcrale, entonna :

— Par ici, si vous l'osez.

— C'est la caverne aux merveilles ou l'antre des monstres ? l'interrogea-t-elle.

Tournant la cravache entre ses doigts, elle passa à côté de lui dans un balancement de hanches appuyé.

— Les deux.

Il était époustouflé de voir comme Tuesday était naturellement sexy. À la façon dont elle monta les trois marches qui menaient à la porte, on voyait qu'elle savait très bien comment se mouvait chaque parcelle de son corps, et la réaction qu'elle obtiendrait de lui.

Se retournant vers lui, elle rejeta les cheveux sur son épaule.

— Promis ?

— Garanti, fit Diesel, qui lui saisit les fesses de la main, puis se mit à la caresser entre les jambes. Maintenant, ouvre cette porte, avant que je te prenne dans le garage.

Elle tendit la main vers la poignée, sans l'actionner.

— Il y en a qui vont devoir apprendre la patience.

S'approchant d'elle, Diesel colla son érection contre ses fesses.

— Je déploierai des trésors de patience une fois qu'on sera nus. Mais là, je veux que tu entres dans la maison, pour revoir ce corps que tu as exhibé devant moi à la va-vite l'autre jour.

— Je n'ai rien exhibé du tout.

— Parce que quand tu as flanqué ta couverture par terre, tu faisais quoi ? Tu ne portais qu'un minuscule soutien-gorge et une culotte.

La vision était gravée dans sa mémoire.

— C'était un lendemain de cuite, ça ne compte pas.

— Oh, que si. Tu l'avais fait exprès.

Elle fit un pas dans la maison et lui lança un sourire par-dessus son épaule.

— D'accord, j'avais fait exprès. C'est tout ce que tu méritais, à ne pas nier que j'avais une tête atroce. J'essayais de prouver quelque chose.

— Et quoi, précisément ?

Diesel ne parvenait pas trop à suivre sa logique. De toute façon, il ne voyait rien d'autre que le fait qu'elle s'était encore une fois arrêtée, dans l'encadrement de la porte.

— Oh, mais c'est qu'il y a un chien, ici, s'écria Tuesday, qui salua et caressa Wilma.

La chienne était apparue, à moitié endormie, en remuant doucement la queue.

— C'est Wilma.

— Wilma ? Tu as une obsession pour les vieilles dames, ou quoi ?

— Elle a reçu le nom de la femme de Fred Flintstone. Et même si j'étais obsédé par les vieilles dames, quel rapport avec ma chienne ?

— Juste une idée, comme ça.

— En parlant de questions, tu cherchais à prouver quoi en jetant ta couverture, l'autre jour ?

Il préférait revenir à ce sujet de conversation, bien plus intéressant que les noms de chiens.

— Je voulais que tu voies que j'ai un corps potable.

— Beauté, tu es largement plus que potable, déclara-t-il en attrapant le revers de sa veste pour l'attirer à lui. Au cas où tu en douterais, la preuve est juste ici.

De sa main libre, il prit la sienne pour la guider droit sur son érection et l'y appuyer avec force.

— Ça prouve quelque chose, effectivement.

Elle s'apprêtait sans doute à lancer une remarque ironique, mais elle ferma insensiblement les yeux et soupira en le caressant.

— Hmm, quel joli pénis.

Il n'était pas très convaincu par ce qualificatif, mais il allait le prendre comme un compliment.

— Et tu n'as encore rien vu. Ni goûté. Ni senti dans ton sexe humide.

Elle ouvrit les yeux d'un coup et cessa ses caresses.

— Qu'est-ce que tu en sais, si mon sexe est humide ?

Diesel était ravi qu'elle ne soit pas choquée par ses termes explicites, et qu'elle les reprenne même à son compte. Son pénis palpita et un désir intense lui raidit les muscles de la tête aux pieds. Luttant pour se maîtriser, il dit :

— Je vais vérifier.

— Si ça te chante, fit-elle avec un haussement d'épaules nonchalant.

Pourtant, elle avança les hanches vers lui et écarta imperceptiblement les jambes pour l'inviter.

Le legging était une très bonne idée, car il n'eut qu'à écarter la taille pour y glisser la main. Il y trouva une peau lisse et douce, un clitoris gonflé, et rien d'autre qu'un sexe très mouillé. Étonné et excité à la fois, il émit un râle et inséra le pouce dans cette humidité accueillante.

— Pas de petite culotte ? demanda-t-il, la voix rauque.

Elle avait la tête penchée de côté, le souffle de plus en plus court à mesure qu'il la touchait.

— Je ne voulais pas qu'on voie de marques. C'est un pantalon moulant, vois-tu.

— Oh, j'ai vu.

— Ça ne te dérange pas ?

— Que tu ne portes rien en dessous ? Non, on peut pas dire.

Et ça ne lui posait pas non plus de problème que Tuesday soit presque entièrement épilée. D'après ce qu'il sentait, et il sentait autant qu'il le pouvait, il n'y avait là en bas qu'une bande de boucles de chaque côté de sa fente. C'était vraiment excitant. Il imaginait déjà la facilité qu'il aurait à déplacer la langue sur cette peau chaude et satinée. À défaut, il y passa les doigts, décrivant des cercles autour de son clitoris, puis les introduisant à peine avant de les ressortir.

Tuesday poussa un petit gémissement et ses hanches suivirent son doigt, qu'il retirait.

— Où est le problème ? lui demanda-t-il, effleurant sa tempe d'un baiser.

— Tu fais exprès de me laisser sur ma faim, se plaignit-elle.

— Ah, mais je compte bien continuer. Avoue que ça te plaît.

— Pas trop, en fait, murmura-t-elle, toujours en train de tortiller des fesses afin qu'il la pénètre à nouveau. J'aime qu'on me donne exactement ce que je demande.

— En dehors de la chambre, ça ne me dérange pas du tout.

D'ailleurs, c'était déjà ce qu'il avait fait. Il avait laissé Tuesday décider. D'une manière générale, il n'était pas du genre à s'imposer et ne voulait que faire plaisir aux femmes avec qui il était.

— À part quand je te demande d'aller dans un bar.

Tuesday le caressa de haut en bas à travers son jean, puis lui mordit le lobe de l'oreille. Il posa la main sur la sienne.

— C'est vrai. Je m'en excuse. En principe, le seul endroit où je tiens à maîtriser la situation, c'est au lit.

— Tu y tiens ? Tu veux dire que tu es un dominant ?

Il ne devrait peut-être pas en parler, et se contenter de lui montrer. D'une main, il lui saisit les poignets et les remonta au-dessus de sa tête.

— Rien d'officiel. Juste une préférence. Ça ne te dérange pas, j'espère ?

— C'est drôle, fit-elle, les yeux noyés, les seins se soulevant au rythme saccadé de sa respiration. J'aime diriger partout, sauf au lit. Ce sont les seuls moments où je suis tout à fait d'accord pour faire ce qu'on me demande. Et si tu es doué dans ce domaine…

Diesel avança le genou gauche entre ses cuisses et en caressa l'endroit qu'il avait abandonné de son doigt.

— Continue.

— Si tu es doué, tu peux me demander à peu près n'importe quoi.

Ce fut à son tour de gémir.

— N'importe quoi ?

Elle lui lança un sourire en coin assuré.

— Presque. Où sont les cookies ?

— Dans ma main. Je vais les poser.

Diesel fit disparaître l'espace qui les séparait et l'embrassa avec force, profondément, lançant sa langue dans sa bouche entrouverte. Elle excitait son désir comme aucune autre femme. Il gardait une inquiétude quant aux réactions de son genou sur la durée, mais il était prêt à prendre le risque. Il emmêla les doigts d'une main dans ses longs cheveux, l'autre maintenant toujours ses bras cloués au mur. Soudain, une image de Tuesday attachée, jambes écartées, prête à l'accueillir, lui traversa l'esprit. Il fallait qu'il la mette dans son lit tout de suite. Il voulait goûter, toucher et sentir chaque parcelle de son corps.

Diesel interrompit le baiser et se détacha complètement d'elle. Il avait le cœur qui battait à tout rompre et le membre érigé. Pourtant, avec une lenteur délibérée, il se pencha pour ramasser la cravache qu'elle avait fini par lâcher. Avec l'objet, il lui désigna le couloir.

— L'escalier est par là. Tu sais ce qu'il te reste à faire.

Elle prit une inspiration troublée, passant les doigts sur sa lèvre inférieure gonflée. Elle agrandit les yeux et Diesel s'attendait vraiment à ce qu'elle conteste sa demande, ou au moins à ce qu'elle fasse un commentaire ironique. Elle n'en fit rien. Sans un mot, elle avança dans le couloir selon la direction indiquée, et sa croupe ferme et haut placée était l'une des choses les plus attirantes qu'il lui ait été donné de voir.

Et pour la simple raison qu'il l'avait devant lui et tenait en main une cravache, il lui administra un coup. Léger, mais suffisant pour retenir son attention. Elle sursauta, et Diesel se demanda ce qui était le plus excitant : le coup, ou le fait qu'elle l'accepte.

Il en savait assez sur Tuesday pour supposer qu'elle avait envie de découvrir sa maison et faire des remarques sur son intérieur, mais elle ne le montra pas. Elle observa autour d'elle, mais ne dit rien en montant la première marche, non sans un regard de braise à son intention. Il la suivit, alluma les lumières et testa le cinglement de la badine sur sa paume. Elle allait soit regretter, soit se féliciter de l'avoir apportée. Sans cet objet, Diesel aurait sans doute été capable de se contrôler un peu plus, pour que cette première fois reste douce et conventionnelle.

Maintenant, il ne voulait plus la voir faire que ce qu'il lui ordonnait.

— C'est par où ? demanda-t-elle. Ou alors je devrai deviner ?

Elle avait gardé son ton sarcastique habituel. Cela plaisait à Diesel qu'elle ne soit pas complètement soumise. Une obéissance aveugle ne l'intéressait pas. Il avait juste envie d'être le metteur en scène de leur petite rencontre. Il voulait la rendre dingue, au point d'être prête à n'importe quoi, comme elle le lui avait annoncé. Ça l'excitait.

— Bonne idée, tu n'as qu'à deviner. Si tu te trompes, je te punirai.

Elle hésita un bref instant et le dévisagea.

— Tu sais, je ne devrais pas me fier à toi, et j'ai quand même confiance. Ou alors, j'ai juste une libido débordante et je suis bête.

Diesel baissa la cravache. Hors de question de la laisser dans le doute.

— Jamais je ne te ferais mal.

Il lui caressa la joue, subjugué par la douceur de sa peau.

— Je suis un mec sympa, n'oublie pas. Si quelque chose te met mal à l'aise, tu n'as qu'à me le dire, et j'arrêterai. Et si ça fait un peu trop pour une première fois... On peut aborder les choses autrement, dit-il en faisant mine de jeter la badine.

Tout ce qu'il voulait, c'était qu'elle apprécie ces moments. Ils auraient du temps plus tard pour explorer d'autres domaines. Il était capable de s'y prendre de façon conventionnelle si elle préférait, et elle n'avait pas tort : pourquoi serait-elle censée lui faire confiance ?

Mais elle secoua la tête.

— Je ne suis pas mal à l'aise. Je suis tellement à l'aise que j'ai l'impression que je devrais être mal à l'aise. Mais en fait, tout va bien.

Elle se retourna pour regarder les portes donnant sur le couloir.

— Je vais donc deviner quelle est la chambre du *maître* des lieux.

Elle avait à peine appuyé sur le mot maître, mais Diesel comprit son intention et déglutit à grand-peine. Elle était époustouflante.

Elle passa la tête par la première porte et la secoua aussitôt.

— Non, là c'est un bureau.

— C'était facile.

Il espérait qu'elle se trompe devant l'une de ses chambres d'amis. Il avait très envie de donner une claque retentissante sur ses fesses nues. Ils apprécieraient tous les deux, c'était évident, et maintenant que l'idée avait pris forme, Diesel faisait une petite fixation dessus.

— Celle-ci n'est pas la tienne, trop petite, décréta Tuesday qui avança dans le couloir d'un pas dansant. C'est plus facile que je n'aurais cru.

C'était ce qu'elle pensait. Elle approchait de sa chambre ; la chambre d'amis en face avait à peu près les mêmes dimensions et était elle aussi dotée d'une salle de bains. Elles avaient toutes été aménagées par la même décoratrice, avec un rendu élégant et masculin. Sachant qu'il n'était pas du tout désordonné, elle n'aurait aucun moyen de savoir si la chambre lui appartenait sans entrer dans la salle de bains.

La victoire allait avoir un goût très agréable.

Elle se renfrogna en regardant la première chambre à droite, puis la seconde.

— Euh… il en reste encore deux.

Elle examina ce qui était sa chambre, puis fronça encore les sourcils.

— Mais pourquoi tu as autant de lits dans cette maison ?

— Pour y faire dormir du monde.

— Tu m'as piégée.

— Pas du tout. Tu étais d'accord pour deviner.

Mais il ne put s'empêcher de sourire un peu. Tuesday détestait perdre. Il savait déjà cela d'elle ; elle apprécierait la punition, mais elle enragerait d'avoir perdu.

— Je ne savais pas que tu avais deux chambres identiques, fit Tuesday en regardant à nouveau les deux chambres pour les étudier avec soin. Tu as fait exprès pour que je perde.

Peut-être.

— Pas du tout.

— Tricheur.

Elle s'apprêtait clairement à râler, mais elle retourna soudainement dans sa chambre.

— Je choisis celle-ci. C'est là que tu dors.

Merde, elle avait raison.

— Et pourquoi ?

— Ton lit est fait, mais tu as oublié d'aligner les coussins sur la couette.

Il était dégoûté de le reconnaître, mais il ne pouvait pas lui mentir.

— OK, tu as raison. Bonne déduction.

— Je suis trop bonne.

— Trop bonne… Je suis bien d'accord.

— Je devrais l'écrire sur mes cartes de visite.

— Ça m'étonne pas, dit Diesel, qui lui passa la main dans les cheveux, admirant leur éclat sous l'éclairage tamisé du couloir. Maintenant, comme tu as bien deviné, je vais te laisser choisir dans quelle chambre je t'envoie au septième ciel.

— Oh, la tienne, bien sûr, dit-elle en y pénétrant. J'ai envie de me rouler nue dans tes draps.

Tuesday se sentait emplie de désir et en pleine maîtrise de la situation, malgré leur petit jeu. Effectivement, elle faisait confiance à Diesel, et sa façon de dominer n'était pas violente. Du moins, pas d'une façon qui lui déplaise. Elle ne se rappelait pas avoir été aussi excitée par un homme auparavant… et ils n'avaient encore rien fait. Leurs dialogues étaient enivrants et la mettaient encore plus dans l'attente.

Elle se dirigeait vers le lit lorsqu'il la surprit encore en lui arrachant sa bombe d'équitation. Elle avait glissé toute la soirée, ce qui l'avait énervée, mais depuis leur retour en voiture, elle l'avait un peu oubliée. Jusqu'à maintenant, où il l'envoya sur une commode.

— Tu as un problème avec mon couvre-chef ?

— Ce qui me pose problème, c'est que tu portes trop de vêtements.

— Ce n'est pas un vêtement, mais un accessoire. Assez mignon, qui plus est.

Et elle s'était dit que ça pourrait être sympa de... chevaucher Diesel en gardant des bottes et une bombe d'équitation.

— Pas de bombe, ni de bottes, fit-il fermement. Pas cette fois.

Mais il lisait dans les pensées, ou quoi ? Elle commençait à se le demander, parce qu'à chaque nouveau geste, il se trouvait que Diesel anticipait soit ses idées, soit ses actes. C'était troublant. Un peu excitant, mais surtout effrayant.

Il faisait bon dans sa chambre, et elle avait de toute façon l'intention de se dénuder. La veste était une touche sympa dans sa tenue, mais pour fin août, ce n'était pas le choix le plus avisé. Elle la retira et la jeta à terre. En dessous, elle portait un débardeur noir étudié pour mettre en valeur sa poitrine menue.

Diesel, qui s'apprêtait à allumer la lampe de chevet, s'arrêta.

— Je te dirais bien que c'est toi la bombe, mais tu le sais déjà.

Pas forcément. Elle était plutôt sûre de son look et de sa personnalité, mais depuis un petit moment, elle doutait de tout. De qui elle était, de comment elle se comportait. De ce que l'avenir lui réservait. Elle n'aurait rien eu contre un petit compliment.

— Ça ne peut pas faire de mal de se l'entendre dire.

Diesel s'approcha d'elle pour lui prendre le visage entre les mains.

— Tu es magnifique, chuchota-t-il, si doux et sincère que Tuesday retint son souffle.

Elle ne pouvait pas tout maîtriser avec lui, voilà ce qu'elle apprenait. Il la déstabilisait toutes les cinq minutes, passant de l'arrogance à la tendresse, de la domination à la douceur.

Cela lui plaisait.

Il lui plaisait.

Et elle ne savait pas ce que ça signifiait. Peut-être qu'il n'était pas un mec en passant.

Il était… plus que cela. Elle l'avait peut-être senti dès l'instant où elle avait pleuré sur sa chemise à l'enterrement de son père.

— Hmm, fit-elle quand il lui passa la langue sur la lèvre inférieure.

Elle ne savait jamais à quoi s'attendre de sa part, mais elle était toujours sûre d'apprécier ses idées.

Elle sentait déjà la chaleur irradier de son entrejambe et ne pouvait s'empêcher de donner de petits coups contre l'érection de Diesel. Elle voulait le voir dévêtu, palper ses muscles durs de ses doigts nus. Il portait un tee-shirt et un jean, soit l'uniforme masculin typique, mais la coupe et la qualité du tissu montraient que ses habits ne provenaient pas du magasin discount d'à côté. D'après ce qu'elle avait vu de sa chambre, il était clair qu'il aimait les belles choses. Or, il avait le moyen de se les payer. Cela laissait supposer qu'il ne devait pas arborer un slip kangourou blanc à trois sous.

Elle trouva sa braguette et entreprit de l'ouvrir pendant qu'il lui mordillait et lui léchait les lèvres. Il la rendait folle avec toutes ces caresses, et soudain, elle le voulut en elle, et rien d'autre. Au diable les préliminaires.

— Hé, ralentis, fit-il en lui enlevant la main de son bouton.

Elle ne s'était jamais considérée comme une pleurnicharde, mais en cet instant, elle le devenait. Un gémissement plaintif monta de sa bouche.

— Allez, tu exagères ! Je veux juste te toucher un petit peu.

Il lui chatouilla l'oreille de la langue, ce qui la fit frissonner. Elle s'intéressa à nouveau à son bouton de braguette, mais il lui immobilisa la main à l'endroit stratégique.

— Alors là, tu t'es transformée en mec et moi en fille. Je veux y aller en douceur et tu ne penses qu'à l'acte.

— Et alors, c'est pas bien, l'acte ? Il y a un moment et un endroit pour ce genre de choses, et je pense justement qu'on y est.

— Eh bien, je ne suis pas d'accord. C'est moi qui décide, déclara Diesel en se dégageant complètement.

Tuesday n'aimait plus tant que ça les moments où il agissait ainsi.

Mais ensuite, il tendit la main et, d'un geste habile et rapide, lui retira son débardeur. Il était toujours aussi imprévisible. Mais le résultat était positif. Elle était débarrassée de son haut, dans lequel elle commençait déjà à transpirer, et se tenait face à lui en soutien-gorge, pantalon moulant et bottes de cheval. Si ça ne l'obligeait pas à tomber le jean, elle allait être impressionnée par son self-control.

Son soutien-gorge amplifiait le galbe de ses seins remontés l'un contre l'autre, et un rapide coup d'œil lui confirma qu'ils avaient fière allure.

— La vue te plaît ? demanda-t-il avec un sourire intéressé. Parce qu'à moi, beaucoup.

— Ils ne sont pas mal, dans de la lingerie, reconnut-elle. Et il paraît que mes mamelons sont l'une des plus belles choses chez moi.

— Vraiment ? Et qui a bien pu te raconter ça ?

Était-ce un souffle de jalousie ridicule qui le poussait à dire ça ? Avec un air de triomphe, Tuesday répondit :

— Les dizaines de mecs avec qui j'ai couché. On a écrit des chansons sur mes mamelons. On en a fait des œuvres d'art. La rencontre avec mes « Majestueux Mamelons » a changé des vies.

— Quelle vantarde, fit-il en inclinant la tête.

— Toujours, confirma-t-elle.

— Mais tu joues avec le feu.

En fait, elle était assez contente d'elle-même. C'était drôle de reprendre l'avantage.

Sauf qu'elle ne le conserva pas longtemps. Diesel à nouveau s'en empara en ôtant son tee-shirt, pour lui dévoiler l'un des torses masculins les plus alléchants qu'elle ait vus – en dehors des calendriers. Il dégagea ses cheveux qui lui tombaient dans les yeux et termina en levant le bras ce que la torsion de son cou n'avait pu achever. Devant l'ensemble de ce mouvement, Tuesday sentit sa bouche s'assécher. Ses muscles saillaient, son jean glissait et elle était en grave danger de jouir rien qu'à le regarder. Il avait un tatouage sur le flanc droit, un genre de symbole tribal.

— Touche tes mamelons, ordonna-t-il.

— Quoi ?

Avec ce spectacle, elle avait perdu le fil de leur conversation.

— Caresse-toi les mamelons, s'ils sont si exceptionnels. Montre-moi comme c'est bon de les avoir en main.

Elle aurait préféré toucher son torse à lui, mais elle se doutait bien qu'il n'allait pas le lui permettre.

— Avec ou sans le soutien-gorge ?

Il gonfla les narines.

— Commence avec, et ensuite tu l'enlèves.

C'était faisable.

— C'est plus facile avec de la musique, quand même.

Elle se serait sentie plus naturelle en musique, mais elle s'exécuta malgré tout. Passant les mains sur ses cuisses, puis son ventre, elle atteignit ses seins, toujours dans leur prodigieux soutien-gorge. Bon, en vérité, elle ne les sentait pas trop à travers tout ce rembourrage et ce Lycra, ou autre matière miracle qui lui avait inventé ce décolleté. Après avoir dessiné quelques cercles du pouce à l'emplacement probable de ses mamelons, Tuesday se dit qu'il était temps de se défaire du sous-vêtement.

Face à elle, Diesel avait les pouces négligemment introduits dans les poches de son jean. Les cheveux lui étaient tombés dans les yeux et son torse était un hymne à la perfection masculine. Il appréciait ce qu'il voyait, mais elle voulait une réaction plus franche de sa part. Elle souhaitait qu'il perde le contrôle, qu'il élimine la distance entre eux pour l'attraper sauvagement, lui sucer les mamelons et lui arracher son pantalon.

Pour l'inciter à l'action, Tuesday plia le genou, rejeta ses cheveux derrière son épaule et dégrafa le soutien-gorge. En un geste qu'elle espéra séduisant, elle se pencha légèrement en avant pour lui donner une bonne vue de son décolleté et laissa les bretelles lui tomber sur les épaules. Ensuite, elle attrapa le vêtement par le bout de tissu entre les seins et tira dessus pour le jeter au sol. C'était un sentiment très libérateur de savoir qu'il la regardait, et elle se sentait en confiance, sexy. Elle se passa la main dans les cheveux pour les rejeter à nouveau en arrière, puis de ses pouces, se caressa les mamelons.

Cette petite sensation, pendant qu'il la regardait, une érection se pressant manifestement contre sa braguette, la mit en transe. Elle était si près d'avoir un orgasme, si préparée à le sentir donner des coups de boutoir en elle. Elle caressa plus fort ses mamelons et remua les cuisses avec agacement. Elle avait envie de demander à Diesel ce qu'il en pensait, mais en même temps, elle aurait voulu qu'il parle le premier. Elle laissa ses yeux se clore à demi et se concentra sur son propre corps, sur la sensation que chaque effleurement et pincement envoyait entre ses jambes. Elle pinça plus fort et gémit doucement.

Elle rouvrit tout à coup les yeux en sentant Diesel contre elle.

— Tu es magnifique, lui dit-il encore une fois, promenant les mains autour de sa taille.

Il passa la langue sur son mamelon, s'emparant d'un doigt dans sa bouche.

Elle eut un petit hoquet, effarée de constater qu'un contact si léger puisse lui provoquer un tel soubresaut, autant lui raidir les muscles. Il retira les mains de Tuesday et lentement, s'occupa d'un sein, puis de l'autre. Chaque fois qu'il arrêtait de lécher, il soufflait sur la peau humide, décuplant ses sensations. Tuesday s'accrocha à lui pour garder l'équilibre pendant qu'il la léchait, d'abord avec douceur et séduction, puis mordillant et suçant avec force, la prenant tout en bouche.

Elle voulait protester, le supplier de s'en tenir à une attitude plutôt que de varier constamment, mais elle n'en fit rien : c'était exactement ce qui la rendait si folle dans l'approche de Diesel. C'était illogique, mais elle était complètement pantelante devant sa capacité à la défaire de toute maîtrise d'elle-même, à diriger tout ce qu'ils faisaient. Elle le laissa donc changer d'approche à intervalles hasardeux, la sucer, la mordre et la lécher et la titiller, jusqu'à être à bout de souffle, accrochée à lui, les jambes collées et prête à le supplier.

Sans prévenir, il arrêta tout et fit un pas en arrière avant de lui octroyer un dernier pincement.

— Tu as raison, ce sont des mamelons très impressionnants. Haut de gamme.

Elle avait envie de gémir qu'il se soit détaché d'elle, mais émit un rire de gorge.

— Merci.

Elle essaya à nouveau d'ouvrir sa braguette, mais il l'arrêta encore.

— Arrête de m'arrêter ! s'exclama-t-elle, frustrée.

— L'attente augmente le plaisir, fit-il en l'embrassant dans le cou.

Une vive tape sur les fesses fit rouvrir les yeux à une Tuesday choquée. Il avait repris la cravache, et hmm, elle en était plus qu'émoustillée.

— Et tu dois apprendre la patience, ajouta-t-il.

Tremblante de désir, les lèvres de Diesel dans son cou, ses mains rivant les siennes au-dessus de sa tête, ses fesses recevant une nouvelle claque rapide, Tuesday comprit qu'il allait lui donner une leçon dans ce domaine.

7

Tuesday inclina la tête en arrière pour qu'il puisse mieux l'atteindre et poussa un soupir lorsque ses seins entrèrent en contact avec son torse ferme.

— Hmm, c'est bon.

Elle entrechoqua l'intérieur de ses cuisses contre son érection, désireuse à la fois de céder à sa domination et d'y résister.

— Et pour ta gouverne, l'attente, c'est pas si génial que ça.

— Tu aimes la gratification immédiate ?

— Oui.

Elle préférait penser qu'elle savait ce qu'elle voulait et aimait l'obtenir tout de suite.

Il laissa retomber ses mains et libéra les poignets de Tuesday.

— Alors je vais te l'offrir.

Avant qu'elle ait eu le temps de comprendre ce qu'il allait faire, il avait fait descendre son legging au niveau de ses genoux et avait enfoui la bouche entre ses cuisses.

— Oh, putain, parvint-elle à articuler avant d'enfouir les doigts dans ses cheveux pour s'y agripper tandis qu'il la léchait d'un bout à l'autre de la fente.

Tout en la fouissant de sa langue avec énergie, il s'empara de ses fesses avec fermeté. Tuesday, tête en arrière, hoqueta et essaya instinctivement de s'éloigner de l'intensité de son contact.

Mais il se tint plus fermement à elle, les doigts enfoncés dans sa chair, le nez appuyé sur son ventre, et prit entièrement son clitoris en bouche pour le sucer. Tuesday savait qu'elle allait jouir. Elle s'accrocha à ses cheveux et quand il fit revenir sa langue dans sa féminité moite et chaude, elle se mordit la lèvre et laissa l'orgasme l'emporter. Elle n'émit aucun son, mais lui rendit son étreinte, encore ébranlée par les secousses. C'était l'un des orgasmes les plus forts qu'elle ait vécus, et lorsque les vagues de plaisir commencèrent à refluer, elle resta encore sans voix. Elle se contenta de remplir à nouveau ses poumons et d'essayer de comprendre ce qu'il avait bien pu lui faire.

Diesel recula d'un pas et se redressa en écartant les cheveux de ses yeux.

— Gratification immédiate. Mais maintenant, tu vas attendre ton deuxième orgasme. Donc au bout du compte, on va faire les choses à ma façon.

Elle frissonna, n'ayant aucun doute sur le fait que s'il le choisissait, il pourrait la faire jouir une deuxième fois dans les quatre-vingt-dix secondes.

Elle allait lancer une remarque, voire, dans un coup de folie, lui faire un compliment, quand elle le vit grimacer de douleur, puis tenter de le dissimuler. Il s'était agenouillé pour le cunnilingus, et visiblement ce n'était pas une bonne idée. Aussitôt pleine de culpabilité et de compassion, Tuesday lui tendit la main.

— Ça va ?

Mais il prit l'air irrité et elle comprit que ce n'était pas la chose à demander. Il évita sa main tendue et marcha sur le legging, qu'elle avait toujours autour des chevilles.

— Ne fais pas ça. Pas de pitié, s'il te plaît.

Elle fut énervée par cette réplique. Elle ne ressentait pas de pitié pour lui, mais exprimait son inquiétude. Il y avait une grosse différence et elle n'aimait pas son attitude.

— Tu devrais plutôt être content que j'en aie quelque chose à battre de ce que tu sens.

— Si c'est le cas, vire ce pantalon et mets-toi sur mon lit.

Elle aimait sa façon de dominer dans le domaine sexuel, elle le reconnaissait. Mais là, c'était différent. Elle dégagea ses jambes empêtrées dans le legging et lui dit :

— Seulement quand tu m'auras dit si tu vas bien.

La confrontation était claire. Il la regarda bien en face, la mâchoire serrée. Elle lui rendit son regard, le menton relevé, prête pour la bagarre. S'il passait le lendemain à souffrir le martyre à cause d'une inflammation au genou, elle ne voulait pas en être responsable.

L'espace d'une seconde, elle crut qu'ils allaient arrêter là leur soirée. Mais il détendit un peu les épaules et hocha la tête.

— Je vais bien. Merci, beauté.

Elle fondit complètement en l'entendant lui parler comme ça. Le souffle coupé, elle sentit son cœur se serrer et un sentiment vraiment étonnant monter en elle. C'était l'un des hommes les plus incroyables qu'elle ait rencontrés, capable de passer de pile à face en un clin d'œil, fort et sensible à la fois.

— De rien, fit-elle.

Elle allait ajouter quelque chose pour lui montrer qu'elle était prête à passer à la suite, quand il la prit par les bras pour la jeter en arrière sur son lit. Hébétée, elle y resta étendue un instant, essayant de se focaliser sur le plafond et comprendre où elle avait atterri, quand sa perspective changea encore une fois. Il l'agrippa par les mollets pour la tirer jusqu'au bord du lit, où ses jambes pendaient vers le sol.

Elle crut qu'il allait encore la lécher, mais eut la surprise de sentir un simple baiser, tout tendre, sur son sexe. Ensuite, il se releva. Les bras derrière la tête, Tuesday se sentait à la fois très à son aise et excitée à l'extrême. Elle avait remporté une manche, et elle était maintenant tout à fait satisfaite de le laisser faire ce qu'il voudrait en prenant le temps qu'il voudrait.

Et ce qu'il voulait, c'était plonger en elle.

Tuesday ne l'avait même pas vu déboutonner son jean et quand elle sentit la première poussée de son pénis, elle prit une inspiration extatique. Mais à peine était-il entré qu'il ressortit, la titillant du bout de son érection.

— Qu'est-ce que tu fais ?

Les yeux révulsés, elle enfonça les doigts dans un oreiller, cherchant un point d'attache et réprimant le besoin de se tortiller.

Diesel se pencha sur elle et passa la langue sur son mamelon.

— Je te torture.

Et c'était vrai. Son désir devenait vraiment douloureux.

— Allez, tu peux en finir ? S'il te plaît…

Le gémissement plaintif qui franchit les lèvres de Tuesday faillit avoir raison de Diesel. C'était une femme pleine d'assurance et de fougue, même si elle avait prétendu qu'elle serait passive au lit. Elle s'était déjà chicanée avec lui à une ou deux reprises, et cela plaisait à Diesel qu'elle dise tout ce qu'elle pensait. Mais il appréciait aussi de l'avoir réduite au point de le supplier ainsi, en de doux miaulements ponctuant chaque mot, les yeux fermés et les mains agrippées à l'oreiller.

Il ne faisait pas que torturer Tuesday, il était près de s'achever lui-même par la même occasion. Il avait encore son goût sur ses lèvres, la revoyait jouir en serrant les cuisses contre son visage… Tout ce qu'il voulait maintenant, c'était la combler jusqu'à exploser en elle. Il se flattait de son self-control pendant l'acte sexuel, mais Tuesday risquait de le lui faire perdre. Alors, à plusieurs reprises, il se força à se retirer, les embrasant tous les deux en agaçant son entrée soyeuse, encore et encore.

Quelle excitation de voir chaque repli de son sexe rosé dénudé ! Il lécha une coulée de suc féminin sur sa cuisse. Elle était sexy en diable, avec ses superbes jambes longilignes et sa petite poitrine haute et ferme. Il devait aller chercher un préservatif, il le savait bien, mais son canal étroit et chaud qui s'ouvrait pour lui était une sensation trop délicieuse. Il réprima un grognement quand elle enroula les jambes autour de ses fesses pour le rapprocher d'elle d'une talonnade.

Il aurait pu se retenir encore, mais elle poursuivit les coups de talons pour le presser et lui dit d'une voix étranglée :

— Je prends la pilule, alors si t'as pas de maladie horrible, il faut que tu me baises maintenant.

C'était tout ce qu'il voulait savoir. Il savait qu'il n'avait rien et faisait confiance à Tuesday.

Diesel lui attrapa les cuisses et d'une poussée ferme, s'introduisit en elle. Elle le reçut avec un gémissement, et il gémit en retour. Il marqua une pause pour se laisser envahir par l'extase, son membre palpitant en elle, et savoura la sensation de l'avoir enroulée autour de lui, chaude et mouillée.

— Tu es trop bonne, chuchota-t-il.

Pour toute réponse, elle émit un léger soupir et contracta ses muscles intimes autour de lui. La sensation était tellement enivrante que Diesel sursauta et la serra plus fort, la transpiration ruisselant le long de ses tempes. Ses jambes tressautaient toutes seules et il se retint de jouir tout de suite. Il voulait faire durer ce moment, mais elle n'allait certainement pas lui faciliter la tâche.

Elle était chaude et étroite, les cuisses écartées pour lui avec avidité et tournait la tête d'un côté et de l'autre en exprimant son plaisir d'une voix plus forte à chaque poussée. Quand elle appuya la main contre son torse, comme si elle n'en pouvait plus, Diesel comprit qu'il était temps d'en finir. Il céda et passa à des coups de boutoir violents et rapides. Les va-et-vient faisaient pousser à Tuesday des gémissements de plus en plus forts. Son propre désir commençait à lui échapper, alors il y alla avec encore plus de force et lança un doigt à l'assaut de son clitoris. Aussitôt Tuesday le récompensa par un orgasme, ses muscles massant son membre par leurs spasmes répétés.

C'était tout ce qu'il lui fallait. Il se retira entièrement et replongea en elle une dernière fois pour exploser, la mâchoire serrée, les yeux clos.

Dieu du ciel.

Le plaisir était d'une telle intensité que l'espace d'un instant, Diesel en oublia de respirer. Lorsque enfin les vagues refluèrent, il rouvrit les paupières et prit une goulée d'air bien méritée. Haletant, il regarda Tuesday avec émerveillement. Que venait-il de se passer ? Il n'avait jamais rien ressenti de tel. Elle était incroyable.

Apparemment, elle s'était autant éclatée que lui. Elle avait encore les mains au-dessus de la tête, puis d'un geste paresseux, elle dégagea les cheveux qui lui encombraient le visage. Elle avait le front emperlé de sueur et les joues rose vif. Avec un petit rire, elle lui redonna une talonnade sur les fesses.

— Il va falloir que tu arrêtes de me donner des coups de pied, ma chère.

— Non, répondit-elle, un sourire satisfait éclairant son beau visage.

Comment résister à ça ? Diesel sourit à son tour et fit claquer un baiser dans son cou avant de se retirer d'elle.

Elle protesta et essaya de le retenir.

— Donne-moi dix minutes, et je te rends ton jouet.

— Promis ?

Elle avait un ton un peu rêveur et Diesel sentit sa gorge se serrer tout à coup. Elle était absolument magnifique ainsi allongée, et des sentiments inattendus autant qu'inconnus se manifestaient chez lui. Le fait de ressentir autre chose qu'une satisfaction sexuelle le fit un peu paniquer. Il étira son genou malade plusieurs fois, puis se releva.

— Je vais te chercher une serviette, déclara-t-il.

— T'en fais pas, il y en a déjà partout sur les draps, fit-elle d'un ton insouciant. Viens te blottir contre moi.

Il n'avait jamais entendu une femme lui demander ouvertement de la câliner après l'amour. En principe, toutes les femmes aimaient ça, mais elles n'avaient pas le cran de le demander. D'ailleurs, il ne pensait pas qu'il aurait accepté avec une autre. Tuesday était un paradoxe, forte et vulnérable, et il se rendit compte que oui, il avait vraiment envie de traîner au lit avec elle à ne rien faire.

Il revint donc sur le lit pour s'allonger à côté d'elle, même s'il en était le premier surpris. Avec une aisance qui aurait dû l'effrayer, il la ramena sur son torse et emmêla les jambes avec les siennes.

— Hmm… soupira-t-elle, la respiration lente et régulière.

Elle avait les cheveux étalés sur son épaule et son entrejambe, qui venait de leur faire connaître cet échange si plaisant, était chaud contre sa cuisse. Il caressa sans y penser son dos lisse.

— T'as pas intérêt à t'endormir, l'avertit-il en la relevant un petit peu. J'ai des projets pour toi.

— Tu m'as annoncé dix minutes. Je me recentre.

— On doit être à huit, maintenant.

— Ah, oui, dit-elle en bâillant avant de déposer un baiser sur son torse. On pourrait juste rabattre la couette sur nous et nous assoupir.

— C'est toi qui m'as fait promettre de remettre ça très vite.

Diesel administra une tape sur ses fesses fermes, regrettant d'avoir laissé tomber la cravache.

— On ne dort pas. Allez, viens par ici, dit-il en soulevant ses fesses d'une main pour la ramener entièrement sur lui. La pause est terminée.

— Mais… protesta-t-elle en atterrissant sur lui, tout en bras et jambes, la peau chaude.

— Pas de manières, gronda Diesel en lui comprimant les fesses.

La sensation de Tuesday étalée sur lui le stimulait : son membre reprenait du service.

— Embrasse-moi, ordonna-t-il.

Elle émit un grommellement contre son torse, mais se releva un petit peu et rejeta ses cheveux en arrière.

— T'es tyrannique, se plaignit-elle.

— Je crois que ça a déjà été établi.

Et il n'avait pas l'intention que ça change. Tuesday le rendait tendu de désir, décidé à la prendre, à diriger ce qu'ils faisaient. C'était sa façon de maîtriser les choses alors qu'il avait l'impression de ne pas se contrôler.

— Embrasse-moi, répéta-t-il.

Mais au lieu de se vexer de son ton impérieux, Tuesday sourit au-dessus de lui et se mit à lui chatouiller les poils de barbe.

— T'es trop mignon. Comment ça se fait que tu sois si mignon ?

Ce n'était pas la meilleure manière de lui donner un sentiment de virilité, mais il devait le reconnaître, cela lui plaisait. Elle le trouvait mignon, et c'était flatteur, voire plutôt sexy.

Pour l'instant, en tout cas, il n'avait pas envie d'y réfléchir. Il voulait seulement sentir ses lèvres. Il la saisit par la nuque pour l'attirer à lui.

Juste avant que leurs lèvres entrent en contact, elle poussa un soupir. Ce fut un baiser délicieux, qui donna à Diesel l'envie de prolonger ce moment à l'infini. Leurs corps étaient pressés l'un contre l'autre, la senteur de leur excitation passée encore dans l'air et elle le chatouillait de ses cheveux. C'était très naturel d'embrasser Tuesday. Il n'y avait pas de gêne, pas de concurrence entre eux. Ils se trouvaient bien ensemble, point. Il l'embrassa encore et encore, avec douceur et tendresse, mais aussi fermeté. Il n'avait pas d'empressement à faire autre chose qu'exciter sa langue de la sienne.

Mais il comprit vite que Tuesday avait une autre idée sur la question. Déjà, elle ondulait des hanches pour venir le heurter, le plus près possible. Il adora l'entendre passer de la simple appréciation à l'excitation et à la détermination. Tout en positionnant les jambes de part et d'autre de ses hanches avec prudence, elle lui mordit la lèvre inférieure. Sentir sa moiteur tout contre sa verge lui arracha un grondement. Elle était tellement mouillée et prête à l'action… Alors, elle glissa la main entre eux deux.

Diesel serra la mâchoire quand elle saisit son érection pour la faire aller et venir entre ses cuisses humides, puis danser sur son clitoris. Il la laissa poursuivre ses petits jeux, jusqu'à ce que son membre soit enduit de sécrétions intimes et qu'ils soient tous les deux haletants. Elle avait assez d'assurance pour prendre exactement ce qu'elle voulait, utilisait Diesel pour se faire plaisir, et c'était génial. Elle n'en était que plus sexy.

— Vas-y, beauté. Tu es top.

— Toi aussi.

Tuesday se tenait comme pour faire des pompes, se baissant si près de lui que ses seins effleuraient son torse.

Il allait l'obliger à se relever, quand il comprit qu'elle était déjà au bord de l'orgasme. Ça y est, elle explosait, ondulant doucement des hanches, les lèvres pincées, les yeux dans les siens. Elle s'était caressée jusqu'au bout avec son pénis, et c'était ultra-excitant.

— Ça t'a plu ? demanda-t-il en lui massant les fesses.

Ce qu'elle était belle. Il était bien avec elle, et elle avait un goût divin.

Tuesday, qui tremblait encore sous le contrecoup de la jouissance, lui adressa un petit signe de tête.

— À ton avis ?

Il éclata de rire et lui agrippa les hanches.

— Fais ta maligne, va ! Redresse-toi, tu vas aimer encore plus.

En tout cas, ce serait le cas pour lui.

— Je suis trop crevée, décréta-t-elle.

Elle était mollement avachie sur lui, dans l'intention évidente de rester à somnoler sur son torse. Mais Diesel la redressa de force avec les paumes de la main.

Lorsqu'elle marmonna une protestation, il lui donna une bonne tape sur les fesses, pour obtenir une réaction. C'était apparemment la meilleure façon d'obtenir qu'elle coopère.

— Hé, grommela-t-elle en se frottant là où il venait de taper. Ça fait mal.

Pourtant elle se releva, apparemment très émoustillée.

— Pardon, dit-il.

Il n'avait pas donné une claque assez forte pour lui faire vraiment mal, elle aimait simplement rechigner pour la forme.

Sans prévenir, Diesel s'introduisit en elle d'un coup. Elle prit une inspiration choquée.

— Tu n'y penses pas.

— Pas besoin de penser.

La tenant par les hanches, il commença à donner des poussées rapides. Il soulevait les hanches tout en la ramenant sur lui, et la collision entre eux était tellement exceptionnelle qu'il ferma les yeux.

Très vite, il changea d'avis et s'obligea à les rouvrir. Il voulait la regarder sur lui. Malgré ses ronchonnements, Tuesday se plaisait clairement là où elle était.

Elle avait levé les bras pour retenir ses cheveux, et cette position permettait une superbe vue sur sa poitrine, qui rebondissait un peu à chaque mouvement. Il n'y avait aucune raison de se retenir, aussi se répandit-il en elle, agrippé à ses hanches et poussant un cri guttural.

Enfin, il se détendit et reposa la tête sur le lit, essayant de reprendre son souffle. Tuesday s'effondra à nouveau sur son torse.

— Miam, commenta-t-elle avant de bâiller.

— Tu l'as dit.

— Tu as un très bon engin.

Diesel éclata de rire. Elle était trop drôle.

— Merci, beauté. Je n'y suis pour rien, mais j'apprécie le compliment.

— J'aime bien ton tatouage, ajouta Tuesday en effleurant sa hanche du bout des doigts. Très *bad boy*.

— Merci. Je n'en ai pas vu sur toi. C'est pas ton truc ?

Elle haussa une épaule.

— Je ne sais pas. Je n'arrive pas à voir ce que je voudrais sur mon corps de façon permanente. Sinon, je n'ai rien contre.

Ils étaient bien là, allongés l'un sur l'autre. Diesel étouffa un bâillement à son tour et lui proposa :

— Tu veux prendre une douche avant de dormir ?

Elle souleva la tête et esquissa une petite grimace.

— Une douche, ça serait sympa, mais je n'arriverai pas à dormir. J'ai trop faim.

— Tu as faim ?

Est-ce qu'elle plaisantait, ou… ? Il regarda son téléphone sur la table de nuit.

— Il est deux heures du matin.

— Je me ferais bien un chinois.

— Un chinois ? Tu te fiches de moi ? Tu as dû t'enfiler trois parts de pizza et tout un saladier de chips !

Elle se détacha de lui pour le dévisager d'un regard assassin.

— Et alors ? Tu as un problème avec les femmes qui aiment manger ? Tu préférerais que je sois comme Nikki, la femme de Jonas Strickland, et que je trimballe une feuille de salade dans mon sac à main comme en-cas ?

Oups, il avait fait un faux pas.

— Mais pas du tout, beauté. Je suis juste impressionné. La plupart des femmes n'auraient pas assez confiance en elles pour commander des plats chinois à deux heures du matin.

Ce n'était peut-être pas un commentaire très sensé non plus, mais comment se rattraper ? Il commençait à transpirer en essayant de trouver autre chose de plus sympa.

Tuesday eut envie de rire devant l'anxiété dans les yeux de Diesel. C'était la première fois qu'elle le voyait stressé. C'était plutôt drôle et ça changeait. Elle n'en avait rien à secouer, de ce qu'il pensait de ses habitudes alimentaires. Elle avait envie de riz cantonais, la belle affaire ! Entre le métabolisme très actif légué par sa mère et ses séances de musculation cinq jours par semaine, elle ne s'inquiétait pas du tout de son poids. Si elle voulait manger de la friture après le sexe, elle n'avait aucune intention de s'en priver. Mais voir Diesel essayer de se raccrocher aux branches, c'était franchement rigolo.

— Rappelle-toi, je t'ai ouvert la porte avec une tête de déterrée l'autre jour parce que je voulais prendre le café que tu m'apportais. Mon estomac a toujours le dessus sur ma vanité.

Elle roula à côté de lui, soupirant un peu au moment où leurs corps se séparaient, et ajouta :

— De toute façon, la confiance en soi, ce n'est pas un problème pour moi.

— Qu'est-ce qui t'est un problème, alors ?

Comme si elle allait le lui dire. Il aurait déjà fallu qu'elle le sache. Elle ne comprenait pas trop ce qui ne tournait pas rond, hormis l'évidence du deuil de son père. Il n'y avait sans doute rien de plus, d'ailleurs.

Elle ne comprenait même pas pourquoi elle y réfléchissait. C'était peut-être le fait d'être avec Diesel, cette intensité qui lui faisait perdre le contrôle et la faisait partir dans des directions où elle n'avait pas envie d'aller. C'était inacceptable.

— Mon problème, c'est que je ne pourrai pas dormir avant d'avoir eu au moins un autre orgasme.

Il valait mieux alléger l'ambiance, badiner de choses sexuelles. Ne pas parler de choses graves, parce qu'elle s'éclatait bien et n'avait aucune envie que ça change.

Il la regarda une seconde, mais accepta de la suivre.

— Rien de plus facile. Chinois et orgasme. Dans cet ordre ?

— Oui, dans cet ordre. Je suis sûre que tu peux t'en sortir.

Tuesday l'embrassa longuement en jouant beaucoup de la langue, puis se leva.

— C'est la salle de bains ? demanda-t-elle en se dirigeant vers la porte qui était la candidate la plus probable.

— Oui. Tu veux prendre une douche ? Les serviettes sont sous le lavabo.

— Je veux juste pisser un coup.

Diesel pouffa de rire.

— Quoi ?

Elle avança prudemment sur la moquette. Avec seulement une lampe de chevet d'allumée, elle ne voulait pas risquer de se piquer un orteil dans la pénombre. Évidemment, Diesel était très soigneux et rien ne traînait.

— Pour ta gouverne, les vraies femmes mangent de la pizza et font pipi, même si en général, ce n'est pas au même moment. Désolée de te l'apprendre, mais c'est la vérité : les femmes sont humaines. Il arrive même qu'on rote !

Elle garda la bouche ouverte pour afficher une fausse mine scandalisée, même s'il ne devait pas la voir très bien depuis le lit. Diesel n'eut pas l'air choqué le moins du monde.

— Je suis au courant, répliqua-t-il. Tu l'as déjà fait devant moi.

— Ah, c'est vrai, reconnut Tuesday, refusant de se sentir gênée. Eh bien, tant mieux. Clairement, tu as besoin qu'on te ramène les pieds sur terre.

— Et clairement, tu es là pour le faire.

Diesel se balança un peu sur le lit, nu comme un ver et très à son aise. Il ouvrit la bouche et balança un énorme rot.

Ah, oui ? Tuesday attendit d'être dans la salle de bains avant de rire. Quel débile, ce mec. Quel débile incroyablement mignon et extrêmement sexy…

La salle de bains aussi était impeccable. Soit il avait une femme de ménage, soit il était très doué avec une éponge. Impressionnant. Après un passage aux toilettes, Tuesday se regarda dans le miroir au moment de se laver les mains. Ça faisait longtemps qu'elle ne s'était pas vue avec la tête de quelqu'un qui venait de passer deux heures au lit. Ses cheveux ne ressemblaient à rien et elle avait le teint rougi et le visage voilé de transpiration. Ou elle suait comme une vache, selon la façon dont on voulait présenter les choses.

En tout cas, elle trouvait satisfaisant d'avoir la vision de ce qu'elle ressentait à l'intérieur.

Quand elle retourna dans la chambre, Diesel était assis dans son lit, en train de regarder son téléphone.

— J'ai trouvé un restau qui veut bien livrer à cette heure aberrante.

— Super.

Désignant des vêtements à côté de lui, il ajouta :

— Et je t'ai trouvé un tee-shirt et un short, si tu veux. Je me suis dit que tu n'aurais pas envie de te balader en bottes d'équitation.

C'était un petit geste, normal en soi mais, sans savoir pourquoi, Tuesday fut prise d'une soudaine envie de pleurer. Qu'est-ce qui lui arrivait ? Elle pouvait être trop exigeante parfois, elle en avait conscience. Ce n'était pas la chose la plus facile de faire venir des plats chinois au milieu de la nuit, et elle avait un peu obligé Diesel à en commander, ou tout au moins à essayer. Elle ne s'attendait donc pas du tout à ce qu'il soit aussi prévenant sur d'autres plans, et pourtant… C'était bête, mais elle ne pouvait s'empêcher d'être émue.

Jusque-là, elle n'avait connu que des mecs très égocentriques. Le seul homme à l'avoir toujours bien traitée, c'était son père. Et il n'était plus là.

Elle baissa la tête pour qu'il ne voie pas son expression et se laissa retomber à côté de lui.

— Merci. Et je prendrai du poulet à l'orange, s'il te plaît.

— Ça roule, ma poule

— Ça roule, ma poule ? Tu as quel âge ?

Tuesday déplia le tee-shirt bien repassé, qui arborait le logo d'une marque de bière. Bien entendu.

— Oh, tu as dû me faire prendre dix ans en l'espace d'une semaine.

— Ben voyons, et comment j'ai fait ça ? s'offusqua-t-elle en enfilant le vêtement.

Diesel lui massa légèrement la cuisse au moment où elle étendait les jambes pour enfiler le short.

— Tu n'es pas facile à vivre.

Même s'il la provoquait, Tuesday ne put s'empêcher d'être un peu agacée.

— Va te faire mettre.

Il se contenta de rire et de lui donner un baiser sonore. Dans la position où elle était, elle fut déstabilisée par le poids de Diesel et tomba à moitié de côté, les mains passées sous le short de Nylon et les cheveux dans les yeux. Pourtant, elle était contente. Être avec Diesel, c'était naturel et confortable. Elle se sentait complètement à l'aise, disait tout ce qu'elle pensait sans être inquiète de ses réactions.

— Allons dehors, déclara-t-elle. Il fait un peu froid, avec l'air conditionné. Je parie qu'il fait beau à l'extérieur.

— Bien sûr, dit-il tout en composant un numéro sur son portable. Tu crèves d'envie de regarder la maison, non ?

— Évidemment. J'essaie de comprendre comment un mec hétéro peut avoir autant de coussins partout.

— C'est la décoratrice qui les a mis. Ma tante m'a offert l'aménagement intérieur fait par une pro quand j'ai acheté la maison.

Puis il leva un doigt, car on prenait son appel.

Pendant qu'il passait la commande, Tuesday joua avec la ceinture élastiquée de son short de basket. Pourquoi était-ce si sexy de porter des vêtements d'homme ? Tout ce qu'elle voulait, c'était croiser les bras et sourire béatement. Des orgasmes renversants, et maintenant, des vêtements de sport trop grands. C'était une super nuit.

Cinq minutes plus tard, ils étaient sur la terrasse, accompagnés de Wilma. Là encore, Tuesday était aux anges. C'était une belle nuit d'août. Des myriades d'étoiles étincelaient au-dessus d'eux et des criquets crissaient bruyamment. Diesel avait lancé une allumette enflammée sur les bûches qui attendaient dans la cheminée et elles craquaient joyeusement, une fumée douce emplissant l'air. Tuesday aurait bien aimé se lover contre Diesel dans la chaise longue, mais elle avait remarqué qu'il boitait. Bien entendu, il ne se plaignait pas, mais elle ne voulait pas risquer d'appuyer sur son genou ou de le heurter par accident. Elle s'était donc assise sur la table.

Le fer forgé n'était pas très confortable, mais ce n'était pas bien grave. Elle ramena les jambes sur le siège et fit passer le tee-shirt sur ses genoux pour y faire reposer son menton.

— C'est chouette ici. Très beau jardin.

— Merci. J'aime bien. J'aime aller pêcher dans l'étang.

— Tu as un étang ?

— Oui, fit-il avec un signe vers le lointain. On peut aller s'y promener, si tu veux.

En pleine nuit, cela semblait être la recette parfaite pour se noyer, mais elle ne voulait pas jouer les rabat-joie.

— Une autre fois, peut-être.

— Tu as peur du noir ?

— Non. Je n'ai peur de rien.

Juste d'être seule. Elle libéra ses pieds pour les faire racler au sol et poursuivit :

— Je n'ai pas de phobies. Les araignées, les espaces confinés, les hauteurs... Rien de tout ça ne me dérange.

— Mais un étang, si ?

— Qui a dit qu'un étang me dérangeait ?

— Toi.

— Pas du tout.

Il aimait la taquiner, et Tuesday ne pouvait s'empêcher de marcher à chaque fois.

— Mince, et plus aucun coussin à portée, maintenant que j'en ai besoin !

— Pour quoi faire ?

— Pour t'étouffer !

Diesel éclata de rire. Son téléphone se mit en marche à ce moment.

— Ah, notre commande doit être arrivée. Est-ce que tu vas boire cette bière à bas prix que tu as tenu à prendre tout à l'heure ? Je peux aller la chercher dans la voiture.

— Je ne compte pas avaler ce truc immonde. Si j'ai acheté ce pack, c'est pour bien me faire comprendre. Tu pourras le donner à ta décoratrice, suggéra Tuesday en se relevant.

— N'importe quoi, fit Diesel en l'imitant. Tu es folle, tu sais ?

— Ça fait partie de mon charme unique.

Ils coupèrent par le garage, et la lumière s'alluma toute seule quand Diesel ouvrit la porte de derrière. Son garage était incroyable, une vraie grotte où se côtoyaient les machines, les pièces détachées de voiture et la sciure. Pour l'instant, c'était la seule partie de la maison que Tuesday ait vue qui n'était pas impeccablement propre et rangée. Apparemment, c'était là qu'il vivait vraiment. Des canettes de soda vides traînaient, ainsi qu'un sac McDonald's roulé en boule. Elle nota avec satisfaction qu'aucun poster de femme dénudée n'était accroché aux murs. Rien de plus tue-l'amour que de découvrir une blonde évaporée en lingerie et cuissardes affichée en position dominante dans la maison d'un homme par ailleurs doté de bonnes facultés intellectuelles.

Le livreur avait les bras devant lui pour se protéger de la lumière. Bon, il ne devait pas avoir de mal à deviner où en étaient Tuesday et Diesel, avec leurs cheveux en bataille et leur commande à deux heures du matin. Mais il se contenta d'un coup d'œil rapide. Elle fut un peu déçue. Quel intérêt à se balader sans soutien-gorge après s'être envoyée en l'air, si le livreur ne manifestait même pas un minimum de concupiscence ?

— Il te matait, fit remarquer Diesel d'un ton un peu agacé au moment où ils repartaient par le garage.

— Quoi ? Pas du tout, se récria Tuesday, incrédule. Il ne m'a même pas regardée.

— Il te détaillait un max.

Ça alors, Diesel serait jaloux ? Elle ne savait qu'en penser.

— C'est toi qui es fou, maintenant.

— Assez fou pour commander du riz cantonais à trois heures du mat.

— Comment on a fait pour passer de deux à trois heures ? Et tu as l'air de n'avoir vu ni l'une, ni l'autre.

— C'est possible.

— Maintenant, tu fais vraiment le vieux croûton.

Il répondit par une petite claque sur les fesses.

— Aïe. C'est fini, un peu ? Il faut que tu arrêtes de t'intéresser à mes fesses.

— Tu risques de ne pas dire la même chose tout à l'heure, répondit Diesel d'un air sûr de lui.

Là, elle n'allait pas relever.

— Occupe-toi de ton nem.

Ils s'assirent à table et commencèrent à manger dans un silence confortable. Le nem à moitié dans la bouche, Diesel rabattit ses cheveux en arrière et vola le biscuit prophétique de Tuesday.

— Hmmm, c'est le mien, protesta-t-elle en le punissant d'un coup de baguettes sur le poignet.

— J'en ai besoin pour te faire du chantage. Tu as dit que pour des biscuits, tu ferais n'importe quoi.

— Les biscuits chinois, ça compte pas.

— Ça ne m'étonne pas que tu sois experte au maniement des baguettes, observa Diesel, qui avait pris une fourchette en plastique. C'est bien ton genre.

— Mon genre ? demanda Tuesday en enfournant un gros morceau de poulet.

— Le genre à connaître certaines choses…

Il lui sourit, et elle n'était pas sûre de « connaître certaines choses », mais elle était certaine que ce sourire allait à nouveau la déshabiller s'il n'arrêtait pas tout de suite.

— Tu as l'air de connaître une ou deux choses, de ton côté. Il y a des tas de machines, dans le garage. Tu pourrais y construire une arme nucléaire.

— Juste des voitures.

— Des fusées.

— Des voitures.

— Une machine à voyager dans le temps.

— Ou des voitures.

— Ah ! s'écria Tuesday en repoussant sa nourriture. Je voudrais partir en Égypte ancienne.

— Le week-end prochain.

Elle pouffa à son ton pince-sans-rire. Il ne s'énervait jamais et entrait dans son jeu, même si elle disait les pires débilités.

Lassée de sentir le métal lui appuyer sur les fesses, Tuesday se leva et regarda l'herbe. Elle avait l'air d'être douce. D'un coup, elle s'étendit dessus et croisa les bras sous la tête pour regarder le ciel.

— Qu'est-ce que tu fabriques ?

— Je me repose. L'herbe est douce.

— Tu vas te faire dévorer par les moustiques.

— Bah, perdre un peu de sang, ça vaut le coup pour profiter d'une si belle nuit... Regarde, Wilma fait comme moi.

La chienne de Diesel avait quitté son poste sur un tas de briques pour se loger sous le bras de Tuesday. Après lui avoir léché la joue, elle s'affala à côté d'elle avec un grand soupir.

— Je parie que vous êtes toutes les deux allongées dans de la merde de chien.

Tuesday eut un petit instant de panique, mais une inspection rapide la rassura.

— Rien du tout. On est tranquille. Laisse-moi prendre du bon temps, un peu.

Elle ne lui avait pas demandé de venir la rejoindre, et il n'en fit rien. Il mangeait encore, et ce n'était peut-être pas son style de manger à même l'herbe. Mais c'était sympa d'être ensemble.

— Tu penses qu'il y a quoi, là-haut ? demanda-t-elle en regardant les étoiles dans le ciel d'encre.

— Rien. Tout. Tout ce que tu veux.

— À ton avis, il se passe quoi, quand on meurt ? demanda-t-elle en soulevant le tee-shirt pour se gratter tranquillement le nombril. On va où ? Et pourquoi est-on dans cet univers si immense ?

— Ce sont de grandes questions, répondit Diesel. Je ne sais pas où on va, mais on ne cesse pas d'exister d'un coup. Quand on souffle une bougie, la flamme disparaît, mais la fumée se diffuse dans l'air… Ça se passe peut-être comme ça.

— Ta mère, comment est-elle morte ? demanda doucement Tuesday, sachant que parmi toutes ses connaissances, Diesel était le plus apte à la comprendre.

— Elle a eu un cancer du sein, et elle est décédée six mois après le diagnostic.

— Je suis désolée. C'est horrible.

— Merci. C'est injuste, tu es bien placée pour le savoir.

Elle hésita, mais se lança quand même. Diesel n'avait jamais l'air d'être dérangé par ses questions.

— Et ton frère ?

— Il était en vacances en Floride avec des copains étudiants, et il est mort d'une crise d'asthme. Ils étaient jeunes, ils en ont compris la gravité trop tard.

— Oh, c'est pas vrai…

Elle se tourna sur le côté, essayant de discerner son expression dans l'obscurité.

— Diesel, je suis désolée.

— Ben oui, moi aussi. C'est un beau gâchis. Josh était un gamin super. Ma mère est morte neuf mois plus tard. Est-ce qu'elle ne se serait pas battue plus s'il était resté en vie ? Je me suis toujours demandé.

— J'aimerais tant pouvoir faire quelque chose, soupira Tuesday.

Ce n'étaient pas des paroles en l'air. Elle aurait vraiment souhaité avoir le pouvoir de soulager sa douleur, lui ramener sa famille, et à elle son père. Et cette machine à voyager dans le temps, alors ?

— Tu sais ce que tu pourrais faire ?

— Quoi ?

Tuesday gratta Wilma entre les oreilles, appréciant la chaleur de la chienne à côté d'elle.

— Tu pourrais m'appeler Daniel, de temps en temps. Ça me manque.

Elle en fut très touchée.

— Ça, c'est possible.

Là, dans la tiède brise nocturne, elle comprit que c'était vraiment le genre d'homme dont elle pouvait tomber amoureuse. Et ce n'était pas tellement effrayant.

— Et d'où te vient ce surnom, d'abord ?

— Ne compte pas sur moi pour te le dire, Klaxon.

— Arrête de m'appeler comme ça, gronda Tuesday.

Diesel se leva en ramassant les reliefs de leur repas.

— Allez, Klaxon, viens te mettre au lit.

Et même avec le bête surnom d'enfance au milieu, cette proposition plaisait beaucoup à Tuesday.

8

Diesel aurait pu la laisser tranquille. Ils se seraient assoupis, collés l'un à l'autre, et la soirée en serait restée là.

Mais à l'instant même où il la vit à quatre pattes sur le lit pour remettre l'oreiller en place, il se dit qu'il n'était pas encore prêt à la laisser dormir. Une semaine plus tôt, il n'aurait pas cru voir Tuesday dans son lit. Par ailleurs, il n'était pas sûr qu'elle y revienne un jour, alors autant profiter de chaque seconde.

— Ah, un bon sommeil réparateur, ça va me faire du bien, soupira Tuesday en soulevant la couette.

Avant qu'elle disparaisse de son champ de vision, Diesel la saisit par les cuisses pour l'immobiliser. Elle portait toujours son short, qui lui glissait sur les hanches, et cela lui plaisait qu'elle porte des vêtements à lui. Il en retirait un sentiment de possession qui était complètement hors de propos, mais qui était bien là. Et d'ici peu, il comptait faire valser le short et plonger en elle par-derrière, d'où il voyait la courbe tentatrice de ses fesses.

— Qu'est-ce qu'il y a ? Un problème ?

Il fit descendre le short.

— Je ne suis pas encore prêt à dormir.

— Ah bon ? fit-elle, d'un ton maintenant intéressé.

— Non.

En voyant Tuesday tortiller ses jolies fesses nues devant lui, il eut une idée.

— Reste comme ça. Ne bouge pas.

— Bien, chef.

Son ton était tellement empli de désir qu'il faillit changer d'avis et la prendre tout de suite.

Malgré tout, il s'en tint à la pensée qui lui était venue et alla récupérer la bombe et la cravache sur la commode. Il ramassa également les bottes, qu'il rapporta au lit, où Tuesday, incroyable mais vrai, avait gardé la pose, à quatre pattes et le visage tourné vers le mur.

— Redresse-toi et enlève le tee-shirt.

Elle s'exécuta sans hésiter, les gestes élégants, pour révéler un dos lisse et blanc. Diesel suivit ses courbes du doigt, tendu de désir. Il lui posa la bombe sur la tête et annonça :

— Tu peux te remettre à quatre pattes.

Il déboutonna son jean et elle s'interrompit dans son mouvement pour retourner la tête vers lui, l'air interrogateur.

— Tu me prends pour quoi, un cheval ? fit-elle avec dédain.

— Non, pas du tout.

Diesel s'empara de la cravache, dont il fit passer la poignée sur son dos nu. Il regarda la chair de poule se former sur sa peau.

— Mais si tu en étais un, tu serais indisciplinée, poursuivit-il. Des chevaux comme ça, il faut les débourrer.

C'étaient des paroles en l'air, pour pimenter un peu leurs échanges, et il espérait qu'elle allait les prendre comme telles. Il plaça la cravache entre ses jambes et de la poignée, s'activa sur son clitoris. Il la sentit se raidir.

N'étant pas sûr de ce que cela signifiait, il s'arrêta pour lui laisser l'occasion de l'engueuler, de protester ou au contraire, de lui confirmer que ce jeu lui plaisait.

Elle ramena ses cheveux sur son épaule en regardant vers lui, les yeux vitreux et les lèvres entrouvertes.

— Dans ce cas, il va falloir que tu me fasses rentrer dans le rang.

Tuesday aimait bien que les hommes prennent les choses en main au lit, et elle avait toujours attribué cela à une paresse de sa part. C'était facile de les laisser guider.

Mais avec Diesel, c'était complètement différent. Lorsqu'il lui passait la cravache entre les jambes, lui donnait des instructions avec un regard de braise, d'un ton sans réplique, elle trouvait cela érotique à l'extrême. Elle avait les pointes de seins érigées, l'intérieur des cuisses qui vibrait dans l'attente et les épaules contractées. Elle n'était pas toujours facile à vivre, elle le savait. Mais dans ce contexte, il lui était aisé d'oublier son besoin naturel de se rebeller et d'avoir le dernier mot. Elle pourrait se plier à tous ses désirs ; le dernier mot serait toujours un orgasme.

Diesel lui pinça un mamelon, puis la rétablit à quatre pattes. La bombe lui glissa sur le front, mais elle ne prit pas la peine de la remettre en place.

— Les bottes ? demanda-t-elle, le souffle court.

Tout à coup, elle aimait beaucoup l'idée de ne porter que des accessoires d'équitation. Et quel homme n'aurait pas envie de posséder une femme en cuissardes ?

— Retourne-toi et enfile-les.

Il avait un ton si pressant que Tuesday commença à rouler sur le dos avant qu'il ait terminé sa phrase. Il avait le jean ouvert, et elle eut une belle vision de son érection au passage. Pendant qu'il se débarrassait complètement du pantalon, elle attrapa une botte et l'enfila, la jambe ramenée contre la poitrine.

Diesel s'interrompit dans son geste, le regard hagard. Elle savait exactement vers où ses yeux se dirigeaient. Droit entre ses cuisses.

— Quelle jolie vue.

Elle n'en doutait pas. Elle passa à la deuxième jambe avec un petit effet de croisé et s'humecta les lèvres.

— Merci.

Une fois qu'elle eut mis les bottes, Diesel l'attrapa par les genoux et les remonta. Il lui frotta la cravache sur son sexe, le bout effleurant son clitoris. Tuesday salivait d'excitation. L'espace d'un instant, elle crut qu'il allait introduire l'objet en elle. Il fit descendre la cravache plus bas et elle se raidit, à la fois curieuse et un peu anxieuse.

Mais au contraire, il reposa la cravache.

— Tu es tellement obéissante que je ne vais pas en avoir besoin.

Avant qu'elle ait eu le temps de répondre, il était en elle. Tuesday ferma les yeux dans un râle, savourant la sensation d'être remplie par Diesel. Elle était bien capable de s'y habituer.

— T'es trop sexy, c'est incroyable.

Tuesday pensait exactement la même chose de lui. Elle le regardait s'activer sur elle, les biceps bandés, les cheveux dans les yeux, le tatouage sur un flanc, et elle jouit tellement vite qu'elle en fut la première surprise. Elle eut tout juste le temps de lui saisir le bras et de se redresser pour exploser tout contre lui.

L'intensité de son regard sur elle ne fit qu'accroître son plaisir et elle garda les yeux dans les siens, étonnée de pouvoir être aussi ouverte, aussi prête à tout avec un homme. Mais avec Diesel, c'était si naturel et sensuel que quand il empoigna ses chevilles dans ses bottes pour les lui ramener sur les épaules, elle refusa de fermer les yeux.

La sensation était exquise, mais elle voulait la partager. Le voir jouir à son tour.

Et quelques secondes plus tard, c'est ce qui arriva. La mâchoire serrée, les doigts enfoncés dans la chair de ses hanches, les yeux chavirés de plaisir, il fut secoué d'un orgasme, les bottes noires rebondissant contre ses joues.

Décidément, elle pourrait tout à fait s'habituer à ce genre de choses.

Cela faisait bien longtemps que Diesel ne s'était pas réveillé avec une femme à son côté, et ce fut une expérience très plaisante. On était dimanche matin, le soleil entrait à flots par la fenêtre, Wilma ronflait doucement à ses pieds, et Tuesday était blottie sur son torse. La solitude ne lui déplaisait pas, mais il y avait quand même quelque chose d'agréable à être en droit de toucher une personne de manière intime. Diesel appréciait le simple fait de lui effleurer le dos du bout des doigts.

Tuesday se réveilla à sa façon : en parlant. Beaucoup. Elle parlait des poils qu'il avait sur les jambes, mais il n'écoutait qu'à moitié. En temps normal, il la trouvait intéressante et divertissante, mais là, il était trop tôt. Il se contenta de ponctuer ses mots de hochements de tête et la laissa jacasser à son idée.

— J'ai faim.

Il fallait s'y attendre.

— Tiens, ça ne m'étonne pas. À mon avis, tu as le ver solitaire. C'est la seule explication pour que tu arrives à avaler autant de nourriture en restant aussi mince.

— C'est la plus belle chose qu'on m'ait jamais dite.

— Tout le plaisir est pour moi.

Tuesday décocha un bâillement et se redressa sur le lit.

— Malheureusement, je dois partir regarder la course. Le dimanche n'est pas un jour de repos, pour moi.

Diesel ne se souvenait que trop du temps où il en était de même pour lui.

— Dommage pour toi. Moi, je peux rester au lit toute la journée si ça me chante.

Cela dit, la perspective de le faire tout seul n'était pas si alléchante. Pas après avoir eu Tuesday allongée sur lui, Tuesday sous lui… Il sentit son pénis se réveiller à son tour.

Elle le sentit aussi, car elle le tâta de la main.

— Ah, ne me tente pas ! Il faut vraiment que j'y aille.

— Alors arrête de me tripoter !

Sinon, il allait la mettre en retard. Il l'embrassa, se demandant s'il pouvait la convaincre de s'offrir un petit coup vite fait. Mais elle piailla et battit en retraite.

— Non, je vais te résister, à toi et à ton organe divin.

Elle se leva et s'étira. Diesel ne protesta pas, ne voulant pas interférer avec son travail. Mais quand elle ressortit de la salle de bains, à nouveau vêtue du tee-shirt et du short qu'il lui avait prêtés, visiblement sans soutien-gorge, il eut la tentation de la renverser sur le lit.

— Merde, j'avais oublié que je devais te raccompagner chez toi.

— C'est pas facile, la vie de gentleman ! Je t'avais bien dit qu'on aurait dû se retrouver à l'église hier soir.

Avec un bâillement féroce, il s'arracha du lit.

— Non.

— Mais encore ?

— Non.

Il revêtit en vitesse un jean et un tee-shirt.

— C'est bon, on peut y aller.

— Je peux garder tes vêtements jusqu'à chez moi ?

— Bien sûr. Cela dit, j'aimerais bien voir ce que ça donne accompagné de bottes d'équitation.

— Non, ça ira, dit-elle en partant dans le couloir. Wilma peut venir avec nous ?

— Bien sûr, mais elle devra s'asseoir avec toi.

— Ça me va.

La plupart des femmes n'aimaient pas la chienne de Diesel. Wilma était grande, pas très délicate et d'un tempérament jaloux. Pourtant, elle et Tuesday semblaient beaucoup s'apprécier.

Ils passèrent par un drive-in pour prendre un café, que Tuesday accompagna d'une tartelette à la confiture. Diesel aimait bien qu'elle ait de l'appétit. Au moins, il ne se sentirait jamais coupable de commander de la glace au restaurant. Enfin, s'ils se revoyaient, ce dont il avait très envie.

— Tu as des projets, le week-end prochain ? demanda-t-il quand il s'arrêta sur le parking de sa résidence.

— Non.

— On fait quelque chose ?

Autant aller droit au but.

Elle sourit et entoura Wilma de son bras pour lui déposer un baiser sur la tête.

— Ça me plairait bien, Daniel. Tu m'appelles ?

Puis elle sortit de la voiture et Diesel resta là avec sa chienne. Il avait très envie de prendre une aspirine pour son genou et de revoir Tuesday assise sur le siège passager.

— Wilma, je crois que je suis cuit.

La chienne lui lécha la figure et aboya.

— Tu l'as dit.

Arrivée à la porte de sa résidence, Tuesday se retourna vers lui. Un grand sourire aux lèvres, elle agita la cravache dans sa direction.

C'était bien ça. Il était cuit.

Tuesday regardait d'un air vide la clé USB qu'elle avait sortie. Elle essaya de se forcer à l'insérer dans le port. À l'intérieur, il y avait tous les documents nécessaires pour le dernier article sur lequel travaillait son père avant de tomber trop malade pour rester à l'ordinateur. Le rédacteur en chef de la rubrique sportive avait demandé à Tuesday de le terminer, en manière d'hommage.

Elle ne pouvait pas se résoudre à le regarder. Elle ne savait même pas quel était le sujet. Sa seule certitude, c'était qu'elle n'en était pas capable. Alors elle le laissa de côté, une fois de plus. Elle créa un nouveau document dans son traitement de texte et regarda la page blanche qui s'affichait à l'écran. Elle ne savait pas quoi écrire pour son billet quotidien. Son blog n'exigeait pas d'articles de fond ; quelques nouvelles croustillantes suffisaient. Mais elle ne pouvait pas penser à autre chose qu'au fait qu'elle sortait du lit de Diesel Lange et en avait le sexe encore douloureux pour le prouver.

Ce n'était pas une pensée très productive, mais c'était la seule qui lui venait à l'esprit.

Tuesday but une gorgée de café refroidi et grimaça. Il fallait qu'elle fasse un tour sur le net pour avoir des nouvelles fraîches du monde du stock-car. Ou sinon, elle pouvait continuer à regarder son écran vierge et avoir des réminiscences des sensations éprouvées en jouissant sous les assauts d'un homme très doué de ses mains… et de sa langue.

On frappa à la porte. Sachant que c'était dimanche, ce n'était pas une livraison, donc elle pouvait parier soit sur son voisin, retraité qui avait souvent envie de bavarder pour se désennuyer, soit sur Diesel. Forcément, ça allait être le voisin. Diesel n'allait pas venir toquer à sa porte vingt minutes après l'avoir déposée.

C'était impossible, et elle était complètement marteau d'avoir espéré que ce soit lui la première seconde.

Avec un dernier coup d'œil à la clé USB, elle se dirigea vers la porte, une idée dérangeante germant dans son esprit. Et si ces moments avec Diesel n'avaient été qu'une façon de se distraire de son deuil ? Cela ferait d'elle quelqu'un de vraiment perturbé, ce qu'elle refusait de croire. Diesel était tout à fait distrayant à lui tout seul.

Sur le seuil, elle trouva sa mère avec un panier à la main.

— Bonjour, ma chérie, je t'ai préparé ton déjeuner.

Elle entra en arrangeant ses courts cheveux gris d'une main élégante.

Tuesday sentit son cœur se serrer. Elle avait toujours un sentiment de culpabilité en voyant sa mère, qui avait perdu une dizaine de kilos depuis le diagnostic de son mari, alors qu'elle n'était pas épaisse. Elle avait cessé de se teindre les cheveux et avait abandonné les cours de Pilates. Tuesday lui trouvait une apparence fragile et elle en était toute retournée. Pire encore, elle savait qu'elle ne l'avait pas appelée depuis plusieurs jours parce qu'elle n'avait aucune idée de comment supporter son propre chagrin, alors celui de sa mère, c'était inimaginable.

— Bonjour, maman, dit-elle en l'embrassant sur la joue. Tu n'étais pas obligée.

— Ça me fait du bien de m'occuper, répondit sa mère avec un bref sourire. Du coup, j'ai fait des tas de pâtisseries dans les deux dernières semaines, alors il faut bien que je donne tous ces desserts à quelqu'un.

Sa mère avait toujours été du genre à se réfugier derrière les fourneaux quand elle était stressée ou triste. Tuesday préférait sa propre méthode, qui consistait à boire, mais elle comprenait pourquoi sa mère agissait ainsi.

— Maman, tu sais que j'adore les sucreries, mais tu n'as pas peur qu'un jour, tout ce sucre et ce beurre dont tu m'inondes me rattrapent ?

— Oh, non. Tu as hérité de mon métabolisme, et je n'ai jamais eu de problèmes de poids.

— Bien vrai. En fait, tu aurais dix kilos à reprendre.

Tuesday ouvrit le panier, où elle découvrit des sandwichs poulet-salade, des fruits et des brownies. Elle commença à saliver.

— Alors, il paraît que tu étais de sortie, lança sa mère en ignorant le commentaire sur son poids.

Tuesday, qui avait déjà attaqué un brownie, s'interrompit.

— Mais comment tu es déjà au courant ?

C'était effrayant.

— Les bruits circulent vite. Alors, cette soirée courses ? Et plus important : alors, Diesel Lange ?

Tuesday n'avait pas envie d'entrer dans ce genre de considérations avec sa mère.

— C'était bien, il est bien, et on est amis.

Des amis qui faisaient des trucs pas nets, tout nus dans le noir.

— Ah, tant mieux. Il paraît qu'il était aussi venu avec toi au retour de noces de Kendall. Est-ce que ça veut dire qu'on va enfin pouvoir planifier ton mariage à toi ?

Tuesday avala à grand-peine sa bouchée de brownie, qu'elle ne pouvait pas mâcher indéfiniment.

— Tu y vas fort, là. Je ne sais même pas si je vais ressortir avec lui, donc ne dégaine pas tout de suite les revues de robes de mariée.

Certes, il lui avait proposé de se revoir, mais les hommes faisaient tout le temps ça. Plutôt que de vous laisser repartir tranquille après une nuit passée ensemble, ils gâchaient tout en prétendant qu'ils voulaient vous revoir et qu'ils allaient vous appeler, ce qu'ils ne mettaient jamais à exécution. Maintenant que Tuesday y repensait, ils n'avaient pas évoqué de jour, encore moins une heure ou un endroit où se retrouver.

Soudain morose, Tuesday mordit à nouveau dans le brownie.

— Tu l'aimes bien, c'est ça ? demanda sa mère, qui la regardait de près.

— Ben ouais, qui sait ?

Elle se montrait irritable, sans doute, mais elle ne souhaitait pas du tout parler des réalités de la fréquentation des hommes avec sa mère. Sa seule envie était de se poser sur le canapé pour repenser au sexe de folie avec Diesel. Ce qu'ils avaient fait, et ce qu'ils pourraient encore faire. Des choses sympas dans ce genre.

— Je m'inquiète pour toi, Tuesday.

Oh, misère. Encore une dose de culpabilité dont elle se serait passée.

— Tu n'as pas à t'en faire pour moi. S'il y a quelqu'un qui doit s'inquiéter, c'est moi, et à ton sujet.

— N'importe quoi, fit sa mère, dont les yeux s'embuèrent pourtant de larmes. Ton père était très fier de toi, tu sais.

Tuesday sentit sa gorge se serrer.

— Je sais.

— Tu étais ce qu'on pouvait rêver de mieux. À la fois sa fille chérie toute jolie, et comme un fils pour lui en même temps. C'est pour ça qu'on n'a eu qu'un enfant. Tu étais parfaite, tu nous suffisais.

Maintenant, sa mère se comportait comme si c'était elle qui était morte. Mal à l'aise, Tuesday se mit à triturer le tee-shirt de Diesel, qu'elle avait gardé sur elle.

— J'ai essayé d'être à la hauteur.

— Tu te rappelles, la dernière fois qu'on est allés au lac ? Tu devais avoir sept ans. Ton père t'avait amenée pêcher, et il était super fier que tu aies pris le plus gros poisson de la journée.

Tuesday hocha la tête. Elle s'en souvenait bien. Elle était ravie de passer un moment seule avec son papa.

— C'était un père génial.

— Les jours de pêche, il portait son tee-shirt porte-bonheur. Je me demande où il est passé.

Sans avertir, le visage de sa mère se décomposa.

Tuesday lutta contre une nausée.

— Ça va aller, maman.

Elle prit sa mère dans ses bras. Apparemment, celle-ci avait besoin de parler de son mari pour faire son deuil, et Tuesday, qui n'était pas prête pour sa part, trouvait cela plus dur que ce qu'elle aurait cru. Elle aurait préféré enfouir ses souvenirs les plus chers avec son père jusqu'au moment où elle pourrait les évoquer sans pleurer comme une madeleine et s'effondrer complètement.

— Je suis désolée, maman.

Sa mère se reprit très vite et se dégagea.

— J'ai demandé à une association pour les handicapés de venir demain pour récupérer les vêtements de ton père. Inutile de les laisser prendre la poussière. Par contre, j'ai jeté ceux qu'il a portés pendant sa maladie. Ceux-là, personne ne devrait avoir à les porter, même lavés plusieurs fois, et même des gens vraiment dans le besoin.

Tuesday sentit son estomac se retourner de façon très déplaisante. Combien de temps sa mère comptait-elle rester ? Elle était fatiguée et ne se sentait pas du tout d'attaque pour cette conversation.

— Tu voudrais que je vienne t'aider à faire le tri ?

— Oh, non, c'est déjà fait, dit sa mère, qui vidait le panier sur la table. Je m'en vais.

— Tu ne vas pas rester manger tout ça avec moi ?

— Je n'ai pas faim.

Tuesday envisagea d'essayer de la convaincre, mais sa mère avait les mains qui tremblaient un peu, et elle ne voulait pas la bouleverser davantage.

— Bon, d'accord. Merci pour mon panier-repas, maman, ça a l'air très bon. Et dis-moi si tu as besoin de quelque chose.

À ce moment, sa mère se retourna vers elle, l'air perplexe.

— Il ne te va pas du tout, ce short. D'où il sort ?

Tuesday haussa les épaules, espérant ne pas rougir.

— Je viens de faire du sport. C'est confortable.

Elle n'était pas si loin de la vérité.

— OK. Je t'aime, ma chérie, fit sa mère en sortant.

— Moi aussi, maman.

— Ah, et je fais dire une messe pour les deux mois du décès de ton père. Je n'ai pas pu en avoir avant. Tu pourras y être ?

Essayant de ne pas s'évanouir, Tuesday acquiesça.

— Bien sûr.

Elle aurait préféré s'arracher les cils un par un, mais pour sa mère, elle se forcerait à y assister.

Avec un signe de la main et un air soulagé, comme si les dix minutes passées là avaient eu un effet thérapeutique sur elle, sa mère partit pour de bon. Tuesday, elle, se sentait vidée. Évitant la clé USB et l'ordinateur sur son bureau, elle s'affala sur le canapé, la tête la première. Mais elle était assaillie par des images de son père, d'abord à la pêche, puis malade et sur son lit de mort. Ensuite, elle repensa à Diesel et à l'intensité du sexe entre eux, au mec sympa qu'il était… et elle eut l'impression d'être une atrocité humaine. Qui était égoïste au point de penser à se faire tringler quand on venait juste de perdre l'un de ses parents ?

Elle.

Elle se força à se mettre devant l'ordinateur pour avoir les résultats des courses en direct. Ni Kendall ni Evan n'était très bien classé pour l'instant. C'était Elec Monroe qui arrivait en première place, avec déjà deux cents tours au compteur. Elle tapa un petit article avec des pronostics pour son blog, et se retrouva très vite à fixer à nouveau l'écran sans le voir.

Diesel regrettait-il le temps où il était pilote ? Est-ce qu'il repensait à son accident, en se disant qu'il aurait pu négocier son virage différemment ? À sa place, c'est sans doute ce qu'elle ferait. Mais peut-être pas lui. Il n'avait pas l'air du genre à se morfondre dans les regrets. Mais après tout, le connaissait-elle si bien que ça ?

Pas autant qu'elle le voudrait.

Elle se tapa la tête sur le clavier. Combien de temps allait-elle devoir attendre qu'il l'appelle ? Ce ne faisait que deux heures, et elle était déjà épuisée.

Il était rare que Diesel accepte les sorties au golf proposées à longueur de temps pas ses vieux amis, mais aujourd'hui, il avait dit oui. Pourtant, son genou le tracassait, mais il se sentait un peu seul. Sa maison semblait vide depuis la nuit passée avec Tuesday, et ce sentiment l'ennuyait. Alors, malgré les trente-cinq degrés à l'ombre et les deux cachets antidouleur qu'il avait dû prendre, il se trouvait sur le green avec Ryder Jefferson et Ty McCordle, qui parvenaient à avoir l'air un peu plouc même sur un parcours de golf.

— Où sont les frangins Monroe ? s'étonna-t-il.

— Evan vient de recevoir un coup de fil pour le prévenir que la copine de Nikki avec qui il avait fricoté, Sara, est en train d'accoucher dans le Kentucky.

— Ah, fit Diesel avec un petit sifflement. Pas banal, ça. Il est sûr que le bébé est de lui ?

Aux dernières nouvelles, la rumeur courait qu'il y avait d'autres possibilités.

— Non, Sara a fini par reconnaître qu'elle ne pouvait pas être certaine, répondit Ty. Du coup, elle est retournée dans sa famille pour régler des choses et être accompagnée par ses proches pour la naissance. Elle a l'air d'une gentille fille. Ils avaient tous les deux bu un coup de trop, et ils gèrent le problème au mieux, je trouve. Evan veut être sûr que la mère et l'enfant vont bien, et ensuite, il fera faire les tests ADN.

— C'est pas facile, comme situation.

Diesel était bien content de ne jamais avoir eu à y faire face. Pourtant, il devait reconnaître qu'il avait été vraiment irresponsable, l'autre soir. Comment avait-il pu être assez idiot pour croire une femme qui lui affirme qu'elle prend la pilule ?

Malgré tout, il avait fait confiance à Tuesday. Ce qui faisait de lui un idiot.

— Je me sens coupable, intervint Ryder.

— Et comment ça se fait ? demanda Ty. C'est pas toi qui es allé tremper ton biscuit chez Sara, quand même.

Charmante image.

Ryder étudia son coup en balançant son putter plusieurs fois.

— Fais pas le gros dégueulasse, Ty. Je veux juste dire qu'on était tous au week-end camping. Sara était là parce que Nikki venait voir Jonas. Suzanne s'est retrouvée du voyage, et on est partis ensemble… Tu es allé dans ta tente avec Imogen, Nikki et Jonas ont fait pareil de leur côté… Qu'est-ce qu'il pouvait bien faire d'autre, ce pauvre Evan ?

— Avoir des capotes sur lui. Quand j'étais célibataire, j'en avais toujours. Je suppose que tu fais pareil, Lange.

Pas vraiment. Avant la semaine précédente, Diesel n'avait aucune aventure depuis un long moment, et quand il avait fini par en avoir une, il ne s'était pas mieux protégé qu'Evan Monroe. Il se sentit anxieux, tout à coup. Et si Tuesday était enceinte ? Il connaissait la réponse que Ty attendait, donc il se contenta de hocher la tête.

— Vous imaginez, ma femme est tombée enceinte la même nuit, dit Ryder. C'est dingue, non ? Il devait y avoir quelque chose dans l'air, ce soir-là. Étonnant qu'Imogen y ait échappé.

Ty pâlit nettement.

— Tu rigoles, le mariage est encore dans longtemps. Je ne suis pas encore prêt à avoir un bébé.

Diesel non plus. Le risque existait maintenant, mais ce n'était pas une question qu'il allait partager avec ses copains. Ils auraient pu se moquer de lui, alors qu'il avait besoin d'être conseillé et rassuré.

— Dites, imaginez que, par exemple, vous ayez proposé à une fille de se voir le week-end à venir, et qu'elle ait dit oui. Vous attendez combien de temps pour l'appeler et mettre ça au point ?

Tout à coup, il avait des doutes sur tous les fronts.

— Mais ça alors ! s'exclama Ryder avec un sourire énorme. Diesel a une copine ! Je suis estomaqué. J'ai bien cru que ça n'arriverait jamais.

— Elle est sexy ? demanda Ty. Je pense que ça compte, pour savoir si tu la rappelles vite.

— Bien sûr qu'elle est belle. Tu crois qu'il serait tout chiffonné comme ça, si elle était laide à crever ?

— Ben, je sais pas. Il pourrait être désespéré.

— Vous ne m'aidez pas, là, fit Diesel en levant les yeux au ciel.

— C'est qui ? On la connaît ?

Dansant d'un pied sur l'autre dans ses chaussures de golf, Diesel passa une minute entière à se demander s'il leur révélait la vérité.

— Allez, lui dit Ryder. Tu ne nous fais pas confiance, mec ?

— OK, c'est Tuesday Jones.

Ty siffla un bon coup.

— La fameuse Tuesday Talladega ? La plus grande gueule du reportage sportif ? Lange, je savais pas que tu avais une aussi grosse paire de…

— Elle n'est pas si grande gueule que ça, le coupa Diesel.

C'était faux, évidemment. Elle était intarissable, en tout cas dans sa vie personnelle. Côté pro, il était loin d'avoir suivi de près sa carrière dans le journalisme.

Ses deux amis éclatèrent de rire.

— Maintenant que je sais de qui on parle, je te conseille de l'appeler aujourd'hui, déclara Ryder. Si tu attends vendredi pour le samedi, elle t'enverra chier.

C'était possible.

— Et si j'appelle trop tôt, elle me prendra pas pour un *loser* ?

— Mec, tu *es* un *loser*.

— Merci, les gars, vous m'êtes vachement utiles.

— Toujours là si tu as besoin, répondit Ty en lui tapant dans le dos.

— Arrête de te fiche de moi.

Ryder sortit son téléphone et poussa un cri.

— Oh, putain. Je vais arrêter là, les gars. Ma femme pense avoir commencé le travail.

— Tu diras à Suzanne qu'elle ne s'y prend pas au bon moment, lança Ty, avant de lui donner une bourrade amicale. Allez, vieux, bonne chance.

Diesel saisit le *putter* que lui lançait Ryder et lui dit :

— Tiens-nous au courant au moment de la naissance. Félicitations, mec.

Ils envoyèrent un Ryder paniqué au country-club avec le chariot, puis terminèrent leur dix-huit trous. Au moment de repartir, Diesel décida d'envoyer un message à Tuesday.

Vendredi ou samedi. Comme tu veux.

Elle aimait qu'on soit direct. Il n'allait pas tourner autour du pot.

Tu te fous de moi ?

Il ne s'attendait pas à cette réponse.

Non.

Tu pouvais quand même me demander si j'allais bien.

Un peu gêné, il se demanda quoi faire. Hors de question de demander conseil à Ty, ou il en entendrait parler jusqu'à la fin des temps.

Au bout de quelques secondes, il écrivit simplement :

Comment vas-tu ?

Elle lui répondit par une émoticône qui tirait la langue. Merde, il aurait dû l'appeler, tout simplement. Voilà qui aurait été direct. Contrairement à cet échange obscur de SMS. Mais dans ce cas, il aurait dû attendre que Ty soit parti, et il avait voulu faire vite.

— Alors, ce mariage, ça se prépare ? demanda-t-il à son ami.

— Je ne comprends pas pourquoi ça prend aussi longtemps de planifier un mariage, répondit celui-ci, l'expression incrédule. Ça me dépasse. Mais si c'est ce que veut Imogen, on fait comme ça.

Diesel eut envie de lui demander s'il était heureux, mais en vérité, cela se voyait. Ty avait le visage qui s'éclairait dès qu'il parlait de sa fiancée, et rayonnait de fierté pour tout ce qui la concernait. Ma foi, c'était peut-être ce que Diesel voulait pour son propre compte. Peut-être se trompait-il en se répétant depuis tout ce temps qu'il était très bien seul.

— Il n'y en a plus pour longtemps, maintenant ?

— Ouais, c'est juste avant Noël, fit Ty, rayonnant. Au risque de faire ma midinette, je suis super excité. Je vais être trop content de l'appeler ma femme.

— Tu as bien de la chance, fit Diesel, avant d'ajouter la réplique attendue par Ty. Mais tu es une vraie midinette.

— Parle pour toi. Tu as la coupe de Farah Fawcett, fin des années 1970. Tu devrais aller chez le coiffeur.

— J'y ai pensé, mais j'oublie toujours de prendre rendez-vous.

Et maintenant que Tuesday lui avait glissé qu'elle aimait bien ses cheveux un peu longs, il n'en avait plus du tout envie.

Ils marchèrent en silence une minute de plus, le soleil leur chauffant la nuque.

— Tuesday Jones, alors, finit par reprendre Ty. Vraiment ?

— Ben oui.

Tuesday Jones. Il commençait vraiment à l'avoir dans la peau. Depuis cette nuit, Diesel avait du mal à se concentrer sur ce qu'il faisait. Il ne pensait qu'à la sensation de son corps sous le sien, à ses gémissements de plaisir. Les sons les plus agréables qu'il lui ait été donné d'entendre.

— Pourquoi pas.

— Un peu comme toi et Imogen. Pourquoi pas.

À l'instant où ces paroles franchirent ses lèvres, Diesel se rendit compte qu'il était aussi sérieux à propos de Tuesday que Ty avec sa future épouse. Il ouvrit la bouche pour adoucir sa déclaration ou faire penser Ty à autre chose, mais celui-ci souriait déjà d'un air ravi.

— Ah, tu en es là, hein ? fit-il, avec encore une claque dans le dos. Alors profite, mec. Et n'oublie pas la capote.

Diesel était de plus en plus mortifié. Ils arrivèrent au club, et il déclara :

— J'ai un coup de fil à passer. On se voit plus tard.

— Oh, oui, va appeler ta chérie ! s'exclama Ty, accompagnant sa déclaration de gros smacks.

Malgré son inquiétude, Diesel rit de bon cœur.

— T'es con. Tu as douze ans, ou quoi ?

— Ce n'est pas ce que dit mon compte en banque, répliqua Ty, qui le salua avec hauteur et entra dans le bâtiment.

Diesel appela Tuesday, espérant qu'elle n'allait pas laisser sonner.

— Allô ?

C'était un allô agressif, et il se sentit bête. Peut-être qu'elle ne voulait pas ressortir avec lui, point à la ligne.

— Salut, tu vas bien ?

— Oui, ça va. Je suis fatiguée. Je n'ai pas beaucoup dormi, la nuit dernière.

Elle avait un soupçon de séduction dans la voix, et aussitôt, il se sentit mieux.

— C'est marrant, moi non plus. Dis-moi, ça te dirait de ne pas beaucoup dormir vendredi soir ?

Son instinct lui soufflait de choisir un jour pour lui donner l'occasion de refuser, plutôt que de la laisser décider de tout.

— Ça devrait pouvoir s'arranger.

Il hésita à lui demander pourquoi elle lui avait tiré la langue par SMS interposé, mais il décida de laisser tomber. Si elle voulait bien le revoir, c'était tout ce qui comptait.

— Super. On n'est pas encore vendredi soir.

Elle éclata de rire, d'un rire de gorge qui lui donna l'impression qu'elle le caressait.

— Passe me chercher à neuf heures. Avant, je serai avec Kendall.

— On va où ?

— Quelle importance ?

— Aucune.

C'était sincère. En fait, Diesel commençait à avoir envie de suivre Tuesday partout où elle voudrait.

Avec un passage par un lit.

Baby-boom

Par Tuesday Talladega

Cette semaine, le monde du stock-car s'est agrandi avec la naissance du premier enfant de Ryder et Suzanne Jefferson. Le petit a fait son arrivée aux premières heures du matin, en ce mardi. Le petit Little Track (non, je ne plaisante pas, ils l'ont vraiment appelé Petit Circuit) est bien portant avec ses 4 kilos tout ronds, malgré son nom à coucher dehors. On peut s'attendre à le voir fendre les airs sur le circuit dès son cinquième anniversaire.

Dimanche dernier, c'était Sara Parker qui accouchait. Souvenez-vous, elle avait fait les gros titres au printemps dernier en annonçant que le père de son bébé à venir était Evan Monroe, une semaine seulement après le mariage d'Evan avec la débutante

Kendall Holbrook. Oups, mauvais timing. Mais en fait, Evan n'est pas le père, ainsi que l'ont révélé les tests ADN ce matin même. Double oups ! ! En tout cas, respect à l'aîné des Monroe, qui a soutenu Sara jusqu'aux résultats, et n'a pas lancé de horde d'avocats à ses trousses avant d'être sûr de ce qu'il en était. On peut dire qu'il a assuré.

Tuesday ne savait pas quoi dire à Kendall, qui était en larmes, un coussin entre les bras.

— C'est tout à fait normal d'avoir des sentiments partagés. Tu as connu des moments vraiment stressants, avec cette histoire. Tu n'as pas à t'en vouloir.

— Mais je me sens hyper coupable ! Tu te doutes bien, pendant tout ce temps, j'espérais que le bébé n'était pas d'Evan.

— Mais n'importe qui à ta place aurait souhaité la même chose. Tu te maries et deux secondes plus tard, une fille avec qui ton époux a couché annonce qu'elle est enceinte !

Tuesday était sûre que de son côté, elle aurait demandé le test de paternité avant la naissance.

— C'est toi qui m'as dit que j'étais nulle de repousser Evan comme ça !

Au tour de Tuesday de se sentir coupable. Elle se mit à genoux sur le rocking-chair, face à son amie. Avec l'emploi du temps serré de Kendall, elles n'arrivaient pas à passer beaucoup de temps ensemble, mais celle-ci lui avait demandé si elle pouvait venir faire un coucou avant de partir pour l'aéroport, pour la course du week-end. Tuesday était contente de pouvoir l'écouter, même si elle ne pouvait pas vraiment faire grand-chose pour l'aider. C'était à Kendall de travailler seule sur ses émotions, mais son amie pouvait être là pour la soutenir.

— Kendall, ce n'était pas la même chose, et j'étais un peu secouée. Je venais d'apprendre que mon père était mourant.

Et elle s'en était prise à sa meilleure amie, lui reprochant aigrement d'avoir rompu avec son nouveau mari à l'annonce de la grossesse de Sara. Sur le moment, elle avait seulement pensé que la vie était trop courte et que personne ne devrait laisser tomber aussi facilement en amour. Mais elle n'avait pas exposé ses pensées de la meilleure façon.

— Je suis désolée d'avoir crié comme ça. Ce n'était pas ce qu'il te fallait.

— Au contraire ! J'avais besoin d'une piqûre de rappel : j'avais déjà perdu Evan une fois, et il fallait que je réfléchisse mieux avant de prendre une décision. Du coup, ouf, on s'est réconciliés, et ça se passe super bien. Mais sans mentir, ça a été dur de savoir qu'il allait peut-être avoir un bébé de son côté. Je pense que chaque femme veut être la première à avoir un enfant de son compagnon. J'étais vraiment jalouse, et je ne savais pas trop quel allait être mon rôle dans la vie de cet enfant.

— C'est très compréhensible.

— Mais maintenant, je me sens coupable qu'il ne soit pas d'Evan, comme si c'était à cause de mes souhaits.

— Eh bien non, c'est comme ça parce que Sara a couché avec deux mecs à quelques jours d'intervalle. Ce sont des choses qui arrivent. Et Evan, il est déçu ?

Tuesday estimait qu'il faudrait bien qu'il s'en remette. Au bout du compte, ce serait mieux pour tout le monde.

— Oui, mais il n'en parle pas beaucoup. Je pense qu'une partie de lui était vraiment excitée à l'idée d'être père, et maintenant, c'est envolé.

— Bon, vous pourrez toujours avoir des enfants tous les deux.

— Je sais bien, dit Kendall. Mais pas pour l'instant, alors que ma carrière décolle tout juste. Je suis un peu déçue aussi, d'une certaine façon. J'avais des rêves de bébé, ce qui est ridicule. Les arrangements auraient été vraiment compliqués.

— Non. Surtout sachant que Sara s'est mariée entre-temps.

Encore une fois, c'était sans doute la meilleure issue pour tout le monde.

— Déjà que son mari n'est pas le père non plus, ç'aurait été un méli-mélo sentimental et légal pas possible pour vous quatre. Sans compter la petite quand elle aurait grandi.

— Tu as tout à fait raison, approuva Kendall en s'essuyant les yeux. Comme ça, Sara n'a pas de liens avec le père biologique. Apparemment, il a décliné tous ses droits sur l'enfant il y a plusieurs mois quand elle l'a contacté. C'est signé, et le bébé pourra avoir une vie de famille stable, avec deux parents, pas de garde alternée ou de choses dans ce genre.

— Et si tu as besoin de pouponner, tu as toujours tes neveux et nièces.

Pour sa part, Tuesday n'était pas prête à devenir mère, et si jamais elle découvrait qu'elle attendait un bébé, elle risquait de mal réagir. Elle aimait bien les enfants, mais chez les autres. Autrement dit, malgré la pilule, elle était franchement bête de ne pas avoir attendu d'avoir des préservatifs avec Diesel. Elle savait depuis longtemps, par l'expérience des autres, que ceinture et bretelles étaient la meilleure prévention. Les spermatozoïdes avaient une sacrée résistance, et elle comptait beaucoup faire l'amour avec Diesel.

— C'est vrai. Après quatre mois de hauts et de bas, tout est bien qui finit bien, conclut Kendall, qui rejeta le coussin sur le canapé. Et toi alors, comment vas-tu ?

— Je vais bien.

C'était vraiment ce que pensait Tuesday, la plupart du temps, en tout cas. Elle gérait la situation en évitant de la gérer. Pour l'instant, ça marchait à peu près, et elle supposait ne pas être la première à vivre un deuil de cette façon. De plus, elle allait revoir Diesel, et elle était impatiente d'y être.

— Merci de m'avoir donné le feu vert pour le petit entrefilet concernant le bébé. Ça aurait fait bizarre si je n'avais rien publié sur le sujet.

Kendall se battait contre sa queue de cheval, où elle essayait de glisser des mèches qui s'en étaient échappées.

— Exactement, on se serait dit que tu évitais le sujet à cause de notre amitié. Et c'était gentil, ce que tu as écrit, donc je devrais te remercier. Bien d'autres journalistes auraient balancé des horreurs sur Evan. Et sur moi, d'ailleurs.

— Je n'ai dit que la vérité, Evan s'est comporté comme il le fallait.

— À propos de vérité, j'ai vu que tu te lâchais sur le choix de prénom chez les Jefferson.

Tuesday pouffa de rire. Ce n'était pas un acte qu'elle allait regretter.

— Oh, allez, je les aime beaucoup en tant que personnes. Tu te souviens, on était arrivées à se comprendre avec Suzanne, quand j'avais fait des commentaires sur la vie amoureuse de Ryder, à l'époque. Je la considère comme une amie. Mais là, ils l'ont cherché.

— Il faut avouer, oui, grimaça Kendall. Connaissant Suzanne, c'est sûrement fait exprès. Un doigt d'honneur au monde. Mais sincèrement, je trouve ça mignon, comme prénom.

— Ça le serait si son père n'était pas pilote de stock-car. Crois-moi, je sais de quoi je parle. Ça craint d'avoir un prénom bizarre. Pendant toute mon enfance, on s'est moqué de moi parce que je m'appelais comme un jour de la semaine.

— De toute façon, les enfants trouvent toujours quelque chose pour se moquer des autres. Tu sors avec un mec qui s'appelle Diesel, c'est bien pire que Track.

Tuesday se hérissa. Ce n'était pas pire. Diesel, elle trouvait ça mignon.

— C'est un surnom ! protesta-t-elle en rajustant le short, qui lui était remonté jusqu'à l'entrejambe. En vrai, il s'appelle Daniel. Et puis d'abord, on ne sort pas ensemble. On… se voit.

— Il va falloir que tu m'expliques la différence, fit Kendall avec un sourire moqueur. Surtout que tu le défends.

— Pas du tout.

Bon, peut-être.

— Sérieusement, un surnom donné sur le circuit, ce n'est pas la même chose que le prénom déclaré à l'état civil.

— Mais d'où ça lui vient, exactement ?

— Aucune idée, il ne m'a pas dit.

En vérité, Diesel ne partageait pas beaucoup ses pensées avec elle. Elle ne savait rien de l'accident par lui, et il ne lui avait parlé de sa mère et son frère que quand elle lui avait demandé directement. C'était typique de la plupart des mecs qu'elle supportait : ils étaient renfermés. Ceux qui exprimaient l'intégralité de leurs sentiments à voix haute s'avéraient en général des pleurnichards. Ou alors, ils détaillaient les renseignements les concernant sur un mode fanfaron qui transformait la conversation en conférence sur leur petite personne. Aucune de ces façons d'échanger ne lui convenait. Cependant, elle avait envie de mieux connaître Diesel. Elle avait dans l'idée que les pensées qui occupaient sa tête pouvaient être intéressantes.

— Il te plaît, alors ?

— Ben, c'est évident, non ? Sinon, je ne coucherais pas avec lui.

— Je veux bien, mais il y a une différence entre plaire suffisamment et vraiment plaire, objecta Kendall, qui la dévisageait avec tant d'acuité que c'en était déstabilisant. Tu l'aimes plus qu'aucun autre mec avec qui je t'ai vue. Non ?

Kendall l'accusait d'avoir des sentiments plus profonds que ceux qu'elle éprouvait. Bien sûr, elle appréciait la présence de Diesel, mais elle n'en était pas à faire une liste de mariage ou choisir des prénoms.

— Dans ce cas, c'est qu'il n'y a pas assez d'hommes qui m'ont plu dans ma vie. Ce qui prouve que le réservoir de mecs intéressants est loin des cinquante litres.

— Alors tu avoues que tu l'aimes bien ?

Son amie commençait à l'agacer.

— Je n'avoue rien du tout.

Son portable se mit à sonner sur la table, mais c'était sa mère, et elle ne prit pas l'appel.

— Tu peux répondre.

— C'est ma mère, je la rappellerai tout à l'heure.

— Pourquoi refuses-tu d'admettre que même si tu viens de rencontrer Diesel, ça pourrait être différent cette fois-ci ?

— Parce que ça ne l'est pas. Tu me connais. Je sais très bien garder la tête froide avec les hommes. Je peux faire le tri dans mes émotions, coucher sans y mettre de sentiments. Je peux plaquer un mec qui n'est pas bon pour moi sans le regretter. Tomber amoureuse au bout de trois jours, c'est un truc de tête brûlée, et je ne suis pas comme ça.

— Eh bien, tu devrais peut-être te le permettre, pour une fois. Une attirance instantanée, ça a quelque chose de légitime. Je ne pense pas au coup de foudre, ou au désir purement sexuel. Je te parle du moment où tu rencontres quelqu'un et qu'il y a cette étincelle. Genre, chaque fois qu'il sourit, ça te va droit à l'entrejambe, et chaque parole qu'il prononce, c'est toi qui souris parce que tu le trouves drôle, ou clairvoyant, ou alors ça correspond exactement à tes pensées.

Tuesday décroisa les jambes et ramena les genoux contre sa poitrine. Elle ne voulait pas du tout parler de ce sujet. Sans doute parce que si elle acceptait d'y réfléchir, il lui faudrait reconnaître qu'elle ressentait exactement ce que décrivait Kendall. Au moindre sourire de Diesel, elle se consumait de l'intérieur. Quand il parlait, le sourire lui venait aux lèvres. Ou plutôt, elle levait les yeux au ciel et s'efforçait de ne pas rire, ce qui dans son cas, supposait la même approbation implicite.

Et merde.

Il lui plaisait vraiment.

— Tu m'énerves, finit-elle par dire à Kendall.

Celle-ci éclata de rire.

— Je ne dis que la vérité, alors autant en profiter plutôt que de lutter.

— Comment pourrais-je en profiter, maintenant que je dois avoir peur de tomber amoureuse ? s'emporta Tuesday, qui se frotta les jambes avec vigueur. Franchement, j'ai pas besoin de ça.

— Détends-toi, un peu ! lui conseilla Kendall en se relevant. Va te doucher et fais-toi belle pour Diesel. Moi, je passe chercher mon petit mari pour aller prendre notre avion pour Atlanta.

— Bonne chance pour la course, dit Tuesday, se forçant à se lever aussi.

— Merci. Et merci de m'avoir laissée me confier sur le bébé.

— T'inquiète.

Pour une raison inconnue, Tuesday sentit sa gorge se serrer. Elle était vraiment heureuse d'être amie avec Kendall. Elles s'épaulaient dans les passes difficiles et partageaient les bons moments.

— Je suis toujours là, tu le sais hein ? ajouta-t-elle soudain.

— Bien sûr. Tu peux compter sur moi aussi, répondit Kendall, qui l'embrassa avant de sortir.

Tuesday poussa un soupir, partagée entre l'effervescence à l'idée de voir Diesel et la peur. Pas la peine de s'amouracher de lui s'il se révélait être un gros naze, ou pire, s'il était un mec super, mais la larguait tout de suite. Cela la mettrait en l'air, et elle ne pouvait vraiment pas supporter ce genre de chose, en ce moment. Mais si elle gardait un peu de distance, elle aurait droit à du sexe fabuleux, à sa compagnie, et éviterait de souffrir.

En tout cas, elle l'espérait.

Elle ramassa son téléphone et écouta le message de sa mère.

— Coucou, c'est maman. Je voulais juste te dire que finalement, je ne pourrais pas te voir demain. Je serai avec Tom Reynolds.

Aussitôt, Tuesday changea d'humeur. Tom Reynolds était le copain de sa mère du temps du lycée. Elle plaisantait toujours à son sujet, disant qu'il s'était enfui à temps. Cela avait toujours irrité Tuesday, même si son père n'avait pas l'air de s'en soucier. Qu'est-ce que ça voulait dire, « être avec » Tom Reynolds ? Ils allaient se retrouver pour déjeuner, ou ils sortaient ensemble ?

Merde et merde.

Avec l'impression soudaine de ne pas arriver à respirer, Tuesday remit en marche le message. Sa mère avait une voix joyeuse, peut-être même un peu légère, vraiment pas la voix d'une veuve en proie au chagrin. Sérieux, est-ce qu'elle revoyait quelqu'un à peine quatre semaines après la mort de son mari ?

Elle devait effectivement passer sous la douche avant son rendez-vous avec Diesel, mais pendant une minute entière, elle resta à trembler, le téléphone à la main. Que faire ? Réécouter le message ? Appeler sa mère pour avoir des précisions ?

Non, elle ne pouvait pas. Si sa mère disait non, elle se sentirait nulle de l'avoir soupçonnée et de l'avoir insultée dans ses sentiments envers le défunt. Si elle disait oui, alors Tusday ne répondait de rien.

Elle allait donc éviter d'appeler. Elle pourrait plutôt prendre un verre avant d'aller sous la douche.

Tuesday partit dans la cuisine pour ouvrir le compartiment à alcools.

9

Ryder s'interrogea : devait-il montrer à sa femme les commentaires publiés par Tuesday à propos de leur choix de prénom ? De toute façon, Suzanne allait le découvrir tôt ou tard, donc mieux valait que ça n'ait pas lieu en public.

Elle était en train d'allaiter leur bébé, assise sur le canapé de leur nouvelle maison. Elle avait les cheveux un peu en désordre mais avait une mine superbe et l'expression de bonheur sur son visage était sans équivoque. Ryder sentit son cœur se gonfler dans sa poitrine en les regardant ensemble. Track était un mélange parfait des deux. Dire qu'il avait bien failli ne jamais voir le jour ! Ryder et Suzanne étaient restés divorcés deux ans, d'un point de vue pratique, si ce n'était légal. Et moins d'un an après s'être rendu compte qu'ils étaient toujours mariés du point de vue de la loi, ils étaient à nouveau réunis, dans une nouvelle maison, avec un petit garçon. Il n'aurait pas pu se sentir plus comblé.

Malgré tout, Suzanne allait être énervée en découvrant le blog de Tuesday. Impossible autrement.

— Coucou, la belle.

Il embrassa sa femme sur le front et passa le doigt sur la joue de Track, ému de voir ses mouvements de succion. Son fils leva les yeux vers lui et il fut bouleversé. Il devait partir, et il n'en avait aucune envie.

— Tu es prêt à prendre ton avion ? demanda Suzanne en lui souriant.

— Ouais. Je préférerais rester. Tu es sûre que ça va aller ?

Suzanne n'avait eu aucun mal à devenir une jeune maman ; elle avait confiance en elle et rayonnait.

— Mais oui. J'ai mes copines tout près si j'ai besoin de conseils et ta mère doit arriver demain vers quatorze heures.

Il s'attardait devant elle, et elle releva les yeux.

— Il y a quelque chose qui te tracasse ?

— Je n'ai pas envie de vous laisser, rien de plus, avoua Ryder.

Il avait pressenti que ce serait difficile de partir tous les week-ends une fois que le bébé serait né, mais il n'aurait pas pu s'imaginer quel arrachement ça représenterait de se séparer de son fils de quatre jours seulement.

— Ah, pour info, Tuesday Jones a annoncé la naissance de Track et… elle s'est un peu moquée de son prénom.

Ryder croyait que Suzanne allait se mettre en pétard, mais elle se contenta de rire.

— Ça ne m'étonne pas. Pas de problème, c'est son boulot de dire ce qui lui passe par la tête. Forcément, il y a des gens qui vont trouver son nom ridicule. (Tournée vers Track, elle poursuivit :) Mais ta maman leur dira d'aller se faire voir, oui, oui. Ils iront se faire voir chez les Grecs. On n'en a rien à taper, de ce qu'ils pensent.

C'était drôle d'entendre sa femme égale à elle-même, mais avec un ton chantant de maman.

— Tu es unique, tu le sais ? s'exclama Ryder en riant.

— C'est un compliment, j'espère.

— Oh oui, crois-moi.

Elle détacha le bébé de son sein pour lui faire faire son rot.

— Alors, tu as entendu que finalement, Evan n'est pas papa ?

— Oui. Il est un peu partagé, je crois. La situation était vraiment pas facile, mais il s'était bien fait à l'idée d'être père.

— Je comprends, mais Kendall doit être soulagée. C'était pour elle que c'était le plus dur.

— Au final, c'est sans doute mieux pour tout le monde.

— Il s'en passe, des choses, cette semaine. Tammy m'a dit qu'Elec venait de lui proposer d'adopter un enfant. Comme ça, sans prévenir.

Ryder s'assit sur le canapé pour tapoter Track sur la couche. Il était encore émerveillé de voir qu'il était la version miniature d'une véritable personne, chaque partie de son corps minuscule et parfaite.

— Et Tammy, qu'en pense-t-elle ?

— Jusqu'ici, elle ne s'était pas trop penchée sur l'idée d'avoir d'autres enfants. Mais elle se dit qu'elle ne veut pas refuser à Elec le bonheur d'être père depuis le premier jour. Il fait un super beau-père, mais les enfants étaient déjà un peu grands quand il est arrivé dans leur foyer.

— Hunter est pleine de repartie, mais on ne peut pas la considérer comme grande, fit remarquer Ryder. Enfin, je vois ce que tu veux dire, mais Elec savait que Tammy ne voudrait pas forcément d'autres enfants en l'épousant. Avant de faire venir au monde un enfant, il s'agit de bien réfléchir.

— Ah ouais ? Comme nous ? se moqua Suzanne. Tu m'as mise en cloque sur une banquette de voiture !

À repenser à cette soirée, Ryder sentit une pointe de désir.

— Oui, mais on allait de toute façon terminer ensemble. On avait toujours voulu des enfants, on a juste pris un itinéraire touristique pour y arriver.

— Hmm, quelle nuit… fit Suzanne, l'air rêveur.

— On a encore combien de temps avant de pouvoir s'y remettre ?

— Bas les pattes, Jefferson. On en a encore pour cinq semaines de ceinture.

— Waouh, ça va faire long.

Il pourrait peut-être la convaincre de se prêter à des jeux oraux…

— Et non, pas de gâterie.

Mince.

Track lâcha un gros rot qui fit trembler tout son petit corps.

— Toi, tu tiens de ta mère, lança Ryder.

— Tss, fit Suzanne, qui proposa l'autre sein au bébé. Au fait, tes impressions sur Tuesday et Diesel ? Tu ne trouves pas l'association bizarre ?

— Oh, si. Il est très réservé, alors qu'elle est tellement… expansive.

— Oui, ça me plaît bien. Son blog me fait parfois tiquer, mais j'apprécie son honnêteté. Et en personne, elle est impayable. Tu n'as pas tort, ils sont vraiment différents l'un de l'autre. Mais va savoir, ça peut marcher.

— Pourquoi pas. Diesel est un mec bien, j'espère que ça va s'arranger pour lui. Il a assez connu d'épreuves.

— En parlant de moments difficiles, j'oubliais de te dire : Nikki Strickland ne va pas pouvoir tomber enceinte à moins de prendre du poids. Les médecins la trouvent dénutrie et anémiée, et c'est pour ça qu'elle n'a plus de règles. Incroyable, non ?

Aux yeux de Ryder, ce n'était pas si surprenant.

— Tu penses qu'elle va y arriver ? À prendre des kilos, je veux dire.

— Si vraiment elle a très envie d'un enfant, sans doute. Et au moins, peut-être qu'elle arrêtera d'être sur le dos de Jonas et qu'elle le laissera manger une ou deux chips de temps en temps.

— Effectivement, il s'en passe, des choses.

D'un coup, il n'était pas si fâché de devoir partir travailler.

— On devrait inviter du monde à dîner.

C'était bien Suz, ça.

— Tu viens d'accoucher ! Tu ne vas pas organiser un dîner.

— Ça ferait du bien à tout le monde de se retrouver ensemble.

— Pour que tu puisses prendre les gens à part et te mêler de leur vie privée.

— Pas du tout. Bon... d'accord, peut-être. Mais qu'est-ce que tu veux, j'aime mes amis. Pense que sans notre intervention, Elec et Tammy ne se seraient jamais mis ensemble.

C'était discutable, mais il lui accorda l'avantage.

— Personne n'a besoin de notre aide, là.

— Il faut qu'on observe Diesel avec Tuesday, pour savoir s'ils sont faits l'un pour l'autre.

— N'importe quoi, soupira Ryder, qui chassa une mèche de cheveux de son visage. Allez, un bisou pour se dire au revoir.

— Je ne m'avoue pas vaincue, tu sais.

— On pourra en reparler à mon retour.

Et à ce moment, il lui redirait non.

— D'accord.

Elle avança les lèvres et il l'embrassa longuement, avec l'envie de mettre tout son cœur et son âme dans ce baiser, pour qu'elle sache ce qu'elle représentait pour lui. Ce qu'elle lui avait rendu.

— Je t'aime.

— Moi aussi. Allez, va les battre sur le circuit !

Et Ryder partit dans cette intention.

Étendu sur le canapé dans sa caravane, Evan Monroe savourait la présence de Kendall blottie contre lui. Ils se trouvaient à Atlanta pour la course du week-end et les moments calmes passés ainsi ensemble étaient rares. Il lui caressa les bras, pensant qu'elle était sa femme, son amante et sa meilleure amie.

— Comment tu te sens ? demanda-t-elle. Tu tiens le coup ?

Il savait très bien ce qu'elle voulait dire. On lui avait annoncé aujourd'hui que le bébé de Sara Parker n'était pas de lui. Après quatre mois d'inquiétude et d'excitation, il avait sa réponse. Il n'allait pas être père et il fallait l'avouer, il était déçu.

— Je sais pas trop… Ça aurait été très difficile de faire vraiment partie de la vie de ce bébé, étant donné mon emploi du temps et la nouvelle vie de Sara dans le Kentucky. Et ç'aurait été beaucoup te demander, mais… j'aimais l'idée d'être papa. C'est égoïste, non ?

C'était ce qu'il pensait depuis le début de la journée. Il savait combien Kendall avait souffert quand il avait appris l'existence de cet enfant et il avait peur de ne pas être un personnage très recommandable s'il reconnaissait avoir secrètement souhaité que le bébé soit le sien.

— Tu rigoles, là ? s'étonna Kendall, le regarda en retirant un cheveu échappé dans sa bouche. Tu n'as pas critiqué Sara une fois, tu lui as proposé de l'argent et toute l'aide dont elle avait besoin, tu n'as pas fait appel à des avocats… et tu voulais que cette petite fille t'appelle papa. Moi, je trouve ça admirable. Et j'avoue, j'ai un peu rêvé moi aussi, à l'idée d'être belle-maman.

— C'est vrai ? s'exclama Evan.

Il regarda droit dans les yeux de la femme qu'il aimait plus que tout au monde. Était-il possible qu'il ait bien compris ce qu'elle disait ?

— Tu crois… ça te dirait… Tu as envie qu'on ait une famille à nous ? Le plus tôt possible ?

— C'est de la folie, chuchota-t-elle en ouvrant de grands yeux empreints d'amour pour lui. Ça va me retarder dans ma carrière. Mais je m'en fiche. Je veux avoir un enfant avec toi, Evan. C'est peut-être ce qu'on avait à apprendre de tout ça. Que notre couple, et le fait de fonder une famille, c'est plus important que tout le reste.

Un instant, Evan crut bien qu'il allait se mettre à pleurer. Il parvint à retenir ses larmes et serra Kendall contre lui, appuyant son front contre le sien.

— Des enfants avec toi, c'est ce que je veux plus que tout. Ce que je t'aime, ma chérie.

— Moi aussi, je t'aime, dit-elle en souriant. Tu veux qu'on commence à essayer ?

Il n'allait pas être assez bête pour refuser.

— Le premier tout nu a le droit de choisir le prénom du bébé !

Alors qu'ils retiraient avec fébrilité leurs habits, Evan se sentit très heureux que sa vie se soit mise en place.

Au moment même où Tuesday lui ouvrit la porte, les yeux vitreux et une ébauche de sourire aux lèvres, Diesel comprit qu'elle avait bu.

— Salut, lança-t-elle d'une voix traînante en rejetant ses cheveux en arrière. Ça roule ?

Dépité, Diesel entra dans l'appartement. Il n'était pas encore vingt et une heures et elle était déjà saoule. Non seulement il n'avait pas envie de jouer les chauffeurs toute la soirée, mais il aurait préféré passer du temps avec la vraie Tuesday et non celle en état d'ébriété.

— Salut, répondit-il. Tu as déjà bu un coup, on dirait ?

C'était sans doute une mauvaise tactique s'il souhaitait qu'elle arrête de se tourner vers la bouteille, mais il était vraiment irrité. Avait-elle besoin de se pinter pour le voir ?

Elle lui lança un regard acéré.

— Et alors ? Beaucoup de gens prennent un verre après le travail.

— M'est avis que dans ton cas, c'était plus d'un.

— Tu te prends pour qui ? Ma mère ?

Là, son expression va-t-en-guerre s'évanouit, comme si elle venait de se souvenir de quelque chose. Elle baissa aussitôt la tête pour éviter son regard.

— Alors, tu ne veux pas sortir avec moi ce soir parce que j'ai avalé trois verres de vin ? Ou quatre.

Elle avait repris contenance et le dévisageait d'un air de défi. Diesel ne comprenait pas cette femme. Elle craquait à des moments inattendus, montrant une vulnérabilité à fleur de peau et non dénuée de tendresse, mais à d'autres moments, elle était vraiment dure.

— Je n'ai rien dit, à part que clairement, tu avais bu.

— Tu devrais peut-être m'imiter. Ça te décoincerait, un peu.

— Ah, parce que je suis coincé ?

— C'est l'euphémisme de l'année. T'es d'un ennui mortel.

Diesel sentait la colère lui monter au nez. Pourquoi s'énervait-elle sur lui ? Il passait simplement la chercher pour dîner. Et c'était ce qui lui faisait peur, d'être trop ennuyeux et qu'elle perde l'intérêt pour lui. Il ne voulait pas qu'on le lui fasse remarquer de façon aussi crue.

— Une bouteille de vin, ce n'est pas la manière la plus intelligente de se détendre. Et je ne m'estime pas coincé non plus. Je ne suis peut-être pas le gars le plus délirant sur Terre, mais je n'ai pas non plus un balai dans le train.

— Tu parles, heureusement que tu as les analgésiques pour te détendre un peu !

C'était un coup bas. Diesel ressortit ses clés de sa poche. Il était clair que Tuesday cherchait la bagarre, et il n'avait pas l'intention de lui accorder ce plaisir.

— On devrait sans doute dîner un autre soir. J'ai perdu l'appétit, d'un coup.

— Tu me plantes ? s'exclama-t-elle avec fureur.

— Je reporte. C'est pour le mieux, tu ne crois pas ?

— Si tu pars d'ici en me laissant affamée alors que je comptais sur un bon repas et une nuit explosive, inutile de me rappeler.

Tuesday titubait un brin, mais elle était belle et affichait un air féroce. Elle portait un jean sombre, des sandales à talons et un haut bleu vif qui mettait en valeur sa jolie petite poitrine. Elle ne portait quasiment pas de maquillage hormis sur ses lèvres, d'une couleur corail affriolante.

Avait-il envie de coucher avec elle ?

Plutôt deux fois qu'une. Il attendait ce moment depuis le matin, ou plutôt depuis le début de la semaine.

Mais il voulait aussi avoir une conversation qui tienne la route avec elle et n'était pas intéressé par une soirée consacrée à des échanges venimeux. La seule option raisonnable était de partir.

— Je t'appelle demain, déclara-t-il. Mais tu auras sans doute la gueule de bois.

— Au moins, je suis une ivrogne honnête. Toi, tu caches tes problèmes derrière des cachets sur ordonnance.

C'en était trop. Diesel inspira un grand coup pour éviter de prononcer des paroles qu'il regretterait sincèrement par la suite.

— Bonne nuit, Tuesday.

— Va te faire mettre, rétorqua-t-elle avec véhémence.

Il était plus que temps de se retirer.

Quand il sortit, il sentit un grand courant d'air : elle lui claquait la porte au nez, ce qui faillit lui valoir des talons rabotés.

Il n'était pas accro aux cachets. Il prenait un analgésique ou deux par semaine, quand la douleur était trop forte pour lui permettre de travailler. Il ne se cachait derrière rien du tout et n'avait aucun problème. Tuesday, par contre, traversait à l'évidence une mauvaise passe.

À la fois frustré et déçu, Diesel repartit dans sa voiture, mais avec chaque kilomètre, sa colère se muait un peu plus en inquiétude. Et si Tuesday décidait de prendre la route toute seule ? Elle avait sûrement faim, et connaissant son impulsivité, elle pourrait très bien décider de se rendre à un drive-in pour acheter des nuggets alors qu'elle était saoule. En temps normal, elle aurait sûrement été horrifiée à l'idée que quelqu'un prenne le volant dans cet état, mais le problème était là. L'alcool modifiait tellement le jugement que la plupart des gens s'estimaient parfaitement capables de conduire.

Diesel pianotait sur le volant, repensant aux yeux ternes de Tuesday et à sa façon de buter sur les s. En plus, elle était en chaussures et prête à sortir. Jamais il ne se pardonnerait si elle se blessait ou faisait du mal à quelqu'un sur la route.

— Merde !

Il fit demi-tour à la première allée qu'il rencontra et se dirigea à nouveau vers l'appartement de Tuesday. Il ne savait même pas quelle voiture elle possédait, et ne pouvait donc pas la guetter en face.

Ce serait peut-être préférable de l'appeler. Il tira son téléphone de sa poche et trouva son numéro en gardant un œil sur la route. Elle ne décrochait pas.

Heureusement, il n'était pas allé bien loin, et deux minutes plus tard il était dans son parking.

Il se précipita hors de sa voiture et frappa à grands coups à la porte. Pas de réponse. Se balançant d'un pied sur l'autre, il se remit à frapper tout en l'appelant en même temps par téléphone.

Au bout de cinq sonneries, elle décrocha.

— Quoi ?

— Où es-tu ?

— Dans mon séjour, en train d'essayer de ne pas entendre que tu frappes à ma porte et que tu m'appelles.

— Ouf.

— Tu me croyais où ?

— Peu importe. Je peux entrer ?

— Pourquoi ? Pour que tu puisses m'insulter encore ?

Sa voix laissait percer encore un peu d'irritation, mais surtout de la fatigue.

— Non, je n'ai aucune intention de te blesser.

Lui non plus ne ressentait plus de colère, pris par l'angoisse de l'imaginer dans le fossé.

— S'il te plaît, poursuivit-il. Je voudrais juste m'excuser.

Et c'était vrai. Il n'avait pas à la critiquer. Il pouvait exprimer de l'inquiétude, mais il y avait de meilleures façons.

Elle lui raccrocha au nez.

Hébété, il regarda un instant son téléphone. Il venait de s'excuser, ce qui n'était franchement pas des plus faciles, et cela ne lui suffisait pas ?

À ce moment, elle ouvrit la porte, le combiné en main.

— Moi aussi, je suis désolée. Je n'aurais pas dû t'envoyer te faire foutre.

Soulagé, il sourit.

— Je pense que tu m'avais plutôt dit d'aller me faire « mettre ». Mais on va pas pinailler.

— OK.

Elle se mit à renifler et Diesel vit ses yeux rouges et ses joues humides. Merde, c'était sa faute ?

— Tuesday, qu'est-ce qui se passe ?

Sans attendre d'être invité, il entra pour la prendre dans ses bras. L'espace d'une seconde, il crut qu'elle allait le repousser, mais elle prit une grande inspiration tremblante.

— Je suis désolé, Tuesday. C'était injuste de ma part.

— Non, c'est moi qui ai mal réagi. C'était n'importe quoi, de sous-entendre que tu étais accro aux antidouleur.

Elle ne l'entoura pas de ses bras en retour, mais elle le laissait la tenir.

— Et je te rappelle que je suis complètement bourrée.

Il était enchanté par l'honnêteté de Tuesday. Sobre ou non, elle ne reculait jamais devant la vérité.

— Juste un peu éméchée, peut-être ?

— Arrête, on dirait ma grand-mère. Et j'ai pas envie de coucher avec ma grand-mère.

— Moi non plus, sans façon pour ta grand-mère. Bon d'accord, tu es torchée. Comment c'est arrivé ?

— Un verre après l'autre.

Se détachant de lui, Tuesday fit un pas sur la gauche et s'entrava dans deux grands sacs de croquettes. Elle parvint à tituber jusqu'au canapé.

— Pourquoi tu as des croquettes ? l'interrogea Diesel, qui n'avait jamais remarqué de chien dans l'appartement.

— Parce que j'aime beaucoup les chiens, mais ils ne sont pas autorisés dans ma résidence, donc j'achète de la nourriture pour le refuge. Comme ça, je me fais plaisir.

Diesel n'était pas étonné qu'elle soit prête à aider. Elle n'était pas du genre à pratiquer les bonnes œuvres conventionnelles, elle ne mâchait pas ses mots et se montrait un poil autoritaire, mais elle avait un grand cœur. Dans le cas contraire, elle n'aurait pas tant souffert de la mort de son père.

— Beuh, la pièce tourne.

C'était une sensation assez atroce, Diesel le savait. Pour la faire passer, il faudrait du temps et de l'eau.

— Alors comme ça, tu as ouvert une bouteille de vin et tu ne t'es pas rendu compte de la quantité que tu buvais ?

— Oh, si, je voyais bien la quantité que j'ingurgitais.

Diesel ne savait pas trop comment lui poser la question sans qu'elle l'envoie balader à nouveau, et avait peur de se prendre la porte en plein visage, cette fois-ci.

— Et donc, il y avait une raison en particulier pour te pousser à prendre le premier verre ?

Bien sûr, des tas de gens buvaient un verre de vin sans raison autre que le plaisir. Mais ceux-là s'arrêtaient avant d'avoir bu… – Diesel regarda la table basse – presque deux bouteilles à eux tout seuls.

Tuesday pointa le doigt vers lui, comme si elle allait s'étendre en explications, mais ne dit rien d'autre que :

— Oui.

Il s'assit à son côté dans l'attente de la suite, se demandant s'il pouvait enlever ses chaussures. Il comptait passer la nuit là jusqu'à ce que Tuesday ait dégrisé, que cela lui plaise ou non. Mais il valait mieux qu'avant ça, il l'emmène manger un morceau et boire un café.

— Ah ? répondit-il, espérant qu'elle continue.

En fait, elle ramassa son téléphone et commença à pianoter dessus.

— Tiens, écoute un peu.

Elle lui lança le portable, et il le porta à son oreille. C'était un message de son répondeur.

— Coucou, c'est maman. Je voulais juste te dire que finalement, je ne pourrais pas te voir demain. Je serai avec Tom Reynolds.

Bon. Diesel ne comprenait pas trop pourquoi elle lui faisait écouter ça, et se contenta d'un borborygme neutre.

— Alors, qu'est-ce que tu en penses ? demanda-t-elle en regardant son téléphone avec une concentration qui suggérait qu'elle avait du mal à y voir droit.

Elle appuya sur un bouton pour enregistrer à nouveau le message.

— Euh, tu peux me donner du contexte, s'il te plaît ? Qui est Tom Reynolds ? Et qu'est-ce que tu en penses, toi ?

— C'était le copain de ma mère du temps du lycée. Elle plaisantait toujours en disant que c'était lui qui l'avait quittée. Tu as l'impression qu'elle parle d'un rendez-vous galant ?

Alors, Tuesday s'inquiétait à l'idée que sa mère reprenne déjà une vie amoureuse après le décès de son père. Et avec un ex, elle avait peut-être même peur que l'union de ses parents n'ait pas été tout à fait ce qu'elle croyait… Diesel lui posa la main sur le genou.

— Pour moi, non, ça ne fait pas rencard. On dirait deux vieux amis qui se retrouvent.

— Qu'est-ce que tu en sais ? demanda-t-elle en se rongeant les ongles.

— Bon, tu devais voir ta mère à quelle heure ?

— À midi, pour manger ensemble.

— Je reste sur mon opinion, dit-il en toute franchise.

— Oui, mais comment tu le sais ?

— Tu pourrais demander à ta mère.

— Ça va pas ? s'écria-t-elle, horrifiée. Et si…

Elle ne termina pas sa phrase, mais il comprit ce qu'elle redoutait. Et si c'était vrai ?

— Alors, est-ce qu'il était aussi ami avec ton père ?

— Pas vraiment. Ma mère et Tom ne s'appelaient pas souvent. Pas que je sache, en tout cas.

— Il était venu à l'enterrement ?

Elle le regarda d'un œil torve.

— Je serais incapable de te dire qui était là. C'est complètement flou.

Regardant la main de Diesel qui caressait son genou, elle corrigea :

— À part toi, quand tu m'as laissée pleurer sur ton épaule. Et de toute façon, quelle importance ?

— Cela signifierait qu'il respectait ton père et les sentiments de ta mère. Du coup, il ne tenterait rien aussi vite.

— Bof. Toi, tu respectais mon père, et tu n'y étais pas. Enfin, je suppose que tu le respectais.

Diesel la dévisagea un instant. Était-elle encore plus torchée qu'il ne le pensait ?

— Mais bien sûr que j'y étais. Tu viens juste de le dire !

— Ben, pas tout à fait. Tu étais au cimetière pour te recueillir sur les tombes de ta famille.

Alors depuis plus d'un mois, elle pensait qu'il n'était pas venu à l'enterrement de son père ? Que ce n'était qu'une coïncidence ?

— Mais non, j'étais venu pour assister à la cérémonie. En partant, je me suis arrêté aux tombes de mon

… mère. Je connaissais ton père depuis des … s, Tuesday. Je voulais lui témoigner mon respect.

— Ah, d'accord, fit-elle, apparemment aussi abasourdie que lui. J'aurais dû comprendre. C'en aurait été, une coïncidence ! Et en plus, tu portais un costume. Quelle idiote !

Il en avait assez de l'entendre se déprécier tout le temps, même si elle masquait ce manque d'estime de soi derrière de l'ironie.

— Arrête, tu n'es pas une idiote. Sois plus indulgente envers toi-même. Les six derniers mois ont été difficiles pour toi.

— Sans déc.

Sur ce, elle s'allongea sur ses genoux. S'il comprenait bien, c'était sa position favorite quand elle avait un coup dans le nez.

— Merci d'être venu. Tu étais son pilote préféré, tu sais. Il te trouvait bosseur, genre vieille école. Honnête. Un vrai esprit sportif.

Diesel sentit une bouffée de satisfaction, mais il n'en était pas moins gêné. C'était exactement la façon dont il voulait qu'on se souvienne de sa carrière.

— Ça me fait très plaisir, répondit-il en lui caressant les cheveux. Tu veux toujours sortir manger ?

— Hmm…

Elle avait fermé les yeux. Diesel se pencha pour chercher la télécommande. Il alluma la télé et se carra confortablement dans le canapé. Dormir, c'était sans doute ce qu'il y avait de mieux pour Tuesday. Après avoir zappé un peu, il trouva un match de base-ball. Au bout de deux minutes, Tuesday marmonna :

— Je déteste le base-ball.

Diesel sourit et lui massa un peu le dos avant d'y appliquer une petite tape. Elle n'était pas ce qu'on appelle accommodante. S'il la supportait, c'est qu'elle lui plaisait vraiment beaucoup.

— Tant pis pour toi.

Il s'attendait à ce qu'elle lui tire la langue, mais il n'entendit qu'un doux ronflement. Il posa les pieds sur la table basse et se prépara à rester dans cette posture un bon moment.

Tuesday se réveilla en sursaut, s'asseyant à moitié pour regretter aussitôt ce mouvement. Elle avait la tête lourde. Où était-elle ?

Dans son lit. Elle se tâta. Elle portait encore son haut et son soutien-gorge, mais n'avait plus de pantalon. La petite culotte était toujours en place. Elle n'avait aucun souvenir d'être allée au lit, ce qui était effrayant. La dernière chose qu'elle gardait en mémoire, c'était d'avoir parlé à Diesel et d'avoir compris qu'en fait, il avait assisté à l'enterrement de son père. Et puis… plus rien.

C'est là qu'elle se rendit compte qu'il dormait à côté d'elle, et sans tee-shirt, lui ! Tuesday déglutit avec peine, la bouche desséchée. Elle se concentra sur l'intérieur de ses cuisses. Avait-elle eu des rapports sexuels ? Elle n'en était pas sûre. Zut, ç'aurait été bien dommage d'avoir couché avec Diesel et de ne plus s'en souvenir. Curieuse, elle aventura une main sous la couverture pour lui toucher la jambe. Il avait les cuisses nues. Elle la remonta un peu et rencontra le tissu de son boxer.

Bon, cela n'excluait pas le sexe. Il aurait pu le remettre ensuite, pour dormir. Mais elle commençait à douter qu'il se soit passé quelque chose. Dans l'état où elle se trouvait, elle n'aurait pas pris la peine de se rhabiller. En remontant encore de quelques centimètres, elle se trouva face à une érection monumentale. Tiens, bonjour. Elle se sentit bête, mais ne put s'empêcher de la caresser un peu. C'était un pénis tellement sculptural...

— Je préférerais que tu fasses ça quand je suis réveillé, marmonna Diesel, qui couvrit sa main de la sienne et l'immobilisa.

— Tu m'as l'air tout réveillé.

Il se retourna vers elle et écarta les cheveux de ses yeux.

— Comment tu te sens, beauté ?

— Pas terrible, reconnut-elle. Il fallait s'y attendre. J'ai bu toute une bouteille de vin, non ?

Il l'étudia dans la lumière du matin qui passait par les stores.

— Presque deux, en fait. Mais quand on aime...

— Oh, c'est pas vrai, soupira Tuesday en se débarrassant elle aussi d'un rideau de cheveux. Je suis désolée.

— Ce sont des choses qui arrivent, dit-il en la ramenant sur son torse.

Elle sentit son estomac tressauter un peu et sa tête tourner, mais une fois sur lui, sa peau chaude apportait une sensation étrangement agréable contre sa joue moite. Elle poussa un soupir.

— Si on a couché ensemble, je suis très déçue, mais je dois avouer que je ne m'en souviens pas.

— Tu as un trou noir ?

— Oui, je ne sais plus comment je suis arrivée dans la chambre.

Elle aimait bien qu'il lui caresse le dos, même si elle aurait pu se passer de soutien-gorge. Les baleines la gênaient.

— Ah, alors tu n'as aucun souvenir de la sodomie ?

Tuesday en oublia complètement ses armatures. Vraiment ? Elle l'avait laissé prendre la porte étroite et n'en avait aucun souvenir ?

— Tu blagues, là.

Obligé. Si son tu-sais-quoi était allé tu-sais-où, elle ne l'aurait pas oublié.

Il lui donna une tape sur les fesses, ce qu'il aimait beaucoup faire, vu le rythme auquel il pratiquait l'exercice.

— Mais oui. On n'a rien fait du tout. Tu t'es endormie sur le canapé et je t'ai ramenée ici. Il y a de l'eau sur la table de nuit, si tu veux.

— Oh, oui.

Soulagée de ne pas avoir manqué d'aventure érotique, Tuesday se tourna très prudemment sur le côté et prit le verre en le remerciant. Après l'avoir vidé en trois gorgées, elle se rallongea en soupirant :

— Pourquoi je me fais ça ?

— C'est une question oratoire, je suppose ?

— Sans doute.

Elle avait sorti la bouteille parce qu'elle était retournée par le message de sa mère mais, elle devait l'avouer, elle ne savait pas s'arrêter. Une fois qu'elle commençait à boire, elle perdait le fil des verres et d'un coup, ça devenait moche. Elle était reconnaissante de la présence de Diesel, car l'idée qu'elle aurait pu faire n'importe quoi était flippante. À tous les coups, elle se serait contentée de s'endormir sur le canapé aussi, mais ça restait peu rassurant.

— Donc tu ne penses vraiment pas que ma mère se soit entichée de son ex du lycée ?

— Non, à mon avis ce sont deux vieux amis qui se revoient.

Heureusement qu'il n'ajoutait rien sur le fait qu'elle doive accepter qu'à un moment ou à un autre, sa mère puisse fréquenter d'autres hommes et se remarier. Elle le savait bien, mais elle n'avait franchement pas envie que ça arrive tout de suite.

— Je prends note.

— Allez, embrasse-moi.

Le regard de Diesel exprimait le désir, mais aussi autre chose, qui ressemblait à une affection sincère et lui alla droit au cœur. Avec un élan de tendresse, elle se rapprocha à nouveau de lui.

— Ma foi, c'est du domaine du faisable.

Ce fut un baiser lent et sensuel. Leurs gestes étaient naturels, coordonnés. Tuesday n'en revenait pas que tout soit aussi facile avec Diesel. Et que par une simple pression du doigt, un regard, un mot, il puisse l'exciter aussi totalement.

Elle interrompit le baiser et, les coudes sur son torse, le regarda.

— Merci de m'avoir mise au lit, au fait.

— Je t'en prie.

En un éclair, il la ramena entièrement sur lui, et elle sentit son érection à l'orée de sa féminité. Tous deux essoufflés, ils étaient dans un état de grande excitation.

— Et maintenant, si tu n'as pas d'objection, je vais te garder au lit.

Elle fit un signe négatif de la tête et précisa, au cas où il n'aurait pas bien compris :

— Non, pas d'objections.

Elle était encore un peu vaseuse, mais un petit orgasme allait sans doute arranger tout ça.

— Parfait.

Quand il se souleva pour l'embrasser à nouveau, Tuesday sentit soudain une pointe de culpabilité. Elle n'avait pas l'haleine la plus fraîche qui soit.

— Embrasse-moi, ordonna-t-il.

— Je dois me brosser les dents.

— C'est toi que je veux embrasser, pas un arôme artificiel de menthe.

Hmm, c'était sexy. Cette fois, elle ne résista pas quand il lui passa la main sur la nuque pour la guider vers lui. Si cela lui était égal, elle voulait bien aussi. C'était dangereux d'embrasser Diesel ainsi, étalée entièrement sur lui, des seins aux orteils. C'était intense et excitant, certes, mais il y avait quelque chose de plus. Elle qui avait une petite gueule de bois et n'avait envie de fournir aucun effort au réveil, elle savait que pour Diesel, elle était prête à en faire. C'était tellement séduisant de savoir qu'il voyait ses côtés les moins jolis et s'en fichait.

Elle se donna dans ce baiser, appréciant sa position dominante. Elle sentait, à la danse de sa langue dans sa bouche, à ses mains qui glissaient dans son dos, qu'il comptait y aller tranquillement, ce qui lui donnait envie de le brusquer. Elle enfouit la main dans ses cheveux et lui mordit la lèvre inférieure. Diesel sursauta.

— Tiens, on est d'humeur folâtre.

En plongeant dans ses yeux bruns, elle oublia son mal de tête, ses muscles endoloris. Elle ne pensait plus qu'à lui et au besoin impérieux qu'il faisait naître entre ses cuisses. Roulant des hanches au-dessus de son érection, elle lui lança un sourire effronté.

— Je suis toute mouillée. Tu sais ce que ça signifie.

Il glissa la main entre eux deux et sans avertissement, inséra un doigt dans sa culotte, puis en elle. Ce fut au tour de Tuesday d'être surprise. Elle tourna la tête.

— Ah, c'est vrai. Alors explique-moi, beauté.

Il remua le doigt, trouvant sans peine les endroits qui lui donnaient le plus de plaisir.

Un instant, elle omit de lui répondre, savourant le contact et bougeant les hanches d'une manière lente et sensuelle, qui entraînait son doigt et ne faisait qu'attiser leur désir. Cela sembla d'abord satisfaisant, puis ce ne fut plus assez pour la remplir, même quand elle imposa un rythme précipité.

— D'accord, je t'explique : ça signifie que tu dois me prendre.

Le souffle court, un halo échevelé autour du visage, le visage contre son épaule, elle retomba de côté avec l'impression d'être en feu.

Diesel la tira par les cheveux, avec assez de force pour qu'elle soit émoustillée, mais revienne aussi sur lui. Ce n'était pas tant de la douleur qu'une incitation.

— Quoi ?

Les yeux assombris par le désir, la main encore dans ses cheveux, il répondit :

— Je crois que dans cette position, c'est toi qui dois me prendre. J'attends.

Son ton dominateur et sa rudesse au lit auraient dû l'énerver, mais ils ne faisaient qu'affoler ses sens davantage. Elle était tellement humide que quand il retira son doigt, elle sentit une traînée de son propre suc sur sa cuisse. Il lui tira encore sur les cheveux pour l'asseoir, et Tuesday se défit de son tee-shirt d'un geste frénétique. Elle voulait être nue sur lui et sentir leurs corps se heurter.

— Voilà, c'est ça, approuva-t-il.

Il était torse nu et il les souleva tous deux un moment pour se débarrasser de son boxer.

Tuesday n'eut pas le temps de se préoccuper de sa culotte. Celle-ci fut écartée du chemin sans autre forme de procès, et cela lui convenait. Elle prit en main l'érection de Diesel, la caressa avec avidité, puis vint effleurer la pointe de son pénis. Lorsqu'elle s'empala enfin sur lui, ils gémirent à l'unisson.

Il lui donnait une sensation de plénitude extraordinaire. C'était son complément parfait. Tuesday se mit à remuer les hanches, où il avait les mains fermement agrippées. Elle adorait voir son regard plongé dans le sien. Elle dégagea les cheveux de son visage et ferma les yeux une seconde, pour se focaliser sur cette union incroyable, sur son érection qui la dilatait délicieusement. Elle allait jouir, c'était évident.

Dans cette position, la plupart des hommes auraient repris les rênes et imposé leur propre rythme, mais Diesel la suivit et la laissa bouger comme elle l'entendait. C'était drôle qu'un homme aussi dominant au lit aime la laisser le chevaucher comme une cow-girl, mais elle était tellement excitée qu'elle aurait accepté n'importe quoi de lui, et il devait s'en douter.

Dans une frénésie croissante, elle gardait de moins en moins de retenue dans ses soupirs. Bientôt elle sentit une vague d'extase consumant tout sur son passage. Elle maintint la cadence et regarda Diesel, qui joignait encore une fois ses propres râles aux siens. Elle savait que c'était le moment pour lui aussi. Elle le sentait dans son corps, à la tension de son membre en elle, à son expression et sa voix. L'espace d'un instant, tout s'arrêta pour qu'il puisse enfin exploser en elle.

Il n'y avait rien de mieux que d'être sur lui et de savoir qu'elle avait fait jouir son homme. Elle leur avait offert ce moment à tous les deux.

Quand les derniers frissons se furent apaisés, Diesel se cala à nouveau contre l'oreiller.

— Merde alors, beauté. Merde alors.

Tuesday eut un petit rire et se pencha sur lui pour lui déposer un léger baiser sur les lèvres, leurs corps encore unis de façon très plaisante.

10

Tuesday s'affala à côté de Diesel avec un soupir.

— C'est le meilleur remède à la gueule de bois que j'aie testé.

Diesel, qui n'avait pas bu une goutte la veille au soir, se sentait lui-même guéri.

— Content que ça ait marché pour toi.

Pour tout dire, il avait passé la nuit à se retourner dans le lit. Quels étaient ses sentiments pour Tuesday, exactement ? Devait-il s'inquiéter de son penchant pour l'alcool ? Était-il prudent de s'impliquer autant dans leur relation ? Il avait passé les deux dernières années quasiment seul pour ne pas subir la pitié des autres. C'était difficile d'être connu comme un miraculé tragique plutôt que comme un homme.

Mais en cet instant, allongé sur le lit dans la pièce déjà inondée de soleil, le corps vidé et satisfait, il regardait les joues rougies de Tuesday, épuisée de l'avoir chevauché, et il s'en fichait. Au diable toutes ses inquiétudes. Il voulait voir où cette histoire les menait, et si c'était à une catastrophe, alors tant pis.

D'ailleurs, c'est sans doute là que ça aboutirait, comme tout le reste.

En attendant, il comptait en profiter. À en juger d'après les vingt minutes précédentes, ça allait être sympa.

Tuesday lui adressa un grand sourire, une jambe encore emmêlée dans les siennes, complètement détendue.

— On dirait bien que pour toi aussi, ça a marché.

— Je n'ai jamais dit le contraire.

— Hou, cache ta joie.

En réalité, elle n'avait pas l'air agacé. Diesel se savait trop réservé au goût de certaines femmes – la plupart, en fait. Tuesday, elle, avait suffisamment de confiance en elle pour que cela ne crée pas d'insécurité chez elle, comme c'était le cas chez d'autres. Il n'était pas distant à dessein ; simplement, ce n'était pas naturel pour lui d'en faire des tonnes sur ses sentiments. Cela lui donnait l'impression d'être bête et vulnérable. Il disait les choses à sa façon, et estimait que les actions étaient plus parlantes que les mots.

— Je pense que je ne t'ai rien caché de ma joie.

— C'est vrai, soupira-t-elle, un sourire rêveur aux lèvres.

Il adorait cette petite moue satisfaite qui revenait fréquemment sur ses lèvres. Il était légèrement ébahi de la trouver si belle, et absolument superbe au moment où elle était sur lui, la tête rejetée en arrière.

Il commençait à l'accepter : il était vraiment amoureux. La question était, que ressentait-elle de son côté ?

Il n'y avait pas trente-six manières de le savoir.

— Tu as des projets pour la journée ? demanda-t-il.

Elle décocha un bâillement.

— J'aurai un petit peu de boulot, mais à part ça, rien de prévu.

— Tu voudrais faire quelque chose ?

— Oui, dit-elle sans hésiter. Par exemple ?

Bonne question.

— Il faut que je retourne chez moi pour sortir Wilma. Ça te dirait d'aller au chenil, ensuite ? Ou tu préfères une promenade au bord du lac ?

— Je vote pour le chenil. Je me sens mieux, mais ce n'est pas dit que je sois de taille à me balader dans les bois aujourd'hui. On attendra un jour où je n'ai pas consommé mon volume en alcool la veille au soir.

Il ne voulait pas la pousser dans ses retranchements lors d'un lendemain de cuite. Il savait que c'étaient des moments un peu délicats.

— Pas de souci.

— Tu veux qu'on y aille tout de suite, pour que la pauvre Wilma n'ait pas à attendre en serrant les fesses ? Tu pourras te doucher là-bas.

Encore une fois, il sentit son cœur se gonfler dans sa poitrine. Il était touché qu'elle pense ainsi à sa chienne.

— Ce serait super, dit Diesel en s'étirant. Elle t'en sera reconnaissante.

Ayant vaguement remis sa culotte en place, Tuesday commença à fouiller dans sa commode, à côté du lit. Diesel, qui s'apprêtait à enfiler son jean, fut momentanément distrait. Elle avait placé les fesses à une distance périlleuse de son visage et il eut envie de lécher l'endroit où sa taille s'inclinait.

— J'ai tes habits à te rendre.

— Hein ?

Hypnotisé par la peau d'ivoire de son dos et ses omoplates qui jouaient avec grâce sous sa peau,

Diesel avait du mal à se concentrer sur les paroles qu'elle prononçait. Il sentit une érection prendre vie.

— Tu m'écoutes, là ?

Tuesday se retourna vers lui et son exaspération disparut quand elle aperçut son membre érigé.

— Oh, je ne m'attendais pas à ça, commenta-t-elle en s'humectant les lèvres.

Un moment, il crut qu'elle allait revenir vers lui et le prendre dans sa bouche. À cette pensée, il se sentit vibrer. Mais elle recula vers la commode, comme pour s'éloigner de la tentation.

— Non, il faut qu'on sorte Wilma.

Elle avait raison, mais il était bien tenté de risquer une flaque par terre. Non qu'il accepterait qu'elle lui fasse une fellation. Pourquoi perdre du temps alors qu'il pourrait s'enfoncer profondément en elle ? Pensant à la sensation de son corps chaud et humide enroulé autour du sien, il tendit la main vers elle.

Mais elle le repoussa de la main en s'écriant :

— Oh, mon Dieu, ton genou !

Rien de tel pour casser l'ambiance… et compromettre une érection. Il se retint de grimacer et répondit :

— Joli, non ?

L'accident lui avait pulvérisé la rotule. Il avait maintenant une prothèse et s'était battu contre le tissu cicatriciel qui l'entourait. Après la première opération, il en avait subi deux autres qui lui avaient laissé un réseau de cicatrices rouges et un creux qui se remarquait à un endroit où il avait fallu retirer des tissus.

Tuesday se reprit et arbora une expression moins affolée.

— Je suis désolée, ce n'est pas ce que je voulais dire. Il a juste l'air… en colère.

C'était une description très exacte.

— Il doit être un peu énervé de s'être fait réduire en bouillie. Je me suis excusé auprès de lui, mais apparemment, il reste fâché.

— Tu veux que je lui dise de se calmer ?

Elle semblait prête à s'expliquer avec son genou, ce qui, sachant qu'elle était en petite culotte et qu'il n'y avait rien à faire pour sa blessure, était assez tordant.

— Loin de moi l'idée de te vexer, beauté, fit Diesel en riant. Mais je pense que tu n'es pas la personne la plus indiquée pour calmer quelque chose ou quelqu'un.

— C'était une insulte ?

— Pas du tout. En tout cas, tu devrais oublier mon genou et enfiler un truc en vitesse, avant que je te morde le téton.

Franchement, combien de temps le croyait-elle capable de résister ? De dos, elle était déjà très tentante, mais voir ses superbes petits seins aux mamelons affolants pointés vers lui, c'était inhumain.

— Tu ne ferais pas ça.

— Tu me connais mal.

Avec une vitesse impressionnante vu son état de fraîcheur, elle s'éloigna, un soutien-gorge pendant de sa main.

— Tu pourras me mordre plus tard.

— Je prends note.

— Du moment que tu me payes un café dans les dix minutes qui arrivent, tu peux faire de moi ce que tu veux.

— Ah oui ? sourit Diesel. Tout ce que je veux ?

— Dans les limites du raisonnable, se corrigea-t-elle en agrafant le soutien-gorge.

— On peut interpréter ces termes de beaucoup de façons.

Et il n'allait pas s'en priver. Mais pour le moment, il lui ficha la paix et la laissa s'habiller.

— Allez, c'est parti, beau gosse.

Elle avait revêtu un short et un débardeur, et prit quelques secondes pour y ajouter des bracelets et un collier, puis trouver des sandales assorties. Elle trouvait toujours le moyen d'afficher une apparence bien apprêtée, même après une soirée trop arrosée. Diesel se demanda si cette coquetterie était une sorte d'armure, afin de montrer qu'elle gardait le contrôle.

Ou alors, elle aimait les bijoux, point à la ligne.

Diesel se moqua de lui-même en son for intérieur. Il était temps d'arrêter de regarder des talk-shows.

Prête à quitter la pièce, elle le prit par surprise en lui demandant :

— Tu as envie d'en parler ?

Il la regarda sans comprendre, distrait par l'envie de déposer des baisers sur son long cou lisse.

— Parler de quoi ?

— De ton accident, de tes blessures. Je peux être la reine du sarcasme, mais je sais très bien écouter, aussi.

Elle avait l'expression compatissante, ce qu'il appréciait et regrettait à la fois.

— Merci, mais ça ira.

Il n'avait aucune intention d'étaler toutes ses faiblesses et échecs devant elle. Elle savait déjà qu'il était un pauvre raté, inutile d'en rajouter.

— Très bien, je comprends. Mais si tu as besoin d'une amie, je suis là.

Sans réfléchir, Diesel lui prit la main, et ils sortirent ainsi de l'appartement.

C'était très agréable.

Ils passèrent à un drive-in pour commander à Tuesday un grand café et une demi-douzaine de beignets à la confiture.

— Tu vas vraiment tous les engloutir ? demanda-t-il en redémarrant, avec un regard dubitatif sur la boîte à leurs pieds.

— Pas en même temps, mais oui, je compte tous les manger. Et si ça te pose un problème, tant pis pour toi.

Il éclata de rire. C'était sa Tuesday, ça.

Sa Tuesday ?

Cette idée aurait dû le glacer de terreur et lui faire rétracter les testicules dans le corps. Pourtant, cela lui plaisait. Lui et Tuesday, qui l'eût cru ?

— Non, aucun problème. Par contre, tu me ferais très mal si je t'en piquais un ?

— Je t'avais dit d'en prendre pour toi.

— C'est vrai, mais je ne pensais pas que ça me dirait.

Tuesday avait ouvert la boîte et plongeait la langue dans un trou sur le côté d'un beignet à la confiture. S'imaginait-elle à quel point elle était belle ?

— Mais, ça me fait envie, tout d'un coup. Je me demande bien pourquoi.

Elle rentra la langue et se la passa sur la lèvre inférieure avec une lenteur délibérée.

— Ah, je peux peut-être te céder une bouchée, alors.

Aucun doute, elle savait qu'elle était sexy.

— Ça fait deux fois que tu me proposes de mordre dans quelque chose aujourd'hui, et je n'ai eu droit à rien pour l'instant.

Pour toute réponse, elle lui avança un beignet devant la bouche. Diesel, l'œil toujours sur la route, préleva une énorme bouchée, le sucre glace lui entrant dans le nez.

— Miam, merci bébé.

— Tu en as mangé la moitié, se plaignit-elle.

Arrêté à un feu rouge, il lui lança un sourire.

— Allez, tu en as encore cinq.

— Tu as bien de la chance d'être mignon.

— Ah oui ?

Bêtement, il était content d'entendre ça.

Diesel plaisantait, ou quoi ? Il était tellement mignon que Tuesday avait envie de le manger à la petite cuillère. Après l'avoir pincé et léché des pieds à la tête. Mignon, c'était lui.

Il lui était à peu près impossible de se sentir autrement qu'une ado amourachée en sa présence. Pour la première fois depuis une dizaine d'années, elle faisait une vraie fixette sur quelqu'un, du genre à donner le fou rire et à l'envie d'écrire les points des i en forme de cœur. La honte !

— Tu parles, je t'ai juste dit ça pour remonter ton estime de toi.

— Menteuse.

— C'est ce qu'on appelle de l'ironie.

— C'est ce qu'on appelle « on est arrivés ».

Il avança dans le garage.

— Ferme la boîte avant d'ouvrir la portière, sinon Wilma va te plaquer au sol.

Tuesday entra derrière Diesel et salua Wilma après lui. La chienne lui fit fête, ravie d'avoir de la compagnie. Diesel la siffla pour qu'elle l'accompagne dehors par la porte de derrière. Après avoir posé les beignets dans la cuisine, Tuesday les suivit. Le jardin très verdoyant était superbe à la lumière du jour et débouchait sur l'étang qui miroitait au soleil d'été.

Ce cadre tranquille, pas du tout m'as-tu-vu, allait bien avec Diesel.

Tuesday s'installa dans un des fauteuils pliants sur la terrasse et regarda Diesel, assis dans l'herbe, lancer une balle de tennis à Wilma. Il lançait avec vigueur, à une vingtaine de mètres, et la chienne fondait chaque fois sur son objectif à une vitesse stupéfiante.

Elle regarda ses pieds pour vérifier que son vernis à ongles était intact dans ses sandales dorées. C'était bien le cas, mais elle aurait aimé qu'il en soit de même pour le reste de sa personne.

Cette relation avec Diesel tombait vraiment mal. Elle savait qu'elle n'était pas tout à fait en état. Elle qui avait toujours su se montrer rationnelle avec les hommes, se trouvait trop vulnérable et n'était pas sûre de pouvoir assumer celui-ci maintenant.

Elle risquait vraiment d'avoir mal.

Pour autant, elle ne se levait pas pour partir.

Soit elle était masochiste, soit elle était, peut-être, sur le point de vivre une histoire merveilleuse.

Wilma arriva en courant et déposa sur ses genoux la balle mâchonnée.

— Dis donc, la chienne, c'est à moi qu'il faut rapporter. Tuesday ne veut pas de ton truc infâme.

— Ça ne me dérange pas.

Après avoir caressé la tête de Wilma, elle lui lança la balle. Son lancer n'avait pas la puissance de ceux de Diesel, mais au moins, la balle atteignit l'herbe. Wilma se lança à sa suite.

— Voilà ma vie, lui dit Diesel. J'amuse un chien.

Elle voyait bien qu'en fait, cela ne lui pesait pas.

— Et en retour, tu as son amour inconditionnel. Inégalable.

— C'est vrai, reconnut Diesel, qui s'assit à côté d'elle et gratta la tête de Wilma, qui l'avait logée entre ses jambes.

— Alors Ty McCordle me disait que tu planifies une soirée contre le cancer en l'honneur de ton père.

— Oui, dans deux semaines.

Elle pensait que cela l'aiderait dans son deuil, mais c'était plutôt l'inverse. Entre les planifications énergiques et son envie de fuir tout le monde, elle se sentait encore plus fragile. C'était prêt grâce à Kendall, qui lui avait prêté les services de son assistante. Sans cela, Tuesday n'en aurait sans doute pas été capable.

— Les pilotes ont été super. Ils ont fait don de petits souvenirs, de leur expérience, de rencontres en personne... Tout le monde a été très généreux.

Lorsqu'elle avait sollicité des dons, cela l'avait beaucoup touchée que tant de pilotes ne tarissent pas d'éloges sur son père. Ils avaient tous mis la main à la pâte.

— On va vraiment arriver à récolter des fonds, je pense. L'assistante de Kendall a fait de la publicité et on devrait avoir plusieurs centaines de personnes.

Elle était fière de ce qu'elle avait réussi à lancer.

— Si on pouvait avoir plusieurs centaines de milliers de dollars à la fin de la soirée, ce serait un super coup de pouce à la recherche contre le cancer.

Cela ne changerait rien au sort de son père, mais si jamais quelque chose pouvait éviter à d'autres la perte d'un être cher, elle voulait y contribuer.

— Je pourrais donner quelque chose, commença Diesel.

Tuesday le regarda. Il avait l'air sincère. Elle avait envisagé de lui demander, mais elle ne voulait pas lui forcer la main ; ce n'était pas parce qu'ils couchaient ensemble qu'il devait se sentir des obligations dans ce genre.

— Ce serait super.

— Que dirais-tu d'une voiture ?

Elle allait reprendre le gobelet de café qu'elle avait posé sur la table de jardin, mais s'interrompit dans son geste.

— Pardon ? Une voiture ? ?

Une petite voiture de collection, sans doute ? Parce qu'il ne pouvait pas parler d'un vrai véhicule !

— Je suis en train de terminer une voiture de stock-car vintage, qui a fait la saison de 1963 et a remporté le championnat. Après restauration, elle vaut dans les cent mille dollars. Ça t'aiderait à réaliser ton objectif.

Tuesday avait presque des palpitations.

— Tu te fiches de moi ? Tu ferais ça ?

— Bien sûr, fit-il avec un haussement d'épaules. Ma mère est morte d'un cancer, tu sais. Si je peux aider, c'est avec plaisir.

— Mais elle t'a coûté combien, cette voiture ? Tu travailles dessus depuis des mois, en plus !

Elle était effarée qu'il veuille faire un don aussi énorme, mais cela lui allait droit au cœur.

— Et puis après ? J'ai la chance de ne pas avoir à compter chaque centime, et j'ai envie de le faire.

La trouverait-il bébête si elle lui pressait la main ? Tant pis, elle n'en avait que faire. Elle passa le pouce sur ses mains calleuses et dit :

— Merci, Daniel. C'est génial.

Cela lui semblait approprié d'utiliser son prénom à ce moment, ce qu'il confirma par l'expression de son visage. Admirant ses yeux bleu pâle, elle se dit que c'était un homme vraiment bien, dont elle pourrait facilement tomber amoureuse. Et qu'elle n'était pas sûre de mériter.

— C'est avec plaisir.

Elle lui prit vraiment la main ; une idée venait de germer dans son esprit.

— Tu devrais proposer d'emmener la plus grosse enchère faire un tour dans la voiture.

C'était une idée fabuleuse, qu'il fasse quelques tours de piste avec le vainqueur dans la voiture d'époque. Les collectionneurs et les fans seraient ravis de cette occasion.

Mais il retira sa main et baissa les yeux.

— Non, ça je ne le ferai pas. Désolé.

Désorientée, elle était contrariée que sa proposition ait fait retomber l'ambiance.

— Pourquoi ?

Elle savait qu'il n'était pas trop amoché pour conduire. Il l'avait traînée d'un bout de la ville à l'autre pendant les dix derniers jours.

— Parce que je ne veux pas.

Voilà une réponse inutile, uniquement dans le but de l'agacer.

— De suite, je comprends mieux.

Il la regarda d'un air peu amène.

— Laisse tomber.

— Tu ne vas pas me donner de raison ?

— Ben non.

— Tu es trop énervant.

— Tu n'as pas l'air si énervé que ça. Je t'ai vue dans des états bien pires.

Quel salopard, ce mec ! Elle était effectivement énervée, parce qu'à l'évidence, il refusait l'idée du tour de piste à cause de son accident. Elle ne savait pas pourquoi exactement, et elle aurait voulu qu'il lui accorde plus de confiance. De son côté, elle avait largement déversé ses émotions sur lui à de multiples reprises. Il ne pouvait quand même pas penser qu'elle allait le juger.

Mais elle n'allait pas le pousser à bout. S'il ne souhaitait pas se confier, elle ne pouvait pas l'y obliger. Pas tout de suite. Par son métier, elle savait qu'il était plus facile d'extorquer les renseignements au moment où les gens ne s'y attendaient pas. Pour l'heure, Diesel avait relevé sa garde et si elle cherchait à en savoir plus, elle ne ferait que le braquer plus et monter sur ses grands chevaux, comme elle avait pu le faire, d'après ce qu'il prétendait, à d'autres occasions.

Retraite temporaire.

— Tu as raison, déclara-telle en se reculant dans son fauteuil et en fermant les yeux pour apprécier la chaleur du soleil sur son visage. Et je suis trop fatiguée aujourd'hui pour me mettre en pétard, donc je te lâche.

— Tu veux zapper le chenil ? On peut faire un barbecue et amener Wilma nager dans l'étang.

— Ça me paraît parfait.

Très bonne manière de se la couler douce un samedi.

— Alors, tu m'enverras les infos sur la voiture que tu donnes. Je dois transmettre ça à l'assistante de Kendall le plus tôt possible.

— Bien sûr. Souviens-toi juste que je ne me mettrai pas au volant.

Tuesday lui envoya un léger coup de pied dans le tibia.

— C'est bon, j'ai compris. Tu l'as dit haut et fort tout à l'heure.

— Aouh, mon genou, s'exclama Diesel en se prenant la rotule.

Aussitôt, Tuesday se leva.

— Oh, c'est pas vrai ? Pardon, je ne pensais pas…

Puis il sourit comme un abruti.

— Non, je déconne.

Elle lui donna un coup sur le bras, bien plus fort que celui dans le tibia.

— C'est pas drôle. Je me sentais coupable, espèce de gros naze.

Il continua de s'esclaffer comme si c'était la blague la plus drôle au monde. Tuesday essaya de lutter, mais finit par rire avec lui.

— Bon, tu me grilles un steak, ou quoi ?

Diesel l'embrassa sur la tempe, toujours souriant.

— Oui.

— Alors mets-toi au boulot.

— Meneuse d'hommes.

— C'est toi qui m'as appris.

Il lui pinça un mamelon par surprise.

— J'imagine.

— Hé ! s'exclama-t-elle en sursautant sous le choc et le plaisir inattendu. Tu ne peux pas faire ça tranquille, quand bon te semble !

— Et qui va m'en empêcher ?

— Moi.

— Aidée par quelle armée ?

Diesel se leva et relança la balle à Wilma.

— Je vais chercher la viande, vu que tu en meurs d'envie.

Quand il passa à côté d'elle, Tuesday lui administra une tape bien sentie sur les fesses.

Elle releva ses cheveux en un chignon improvisé et étendit les jambes. Il avait relâché les épaules, et elle garda le sourire.

Si c'était ça le bonheur, elle était capable de s'y habituer.

— À quel moment on sait qu'on commence vraiment à former un couple ?

Diesel posait à son oncle la question qui le taraudait depuis des jours.

Il était certain que Tuesday et lui faisaient plus que se retrouver de temps en temps pour un film et un dîner, mais ils n'en avaient pas parlé tous les deux. Peut-être aurait-il fallu ? Il n'en savait rien du tout.

Assis sur la terrasse chez son oncle et sa tante, ils regardaient les enfants de Tammy et Pete qui pourchassaient Wilma dans le jardin. Diesel l'avait amenée pour lui donner un peu d'exercice, et c'était l'occasion de voir les enfants de son défunt cousin. John et Beth les gardaient pour le week-end pendant que Tammy accompagnait Elec à Richmond pour la course du dimanche. Tante Beth remplissait des coupes de glace dans la cuisine. Cela représentait sans doute la seule occasion de parler avec son oncle sans qu'elle en ait vent et publie les bans du mariage dans les journaux.

— Tu la vois plus de deux fois par semaine ?

— Oui.

Depuis leur samedi après-midi tranquille, ils s'étaient retrouvés trois fois dans la semaine et ils allaient au cinéma drive-in dans une heure.

— Tu lui téléphones tous les jours ?

— Si on ne se parle pas directement, on s'envoie des SMS.

— Tu as envie de lui faire des cadeaux ou un geste extravagant ?

Marrant qu'il lui pose cette question.

— Euh, disons que j'ai donné ma voiture pour ses enchères contre le cancer.

Son oncle en oublia de prendre une gorgée de bière.

— Tu as fait quoi ? La 63 ? Tu plaisantes pas ?

Quand Diesel lui confirma d'un signe de tête, il conclut :

— Mon garçon, tu es amoureux.

Diesel se hérissa aussitôt.

— C'est pour une bonne cause, c'était la chose à faire !

— Moui, fit son oncle d'un ton très sceptique. Je suppose qu'il s'agit de Tuesday Jones ?

— C'est elle.

Il ne pensait qu'à Tuesday. Du matin au soir, elle occupait ses pensées. Il avait tout le temps envie d'être avec elle, de la faire rire, de se faire remettre en place par une remarque ironique. Il la voulait dans son lit, souhaitait sentir sa bouche sur la sienne, la voir ouvrir les cuisses pour lui et se laisser dominer d'une manière qu'elle n'accepterait jamais ailleurs. Il appréciait chaque minute passée en sa compagnie, et quand il n'était pas avec elle, il en rêvait.

C'était vrai. Il était amoureux.

Cette prise de conscience lui fit un choc. Il ne lui semblait pas avoir éprouvé de telles choses auparavant. Que l'amour se montre maintenant, sous cette forme, c'était plus que déboussolant. Il avait du mal à respirer, tout à coup.

— Qu'est-ce que je fais, Johnny ?

— Alors, tu pourrais t'enfuir en courant. Je te le conseille pas. Tu pourrais lui passer la bague au doigt. Je trouverais ça un peu précipité. Ou tu peux profiter des moments passés avec elle et arrêter de te torturer l'esprit.

— Pas bête. Alors, je devrais juste apprécier sans essayer de définir notre relation ?

— Tu as changé de sexe pendant que je regardais ailleurs, ou quoi ? Tu crois qu'il y a beaucoup de mecs qui s'amusent à « définir leur relation » ? Je rêve.

Son oncle ponctua ses dires de hochements de tête incrédules. Entre lui et ses amis, Diesel se faisait traiter de femmelette. Merci du réconfort.

— Qu'est-ce qu'il y a de mal à vouloir savoir où on en est ?

— Tu me mets mal à l'aise, là, s'écria Johnny, qui se tortillait carrément sur son fauteuil. Qu'est-ce que tu cherches, bon Dieu ?

— Je voudrais juste être sûr qu'elle ne va pas se mettre à fréquenter quelqu'un d'autre.

Ce fut un soulagement pour Diesel : son oncle l'avait forcé à lever la confusion et exprimer ce qu'il voulait. Il n'avait pas besoin d'une déclaration d'amour pour l'instant, parce qu'il n'était pas sûr d'être en mesure lui-même de partager ses sentiments. Il ne souhaitait pas non plus brûler les étapes et penser mariage.

Il voulait simplement savoir si elle ne comptait pas s'envoyer en l'air avec le premier venu, parce que cela suffirait à le faire exploser.

— Alors dis-lui de ne pas le faire.

— Lui en donner l'ordre, tu veux dire ? Tu vis en quel siècle, tonton ?

— Bon, eh bien tu en *discutes* avec elle, reprit Johnny en roulant des yeux exaspérés. Et occupe-t'en vite, parce que tu commences à me taper sur les nerfs.

C'était sans doute la meilleure chose à faire. Il pourrait aborder le sujet mine de rien avec Tuesday, voir ce qu'elle pensait de l'exclusivité.

— D'abord tu t'inquiètes que je sois célibataire, et quand je trouve quelqu'un, je te tape sur les nerfs ?

— Je dois être difficile, admit Johnny en riant.

À ce moment, sa tante ressortit de la maison, quatre coupes de glace en équilibre précaire dans les mains.

— Ça, tu l'as dit ! approuva-t-elle.

Son oncle jouait peut-être les bougons en parlant d'être un vrai mec, mais Diesel remarqua qu'il se levait aussitôt pour venir à l'aide de sa femme, lui prenant deux coupes non sans un baiser sur les lèvres.

Oui, il se voyait avec Tuesday comme ça. Il était amoureux.

Mince, que lui était-il arrivé ?

11

Tuesday, en plein dîner avec sa mère, se sentait très mal à son aise, ce qui était irritant. Jamais de toute sa vie, même au cours de ses années d'adolescence, elle n'avait ressenti de malaise avec sa mère. Maintenant, elle ne faisait que l'imaginer dans les bras de Tom Reynolds, tous deux ravis que les obstacles à leur couple aient été aplanis.

Elle en avait la nausée.

— Tu te sens bien ? demanda sa mère, qui mangeait son saumon.

Tuesday n'avait pas touché à son poulet sauce parmesan, ce qui ne lui ressemblait pas du tout. Elle avait même refusé le pain, alors qu'elle n'était pas du genre à limiter les apports en glucides.

— Oui, pourquoi ?

En s'entendant, elle fut horripilée par le ton défensif qu'elle avait adopté.

— Tu ne parles pas beaucoup, aujourd'hui. On dirait que quelque chose te tracasse. Un rapport avec Diesel Lange ?

— Non.

Cette réponse, au moins, était honnête. Avec Diesel, c'était... bien. Pour tout dire, le simple fait d'entendre son nom lui donnait une sensation de chaleur un peu vaporeuse. Cela faisait des années qu'un homme ne lui avait pas fait cet effet, sans doute depuis le lycée. C'était gênant, et en même temps très agréable. Elle appréciait sa compagnie, au lit comme en dehors.

— Il te plaît ?

— Oui, sinon, je ne le fréquenterais pas.

Aïe, elle était vraiment sèche. Mais sa mère ne prit pas la mouche.

— Alors c'est à cause de papa ? Tu veux en parler ?

Tuesday reposa sa fourchette. Son appétit était définitivement envolé.

— Tu sais que je n'aime pas trop étaler mes sentiments.

— Faux. Tu aimes parler de tes sentiments, c'est juste que tu préfères ne pas t'appesantir sur tes faiblesses, déclara sa mère d'un air entendu.

Tuesday se renfrogna. Forcément, sa mère la connaissait et n'hésitait pas à le lui rappeler.

— D'accord, tu as sans doute raison. Mais comment est-ce que je peux te parler de Tom Reynolds sans te montrer comme je suis lamentable ? Je veux dire, tu as le droit de voir qui tu veux.

Sa mère la regarda d'un air vide, son verre d'eau à la main.

— Quoi ? Quel est le problème avec Tom Reynolds ?

— Tu l'aimes bien ?

— Évidemment, sinon je n'irais pas déjeuner avec lui. C'est un ami.

— Seulement un ami ?

Les ongles enfoncés dans la cuisse, Tuesday avait du mal à articuler, mais il fallait qu'elle sache, pour pouvoir en finir.

Sa mère parut enfin comprendre.

— Oh, tu croyais que j'étais intéressée par Tom ? Que c'était un rendez-vous amoureux ?

— Peut-être, avoua Tuesday en haussant les épaules.

— Tuesday, ce n'est qu'un vieil ami. Il a perdu sa femme il y a cinq ans, donc il comprend ce que j'endure. D'ailleurs, il vient à peine de se remarier, mais il a mis du temps à envisager la possibilité d'être avec quelqu'un d'autre. Je ressens la même chose. Pour le moment, je ne peux même pas l'imaginer.

La gorge nouée, Tuesday ressentit un immense soulagement et une énorme culpabilité d'avoir pensé qu'il puisse en être autrement. Ensuite, elle fut assaillie par un autre type de culpabilité en réalisant qu'elle n'aurait pas été heureuse pour sa mère si celle-ci avait trouvé du réconfort dans les bras d'un autre homme. Dans tous les cas, c'était une fille et une personne détestable.

— Je suis désolée, maman. Ça m'a fait peur, vu que tu disais toujours que c'était Tom qui t'avait quittée…

— C'était juste pour taquiner ton père. Tom est un bon gars, mais il ne m'a jamais fait grimper aux rideaux, si tu vois ce que je veux dire.

Ça oui. Plus que jamais.

— D'accord. Pardon, maman. Ça faisait vraiment prématuré, et je ne voyais que mon chagrin…

D'un geste impatient de la main, sa mère éluda ses excuses.

— Je comprendrais que tu sois en colère si je me remettais à voir des hommes aussi vite. Ça ne fait même pas deux mois. Alors, quand vas-tu me présenter Diesel ?

Elle passa la panière à Tuesday, qui se rendit compte qu'elle prenait un morceau de pain et le tartinait de beurre. Ce que les mères pouvaient être douées pour manipuler leurs enfants !

— Je ne sais pas, maman. Ça fait peut-être un peu tôt pour qu'on se présente nos parents…

Après avoir employé le pluriel, elle se rendit compte que sa mère était le seul parent restant pour eux deux. C'était vraiment triste.

— Quels sont tes sentiments pour lui ?

Fallait-il vraiment en parler ? Ne pouvait-elle pas garder ce qu'elle ressentait pour elle, et s'en réjouir en secret ?

— Je l'aime bien.

— Tu pourrais dire ça de ton dentiste. Parle-moi de lui. Dis-moi comment il est, ce que vous faites ensemble.

Ils passaient du temps au lit, et beaucoup. Mais ce n'était pas tout. Ils riaient ensemble.

— On a fait un barbecue, on joue avec le chien. On est allés au mini-golf, ce qu'il a détesté, mais il a bien voulu quand même. Je l'ai obligé à faire une dégustation de vins, ce qu'il a détesté aussi. Et il m'a emmenée faire du tir. Ça, j'ai beaucoup aimé, et ça l'a sans doute fait enrager.

Elle le faisait beaucoup enrager, en y réfléchissant bien. Mais ça avait l'air de lui plaire.

— Ce soir, on va voir un film. Des trucs normaux, quoi.

— Ça a l'air de bien se passer.

— C'est vrai.

— Alors tu penses que ça devient sérieux ?

Pourquoi cette question devait-elle toujours refaire surface ? Ne pouvait-on pas juste passer du bon temps au présent ? Elle n'avait pas envie de penser à l'avenir, ni d'envisager ce qui se passerait si elle avouait être amoureuse de Diesel. Et s'il n'éprouvait pas la même chose ? Et s'il la larguait ? Peut-être s'imaginait-elle à tort avoir entamé une histoire spéciale. C'était trop risqué. Il valait mieux garder ses émotions sous cloche et se contenter d'en profiter. Ne rien laisser paraître, appeler ça un petit flirt et continuer sur cette lancée.

— Je ne sais pas. Ça fait trop peu de temps pour se prononcer.

Le serveur, vêtu de noir et blanc, au prénom aussi italien que les pâtes qu'il venait de lui servir, s'éloignait. D'ordinaire, Tuesday adorait ce restaurant, son ambiance feutrée, ses murs de stuc et ses plats généreux. Mais tout ce dîner l'angoissait, malgré son soulagement à propos de Tom. Elle avait encore l'estomac noué et n'avait aucune envie de parler de Diesel.

— Il ne faut pas que le deuil t'empêche d'apprécier ta relation.

Et c'était reparti. Tuesday mâcha son pain, essayant désespérément de ne pas se prendre la tête dans les mains. Sa mère ne pouvait-elle pas comprendre son refus d'en parler ? Quand elle voudrait, elle le lui dirait.

— Maman, c'est gentil. Je t'aime et je comprends que tu t'inquiètes, mais je vais bien.

Prise d'une soudaine envie d'un verre de vin blanc, elle résista à l'impulsion de rappeler le serveur. Elle se prépara à une nouvelle artillerie de questions et mangea ses pâtes du bout des lèvres.

Après l'avoir longuement regardée, sa mère répondit simplement :

— Je sais que tu vas bien. Tu t'en tires toujours. Mais je voudrais que tu ailles mieux que « bien ».

Ces mots furent le coup fatal. Tuesday s'affaissa et comprit avec horreur que des larmes lui avaient envahi les yeux.

— C'est trop tôt pour aller mieux que bien. Et pourtant, je ris et je m'éclate avec Diesel. Ce n'est pas normal.

Les yeux emplis de tendresse, sa mère lui prit la main.

— Bien sûr que si, ma chérie. Tu penses vraiment que ton père souhaiterait que tu sois malheureuse pour le restant de tes jours ? Tu te doutes qu'il voulait ton bonheur. Et il respectait beaucoup Diesel, donc il serait enchanté.

Non, Tuesday n'allait pas pleurer. Elle hocha la tête avec force, ce qui fit entrechoquer ses dents.

— Maintenant, commandons du tiramisu et réjouissons-nous de ne pas avoir à nous préoccuper de bourrelets.

Tuesday rit de bon cœur et respira un bon coup. Elle était capable de faire ça.

Tout ça.

Diesel aurait cru que ce serait bizarre de passer chercher Tuesday maintenant qu'il était certain de ses sentiments. S'avouer être amoureux avec un grand A, ce n'était pas rien. C'était même énorme.

Il aurait dû être nerveux mais en fait, dès qu'elle monta, souriante, dans sa voiture, vêtue d'une robe d'été qui dévoilait ses longues jambes, il se détendit.

À l'exception d'une certaine partie de son corps, qui connut le processus inverse.

Cette tension fut aggravée quand, sans hésiter, elle se pencha vers lui pour l'embrasser avec passion et tendresse. Ce fut un baiser délicieux, qui ne correspondait pas à sa manière habituelle de le saluer. Jusque-là, ses entrées en matière avec Tuesday comprenaient forcément sarcasme et questions inopinées. Mais il fallait le dire, ce changement lui plaisait beaucoup.

— Hmm, j'aime bien ta façon de dire bonjour.

Elle lui adressa un sourire tendre.

— Alors, ça boume ?

— Oui, surtout là en bas.

— J'essayais d'en faire abstraction, parce que sinon, on ne va jamais aller voir le film.

— Ce serait grave ?

Après tout, les films étaient disponibles sur Internet.

— Sans doute pas.

Elle prononça ses paroles sans rien y ajouter de suggestif. En fait, elle paraissait un peu distraite, aussi Diesel n'insista pas. Il fit marche arrière dans l'allée.

— Allez, je peux tenir jusqu'à tout à l'heure. Alors, ce dîner avec ta mère ?

— Ça a été. Je lui ai demandé pour Tom Reynolds, et il vient de se remarier après avoir perdu sa première femme. Ils échangeaient sur le deuil, en fait.

Il l'aurait crue plus soulagée d'apprendre ça.

— C'est bien, non ?

— Si, mais je suis une fille nulle. J'aurais dû être heureuse pour elle, si elle avait été remise.

Elle était beaucoup trop exigeante envers elle-même.

— Personne ne pourrait supporter que l'un de ses parents se remette à voir quelqu'un un mois après la mort de son conjoint. Tu ne peux pas t'en vouloir d'avoir une réaction tout à fait naturelle.

— Ouais, sans doute, répondit-elle sans conviction. On va regarder quoi ?

— Il y a des classiques au drive-in. On pourrait voir L'Exorciste, si ça te dit.

Ce serait étonnant qu'elle ait peur des films d'horreur. Elle l'avait sûrement déjà vu.

— Waouh, que c'est romantique, ironisa-t-elle. Non, pas de problème, j'adore ce film.

Il s'en doutait. C'était dingue de se dire qu'il la connaissait si bien après si peu de temps.

— Tu n'as jamais dit que tu voulais quelque chose de romantique, tu m'as juste demandé un film.

— Ce n'est pas évident que toutes les femmes veulent du romantisme ? Même quand elles disent qu'elles n'en veulent pas ?

Était-ce une question-piège ?

— Je plaide le droit à garder le silence.

— Allez, fit-elle en riant, je ne t'ai pas non plus demandé si j'avais un gros cul dans cette robe. Tu es censé être d'accord, point.

— Dans ce cas, je suis d'accord. Et pour être clair, ton cul n'est jamais gros. Il est parfait.

— Merci.

Ensuite, Diesel réfléchit à ce qu'elle venait de dire. Si toutes les femmes voulaient du romantisme, qu'est-ce que ça signifiait ?

— Attends, tu ne veux pas regarder *L'Exorciste*, en fait ?

Elle grommela en repêchant son collier perdu dans son décolleté.

— Mais non, j'ai dit que c'était bien, et c'est ce que je pense. Ne te prends pas la tête.

C'était un peu le problème qu'il avait avec Tuesday. Était-ce parce qu'il voulait s'assurer qu'elle était heureuse, ou parce qu'il était complètement accroché ? Dans tous les cas, ses amis avaient raison. Elle était spontanée et n'hésitait pas à dire ce qu'elle pensait, donc il n'y avait aucune raison de rester à essayer d'interpréter ses paroles.

Il pouvait donc être relax et profiter tranquillement.

Quand ils arrivèrent au drive-in, Tuesday regarda les affiches et poussa une exclamation enthousiaste.

— En fait, j'ai changé d'avis. Ils passent aussi La Belle et le Clochard. Il faut qu'on voie ça. On pourra regarder L'Exorciste le week-end prochain.

Elle partait du principe qu'ils passeraient le week-end suivant ensemble, ce qui lui plaisait, mais il n'était pas enchanté par l'idée du dessin animé.

— Ça ne te dérange pas ? demanda-t-elle avec un regard implorant. C'est tellement mignon, le moment où ils partagent un plat de pâtes et où ils finissent par s'embrasser. Je ne l'ai pas vu depuis que j'étais petite.

Complètement accroché. Il ne pouvait résister à ses yeux.

— Mais non, bien sûr.

Trois quarts d'heure plus tard, il regrettait d'avoir cédé avec autant de facilité. Il s'ennuyait au point d'avoir du mal à rester éveillé, mais la voix de Belle l'empêchait de sombrer. Chacune de ses répliques lui vrillait les tympans. Pour éviter de pousser des râles de mourant, il était arrivé à bout d'une boîte de bonbons. Tuesday était resté très silencieuse depuis le début, sans doute absorbée dans ses souvenirs d'enfance.

Mais soudain elle déclara :

— C'est nul, ce truc ! Pourquoi j'aimais ça, quand j'étais gosse ?

Il n'avait pas de réponse à lui donner.

— C'est vrai, poursuivit-elle. Belle est insupportable. Elle n'est pas innocente, juste idiote, et ce n'est pas séduisant du tout. Que peut lui trouver Clochard ? Et en plus, elle a une voix de vieille dame.

Diesel éclata de rire.

— Bien d'accord avec toi, beauté. Je ne sais pas, peut-être que c'est l'aspect Roméo et Juliette qui te plaisait, à l'époque. Et tu avais sans doute pitié des chiens abandonnés.

— Je me rappelle que j'étais terrifiée par le rat à la fin. Je ne sais pas pourquoi, je sens que ça ne va plus me faire le même effet.

— C'est fait pour les enfants, par pour des femmes de trente ans.

— Alors du coup, je suis blasée ? Cynique ? l'interrogea-t-elle.

Elle semblait un peu effrayée à cette perspective, mais parvint à ajouter :

— Et puis dis donc, je n'ai pas tout à fait trente ans !

— Mais non, tu n'es pas blasée, ni cynique, ni trentenaire. Tu es une adulte qui sait que les relations amoureuses ne marchent pas comme ça.

C'est vrai, on ne tombait pas amoureux en une journée. Il fallait bien... trois semaines. Il en savait quelque chose.

— Tu veux dire que des personnalités opposées, ça ne marche pas ensemble ? demanda Tuesday en envoyant du pop-corn dans sa bouche.

— Non, pas ça. Les opposés, ça marche très bien.

Ils étaient opposés du point de vue du débit de parole, par exemple. Diesel reprit :

— Je pense au fait qu'ils s'engagent et mettent au monde une portée de chiots sans même se connaître.

— C'est vrai. Et en plus, il est tyrannique.

Comme il n'avait plus de bonbons, Diesel aventura la main dans le pop-corn de Tuesday. C'était l'occasion rêvée de la titiller un peu.

— Je trouve qu'il se montre protecteur, rien de plus. Visiblement, elle a besoin d'être recadrée.

— Quoi ? s'insurgea Tuesday qui lui donna une tape sur la main. Pas touche, c'est mon pop-corn ! Et comment oses-tu prétendre que Belle… ?

Comme il mâchait son butin avec un sourire satisfait, elle comprit.

— Oh, quel con alors. Tu me fais marcher.

— Eh oui. Et chaque fois, tu cours.

Diesel inclina son siège en arrière et proposa :

— Et maintenant, laisse ton maïs, oublie le film et viens qu'on s'embrasse dans le noir. C'est pour ça que les gens viennent au drive-in.

— Bien vu, approuva Tuesday, qui posa le paquet sur la banquette arrière.

— Pourquoi tu le mets là ?

— Parce que ça risque d'être chaud, et je vais finir par le faire tomber d'un coup de pied si je le laisse à l'avant.

— Tu as toujours les bons réflexes, bébé. C'est pour ça que je…

Diesel s'arrêta net. Merde, il avait failli lui dire qu'il l'aimait.

— Pour ça que tu… ? répéta-t-elle d'un air interrogateur.

— Désolé, fit-il en toussotant. Je me suis étranglé avec le pop-corn. J'allais dire : « C'est pour ça que je te vénère ».

Comme prévu, elle poursuivit sans peine sur le ton de l'humour :

— Et tu as bien raison, je suis très vénérable.

— Alors viens là que je te vénère de plus près…

— Pourquoi c'est toujours moi qui dois me déplacer ? protesta-t-elle. Toi aussi, tu es tyrannique.

Il aurait pu essayer de la convaincre ou de l'apaiser, mais il préféra venir l'embrasser de son côté. Elle était encore en train de rouspéter quand il plaqua la bouche sur la sienne, ce qui transforma son couinement d'indignation en soupir lascif. Diesel adorait cette façon qu'elle avait de lui faire savoir qu'il était le bienvenu, sa manière d'accepter d'arrêter les discours pour s'ouvrir à la passion qui s'embrasait toujours entre eux. De toute façon, elle ne récriminait que pour la forme. Elle avait envie de lui autant que lui d'elle, c'est-à-dire à toute heure du jour et de la nuit, apparemment.

Diesel lui lécha doucement la lèvre inférieure pour l'inciter à ouvrir la bouche.

— Hmm, je t'ai déjà dit que j'aime ta barbe ? murmura-t-elle. Elle est douce… Sexy.

— Chez toi, tout est sexy.

Dieu du ciel, il n'en avait jamais assez d'elle. Il s'empara de sa bouche pour un baiser dévastateur, et ce qui avait commencé comme une gentille séance de bisous au drive-in se transforma en un besoin impérieux de la goûter, de la toucher, de la consumer.

La réaction de Tuesday fut à la hauteur de la sienne et elle enfouit les mains dans ses cheveux, se soulevant du siège pour chercher le contact avec lui.

Diesel entendait la musique du dessin animé diffusée dans la radio sur sa gauche mais il ne se laissa pas distraire. Il plongeait la langue dans sa bouche tandis qu'elle lui effleurait les pectoraux. Il tira sur le bas de sa robe. Il voulait sentir sa peau lisse et elle le récompensa d'un petit râle à l'oreille.

Il allait faire l'amour dans un drive-in. Une ambition d'ado qui se réalisait enfin.

C'est là qu'il perçut un mouvement du coin de l'œil.

— Oh, merde.

Il se dégagea et retira la main.

— Ça va pas, non ? Reviens par ici !

Elle tendit la main vers lui, mais il fit non de la tête.

— Regarde derrière toi, beauté.

— Hein, pourquoi ? s'étonna Tuesday, qui se retourna et poussa un petit cri. Oh, non, un voyeur !

Un garçon d'environ huit ans les regardait avec curiosité, ouvrant des yeux ronds tout en tirant un rouleau de réglisse entre ses dents.

— Maintenant, c'est nous le spectacle.

Diesel était amusé, et ne pouvait que comprendre la curiosité d'un petit garçon. Il aurait agi de même à son âge.

— Euh, c'est perturbant, décréta Tuesday en lançant des regards par la vitre. Et il ne part pas.

L'enfant avait reculé de deux pas, mais regardait toujours Tuesday comme si elle était une extra-terrestre. Une extra-terrestre infiniment séduisante, pensa Diesel, qui se mit à rire.

— Je crois que tu t'es fait un copain.

Tuesday fit descendre sa vitre.

— Bonsoir. Je crois que ta mère t'appelle. Tu devrais retourner la voir.

Il rit encore plus fort.

— Oh, franchement, laisse-le, ce pauvre petit.

Le garçon partit en sautillant, pas particulièrement pressé.

— Ça va pas, non ? Il fallait qu'il s'en aille. C'était glauque, il nous regardait nous peloter.

— Eh bien c'est fini, on ne se pelote plus. D'ailleurs, on va s'y remettre.

Il posa la main sur son genou. Ils s'étaient arrêtés alors que ça commençait à devenir intéressant.

— Pas du tout, dit-elle en lui remettant la main sur sa propre cuisse.

Il n'avait aucun désir de se palper la cuisse tout seul.

— Et pourquoi ?

— Je me sens souillée.

— On s'en fiche, c'était qu'un gamin.

— Un futur psychopathe, oui ! Où est mon pop-corn ?

Elle reprit le paquet laissé à l'arrière et se remit à manger, les yeux rivés sur l'écran.

Diesel n'était plus du tout amusé. Non seulement il n'allait avoir droit à aucun petit plus, mais encore il allait devoir se coltiner le reste du dessin animé. Les personnages chantaient faux à grand renfort de trémolos et l'ensemble était sans doute divertissant pour un enfant de six ans, mais Diesel commençait à se dire qu'il aurait préféré un coup de pied dans les parties plutôt qu'une heure supplémentaire de cette torture.

— Ma suggestion de zapper le film était bonne, dit-il. Tu aurais dû m'écouter.

Elle fit mine de ne pas avoir entendu.

— Tu sais, c'est avec celle du chenil que Clochard aurait dû se caser. Ils avaient plus de choses en commun. Franchement, Belle est un bébé, à côté.

Sur le long terme, elle n'arrivera pas à maintenir l'intérêt de Clochard.

Diesel ne voyait pas en quoi il devait être intéressé par ses considérations. Dommage que les bonbons soient partis en fumée. Ce n'était pas une compensation pour le sexe avec Tuesday, mais cela lui aurait occupé la bouche.

Tuesday, elle, s'occupait la bouche en débitant des commentaires les uns après les autres.

— C'est vrai, qu'est-ce que c'est, cette obsession des hommes avec l'innocence ? Ils pensent qu'ils en veulent, et puis ils se lassent.

Ah bon ?

— Je ne comprends rien à ce que tu racontes, finit par répondre Diesel en toute honnêteté.

Elle se tourna vers lui et lui demanda :

— Qu'est-ce qui t'a attiré chez moi ?

Alors là, c'était un piège à ours qui menaçait de se refermer sur lui.

— Pas ton innocence, lui assura-t-il.

— Tss, ce n'est pas une réponse.

Que souhaitait-elle lui faire dire ? Il l'aimait beaucoup, et elle l'attirait à bien des égards. Mais une question ouverte dans ce genre était un peu risquée et il ne voulait pas la mettre à cran.

— J'ai l'impression qu'il y a une bonne et une mauvaise réponse, et que je vais me faire jeter si je fais un faux pas.

Pendant une seconde, elle fut tellement ébahie qu'elle ne dit rien – ce qui était toujours épatant venant d'elle.

— Tu plaisantes ? C'est vrai ? Souvent, les hommes se taisent parce qu'ils ont peur de ne pas dire ce qu'il faut ?

— Ben, oui. C'est comme si les femmes avaient la réponse attendue toute prête en tête, et qu'on n'arrivait pas à la trouver.

— Intéressant. Donc si je te promets de ne pas m'énerver, quoi que tu dises, tu veux bien répondre à ma question ?

— Beauté, je ne sais pas si tu peux garantir de ne pas partir en live, fit-il d'un air sceptique. Tu es un poil soupe au lait.

— Quoi ? Pas du tout.

— D'ailleurs, tu viens d'élever la voix.

Il avait envie de rire, mais se contenta d'un sourire. Elle se rembrunit.

— Rah, je déteste quand tu as raison.

— Alors tu dois détester beaucoup de moments, fit remarquer Diesel, qui lui effleura la joue. Non, sérieusement, j'ai d'abord été attiré par ton sourire, par ton rire. Tu avais l'air de t'amuser. Et bien sûr tu es magnifique.

Il avait envie d'en dire plus et cherchait les bons mots. Il n'avait jamais été particulièrement doué pour exprimer ses sentiments.

— Merci, ça me fait plaisir, répondit Tuesday. La seule mauvaise réponse possible, ç'aurait été que j'avais l'air d'une fille facile. Tout le reste, je le prendrai comme un compliment, donc il ne faut pas avoir peur de me flatter.

Ça ressemblait bien à la Tuesday qu'il avait appris à connaître et aimer. Il voulait mieux cerner la vérité de ses émotions, s'exposer un peu et la rapprocher de lui, si c'était possible.

— Je suis toujours attiré par toi pour ces raisons. Mais maintenant, je sais aussi que tu es intelligente, généreuse et loyale. Je trouve que tu es une femme exceptionnelle et je veux être avec toi, seulement toi.

Je ne veux pas qu'on voie d'autres personnes. Je veux qu'on soit un vrai couple, quoi.

Il était peut-être trop plan-plan pour elle, elle allait peut-être se lasser de lui, mais d'ici là, il voulait profiter du moment en sachant qu'elle n'était qu'avec lui.

Agrippant son maïs soufflé, Tuesday dévisagea Diesel. Elle aurait sans doute dû répondre quelque chose, mais elle était bouche bée. Elle était vraiment curieuse de savoir ce qui attirait les gens les uns vers les autres, et la question lui était venue en regardant les personnages ; elle n'était pas du tout partie à la pêche aux compliments. Elle se demandait juste ce qu'il lui avait trouvé, car ils avaient des personnalités presque aussi opposées que Belle et Clochard. Tuesday était volubile et soupe au lait, contrairement à Diesel. Elle avait du mal à gérer ses émotions, tandis que lui ne les gérait pas du tout. Elle aimait danser, parler, rire et être au cœur de la fête, alors que Diesel était plus dans le camp des spectateurs. Il recherchait son plaisir sans tambour ni trompette, sans dévier, au lit et ailleurs.

Elle aimait ces qualités chez lui. Lui aussi était loyal, généreux et intelligent. Il ne disait rien à la légère et elle ne pouvait que croire ce qu'il venait de lui dire. Il voulait former un vrai couple avec elle. Peut-être n'était-elle pas la seule à devenir complètement gaga, dans cette histoire. Cet homme dont elle était en train de tomber amoureuse vivait peut-être la même chose de son côté, ou était en passe de la vivre, ce qui laissait Tuesday sans voix. Le souffle court. Son cœur battait à toute allure, sa poitrine se gonflait et ses paumes devenaient moites.

Pour la première fois de sa vie d'adulte, elle ne savait pas quoi dire à un homme. Il la regardait avec l'air d'attendre sa réponse, aussi elle se força, malgré sa gorge serrée, à prononcer les premiers mots qui lui passèrent par la tête :

— OK, ça me va.

C'était insuffisant, ce qu'elle perçut tout de suite à la lueur de déception dans ses yeux. Pourquoi était-ce si facile de partir dans des délires, s'énerver à loisir ou analyser d'autres personnes, mais si compliqué d'exposer ses véritables sentiments ?

Diesel avait été présent pour elle, ami et amant. Il méritait une tout autre réponse. L'idée de se rendre vulnérable lui donnait envie de courir s'enfermer derrière une grande porte d'acier verrouillée à triple tour, mais il méritait la sincérité. Elle faillit dire : « Tu sais bien que j'te kiffe », mais c'était ridicule.

Elle serrait tellement fort le paquet que du maïs soufflé lui atterrit sur les genoux, mais elle s'en fichait. C'était effrayant de parler à cœur ouvert, mais elle déglutit avec force et le regarda dans les yeux.

— Daniel, je trouve que tu es quelqu'un de très attirant, à l'extérieur comme à l'intérieur. Tu es prévenant, loyal, responsable, gentil, hyper sexy et d'un calme olympien. Je suis vraiment contente de t'avoir dans ma vie.

Oh, punaise, avait-elle vraiment prononcé tous ces mots ? Son instinct lui dictait d'ajouter un commentaire ironique, mais elle se retint. Par pure nervosité, elle prit le pop-corn qui était tombé pour le manger. C'était important de faire les choses bien avec Diesel.

En retour, il lui offrit un sourire, un vrai grand sourire.

— Merci, beauté. Je ressens la même chose. Je tiens à toi, tu sais.

Cela lui convenait. N'était-ce pas une étape avant l'amour ? Elle l'espérait.

— Moi aussi, je tiens à toi.

— Bien, conclut-il en prenant un pop-corn à son tour. Alors, on peut laisser tomber le dessin animé et rentrer ?

— C'est presque fini, objecta-t-elle après un coup d'œil à l'écran.

— Je te laisserai choisir la position.

Tuesday sentit l'excitation qui s'insinuait entre ses cuisses. Choisir ? Elle n'avait jamais le choix, en général, parce qu'il avait toujours de bonnes idées et que ça lui plaisait de le laisser décider. Mais l'idée d'être celle qui organise avait son charme.

— Ça roule.

— Mets ta ceinture.

Il faisait déjà marche arrière et éteignait la radio, branchée sur la bande-son du film.

— Alors ?

Avec un rire de gorge, elle expliqua :

— Je passe en revue les possibilités dans ma tête.

C'était un exercice assez excitant, d'imaginer toutes les manières possibles pour qu'il la pénètre.

— Je ne sais pas encore.

— Ça ne va pas arriver tous les jours, alors tu ferais mieux de choisir avec soin.

En réalité, Tuesday savait que quelle soit la position, le résultat serait à la hauteur.

— Je te montrerai.

Il ne dit rien, mais son érection apportait une réponse suffisante.

12

De retour chez elle, Tuesday laissa Diesel la plaquer contre le mur dans l'entrée, les mains sur sa taille, la langue sur le haut de son sein. L'accès facile, c'était ce qu'il y avait de pratique dans les vêtements d'été.

Incroyable, ce qu'elle pouvait s'embraser pour lui au moindre geste. C'était là la beauté et le mystère de l'attirance. Quand on accrochait avec quelqu'un, les étincelles sexuelles s'allumaient aussi facilement qu'un combustible.

Il défit le haut de sa robe, fit descendre son soutien-gorge et prit un mamelon en bouche. Tuesday sentit l'écho de ce mouvement dans son bas-ventre et s'agrippa à ses épaules. D'un côté, elle avait juste envie qu'il relève sa robe et qu'il la prenne comme ça, à deux pas de la porte, contre le mur et sans ménagement.

Si elle le lui demandait, il n'hésiterait pas. Mais ce serait encore lui, en pleine maîtrise de lui-même, qui ferait monter son plaisir à elle. Il ne perdait jamais la tête, n'abandonnait jamais son pouvoir pendant le sexe.

Cette fois-ci, elle voulait qu'il perde le contrôle. Qu'il cède complètement à son désir et sa passion.

Tuesday choisit sa position.

— Allons au lit, décréta-t-elle en essayant de le détacher doucement de sa poitrine.

— Pas encore.

Il se dirigea vers l'autre sein, dont il entreprit de sucer et tirailler le mamelon.

Malgré la bouffée de désir que cela engendrait chez elle, Tuesday resta ferme.

— Tu devais me laisser choisir.

— On n'en est pas encore là. Ça s'appelle des préliminaires, beauté.

Il lui lança un regard sombre et pénétrant. Sa barbe lui chatouillait le décolleté. Mais Tuesday le repoussa plus fort.

— Non. On y va.

Il la regarda avec intensité puis, après une pause, dit d'une voix rauque de désir :

— Comme tu voudras, alors. Allons au lit.

Avec un geste d'une galanterie affectée, il déclara :

— Après toi.

Confiante dans son idée, Tuesday le remercia, puis le dépassa en coup de vent, les seins débordant toujours de sa petite robe.

Sa chambre n'était pas aussi impeccable que celle de Diesel, mais elle restait présentable. Il n'y avait que quelques vêtements sur le fauteuil. Elle s'empressa de les jeter à terre.

— Assieds-toi.

— Où ? Sur le fauteuil ? demanda-t-il, le regard lascif et intéressé. Tu vas me chevaucher dessus. Voilà une idée qui me plaît, bébé.

Elle ne révéla rien sur ce qu'elle projetait et lui ordonna :

— Déshabille-toi.

Pour l'encourager, elle fit glisser les bretelles de sa robe sur ses bras et la laissa tomber au sol. Elle s'en écarta et, repoussant les cheveux qui lui tombaient sur le visage, attendit qu'il se débarrasse de son tee-shirt et de son jean. Il avait un corps absolument divin. Elle adorait le regarder, le toucher, faire courir ses ongles le long de son ventre et de son dos. Il ôta son caleçon.

Quant à son pénis, Tuesday aurait pu en parler des heures. C'était une œuvre d'art, sculptée exprès pour elle et son plaisir. Au moment où il s'assit sur la chaise, elle imagina une autre femme caresser Diesel et s'enfiler sur cette érection fabuleuse. Non, ce n'était pas une simple attirance qu'elle ressentait. Tuesday était amoureuse de cet homme et elle ne voulait que de lui avec elle. Toujours.

Dans la chaise, il avait l'air excité et tendu, son érection pointait en l'air.

Il pensait qu'elle allait grimper sur lui, mais ce n'était pas son intention.

Elle se mit à genoux devant lui et se pencha, la bouche ouverte.

— Qu'est-ce que tu fous ? s'énerva-t-il, l'arrêtant d'un coup sec sur les cheveux.

Le regardant à travers ses cils, elle eut un haussement d'épaules tranquille.

— C'est la position que j'ai choisie.

Il arrondit les yeux, puis esquissa un signe négatif de la tête.

— Ça compte pas.

— Oh, mais si. Tu n'as pas établi de restrictions.

C'était ce qui lui faisait envie. Il ne la laissait jamais lui faire de fellation parce qu'il voulait diriger et maîtriser leur plaisir. Chaque fois qu'elle tentait, il l'en empêchait. Il la retournait sur le dos, l'embrassait…

Tout pour lui tenir la bouche éloignée de son sexe. Clairement, Diesel ne souhaitait pas se laisser aller complètement.

Aujourd'hui, elle comptait bien que ça change.

Une main à la base de son membre, elle l'approcha de sa bouche.

— Tuesday…

C'était à mi-chemin entre le râle et la protestation.

Elle l'ignora et le prit entièrement dans sa bouche. Quand elle se retira, elle prit soin de laisser une belle traînée humide, de façon à faciliter les gestes suivants.

Tendu, la respiration hachée, il avait les poings crispés sur les cuisses. Il se retenait.

Cela n'allait pas durer longtemps. Tuesday avait trouvé un rythme lent et régulier, la main légèrement accrochée à sa hampe pour suivre le mouvement et le caresser quand sa bouche se retirait.

De sa main libre, elle lui palpa les testicules, appréciant de l'avoir, pour la première fois, complètement sous sa coupe. Elle accéléra et la respiration de Diesel se fit plus pressante, son souffle saccadé passant entre ses dents serrées. Il ouvrit les mains et enfonça les doigts dans ses cuisses. Tuesday le trouvait délicieux et son corps réagissait à cette imitation de l'acte sexuel. Elle était mouillée entre les cuisses mais elle n'envisagea pas un instant de céder et de monter le chevaucher. Elle avait choisi : c'était le tour de Diesel.

Sans prévenir, il plongea les mains dans ses cheveux pour accélérer encore la cadence. Il faisait aller et venir sa bouche sur son sexe avec des gémissements qui atteignaient un volume très satisfaisant.

Elle l'avait eu. Il lâchait prise.

Elle l'avait tellement excité qu'il était prêt à céder à cette passion. C'était très gratifiant de savoir qu'il lui accordait sa pleine confiance.

Elle sentit ses testicules se contracter un peu dans sa main, de même que les muscles de ses jambes. Se préparant à l'explosion, elle ressentit une vraie victoire. Il lui aurait été impossible d'avoir ce sentiment avec un autre homme, elle en était certaine. Emplie de cette assurance, elle allait le laisser se répandre dans sa bouche pour la première fois.

Mais Diesel n'avait pas dit son dernier mot. Avec une rapidité hallucinante, au point de manquer de la renverser en arrière, il se releva. Il la retint pour l'empêcher de tomber et, avant qu'elle puisse réagir ou se demander ce qu'il comptait faire, il la retourna. D'un geste vif, il tira avec force sur sa culotte.

Waouh. Il avait déchiré la bordure, et le sous-vêtement glissa à terre. C'était incroyablement sexy. Quand il la ramena sur ses genoux, dos à lui, elle comprit son intention et inspira avec envie.

Une seconde plus tard, son érection entrait en elle et elle s'affalait sur lui en raison de la gravité. Ce fut une collision brûlante et délicieuse. L'angle obligeait son pénis à l'ouvrir pour lui.

— Oh, Daniel, soupira-t-elle en cherchant les accoudoirs du fauteuil pour se rattraper.

Avec une tape sur les fesses, il ordonna.

— De haut en bas. Allez, ma belle, baise-moi.

Tuesday ne se le fit pas dire deux fois. Elle posa les pieds sur les siens et se hissa pour retomber sur lui, avec un joli rebond chaque fois. Les mains sur sa taille, il l'aidait dans ses mouvements.

Puis il se passa quelque chose d'inédit jusque-là. Il lui mordit l'épaule comme s'il s'agissait d'une bande de cuir lors d'une opération chirurgicale du dix-neuvième siècle et jouit aussitôt. Jamais il ne s'était laissé aller ainsi avant elle. Il s'était toujours assuré qu'elle ait deux, trois, voire parfois quatre orgasmes avant de se laisser aller au plaisir. Mais cette fois, il explosa en elle, la mâchoire crispée et les mains lui enserrant les hanches. C'était tellement puissant qu'elle en perdit presque l'équilibre, mais elle tint bon, sachant très bien que ce qu'elle lui avait fait allait l'envoyer au septième ciel elle aussi.

La posture rendait l'acte si intense que la pièce se brouilla devant ses yeux et qu'elle vit danser des étoiles, la tête lui tournant. Pendant une seconde, elle crut bien qu'elle allait s'évanouir. Le plaisir envahissait chaque parcelle de son corps, l'emmenant là où elle n'avait jamais été auparavant, tout à la fois dans son corps et en dehors.

Lorsque le vertige se dissipa et qu'elle ne ressentit plus que les petits spasmes qui la secouaient encore, Tuesday esquissa des mouvements de tête incrédules. Diesel avait posé la tête entre ses omoplates.

— C'était quoi, ça ? demanda-t-elle enfin avec un petit rire.

Son sexe tressauta en elle, et elle frissonna d'un contrecoup de plaisir.

— C'était la perfection, répondit-il, avant d'embrasser l'endroit où il l'avait mordue. J'ai laissé une marque, désolé.

— Rien à faire.

Elle n'avait rien d'autre en tête que lui. Il faisait courir les mains sur ses flancs et elle sentait leur moiteur, goûtant l'intimité et l'importance de ce moment. Elle ne pourrait jamais faire ce qu'elle venait de faire avec quelqu'un d'autre.

Elle se remit debout non sans précaution et repoussa du pied les vestiges de sa culotte pour le tirer par la main. Ils trébuchèrent ensemble sur le mètre qui les séparait du lit pour y atterrir tête la première.

— Hmm, ton entrée en matière était fabuleuse, beauté.

Bizarrement, son compliment sur son don pour la fellation lui faisait venir le rouge aux joues.

— Merci.

Sur le lit, elle passa le bras sur son torse. Ils auraient dû aller sous les couvertures, mais cela paraissait beaucoup d'efforts à fournir, et elle se sentait vraiment très satisfaite comme ça. Ses yeux papillotaient sans qu'elle puisse savoir s'ils allaient rester ouverts ou se fermer.

Elle commençait à s'endormir lorsque Diesel lui murmura à l'oreille :

— Si je te disais que je t'aimais, tu t'enfuirais en courant ?

Elle rouvrit les yeux d'un coup. Il la regardait, calme et posé comme à son habitude. Pourtant, il y avait quelque chose de plus dans son regard... comme une confirmation de ses paroles.

Merde. Il l'aimait.

Le cœur battant, prise de vertige à nouveau, elle s'efforça pourtant de calquer son ton détaché.

— Non. Si je te dis que c'est pareil pour moi ?

— Non plus.

— Tant mieux. Parce que moi aussi, je t'aime. Voilà.

— Alors on est sur la même longueur d'onde.

— Oui.

— Parfait, dit-il avant de l'embrasser sur la tempe et de fermer les yeux. Bonne nuit, beauté.

— 'nuit, Daniel.

Ils s'aimaient tous les deux. Allongée, le corps sympathiquement douloureux après leur vigoureuse séance de sexe, Tuesday s'émerveillait.

Ils étaient amoureux.

C'était l'extase.

Debout et habillé, Diesel regardait Tuesday qui dormait encore. Pendant la nuit, elle avait tiré la couette sur laquelle ils s'étaient endormis pour en remettre une partie sur eux. En cet instant, elle ressemblait à une saucisse dans un hot-dog. L'une de ses épaules dépassait, soulevée au rythme régulier de sa respiration.

Il devait partir sortir sa chienne, mais il restait scotché à la regarder avec un sentiment de bonheur impressionnant. Elle lui avait dit qu'elle l'aimait.

D'autres femmes avaient prononcé ces mots auparavant, ce qui l'avait parfois exaspéré, ou lui avait fait plaisir.

Mais jamais il n'avait eu cette réaction.

Avec elle, c'était autre chose. Mieux.

Il lui embrassa le front.

— Tuesday.

— Hein, quoi ? fit-elle étonnée en ouvrant les yeux.

— Je dois y aller. Je t'appelle tout à l'heure.

Elle effaçait le choc du réveil et ses paupières commençaient à se refermer.

— Ça marche, dit-elle d'une voix ensommeillée. Tu ne vas pas te faire couper les cheveux, au moins ?

Il rit de cette question qui sortait de nulle part.

— Non.

— Ouf, fit-elle en bâillant. À plus, beau gosse.

Diesel s'arrêta une fois la porte ouverte pour la regarder encore, mais elle s'était déjà rendormie.

Il y avait quelque chose d'extraordinaire à comprendre qu'on était amoureux de quelqu'un… mais il n'était pas sûr de savoir quoi faire.

En partant pour s'occuper de Wilma, il se dit que s'il vivait avec Tuesday, il n'aurait jamais à la quitter un matin pour repartir chez lui.

Tuesday termina son billet du jour sur son blog, puis regarda la clé USB qui attendait toujours sur son bureau. Elle ne pouvait sans cesse repousser l'échéance. Grâce à l'assistante de Kendall, le projet d'enchères silencieuses était bouclé. Elle avait du mal à croire qu'il ne restait qu'une semaine.

Cela faisait presque deux mois que son père était mort.

C'était horrible.

Pourtant, elle comprenait maintenant ce que voulaient dire les gens qui lui avaient dit qu'elle s'y habituerait. Elle n'y pensait pas tout le temps. Elle acceptait l'absence. Mais il y avait encore des moments où le chagrin la prenait par surprise et où elle se retrouvait submergée de douleur. C'était pour cette raison qu'elle avait évité la clé USB. Elle n'avait pas envie de lire les notes prises par son père.

Aujourd'hui, cependant, elle s'en sentait capable. Elle était amoureuse de Diesel. C'était complètement inattendu, franchement bizarre, mais la vérité était là. Sa présence rendait le reste de sa vie un tout petit peu plus facile.

C'était un mec bien. Elle n'aurait jamais cru être du genre à clamer son droit de propriété sur quelqu'un, mais si elle s'écoutait, elle irait annoncer à qui voudrait l'entendre qu'ils formaient un couple.

Avec une profonde inspiration, elle inséra la clé dans l'ordinateur, espérant que ce serait un sujet facile, qui lui permettrait de se débarrasser de l'article en quelques jours.

Quand elle découvrit de quoi il s'agissait, elle en resta bouche bée.

Le dernier article de son père devait porter sur Diesel Lange. Son père avait pris des notes lors d'une interview, rassemblé les statistiques concernant les courses et des détails sur son accident.

Elle aurait dû le savoir. Si elle avait parlé davantage avec son père, ou si Diesel lui en avait parlé. Même avant d'apprendre son cancer ou de rencontrer Diesel, elle aurait dû savoir que tous deux étaient en relation. Elle regrettait de ne pas y avoir participé, et elle se sentait exclue et seule.

Alors qu'elle se demandait par quel document commencer, elle vit qu'il y avait une vidéo de l'accident de Diesel. Le cœur battant, elle cliqua dessus.

C'était à Pocono, sur le circuit surnommé le Triangle maudit. Elle reconnut sa voiture immédiatement quand la caméra s'attarda dessus, et les haut-parleurs le confirmèrent.

Diesel était cinquième et Tuesday observa sa voiture noire puissante, comme si elle allait arriver à le voir derrière le pare-brise, le filet anti-défénestration et le casque.

Elle l'avait vu conduire des dizaines de fois par le passé, mais elle n'y avait jamais repensé. Elle ne l'avait jamais rencontré en personne. Et maintenant, c'était son copain, même si le mot faisait très années collège.

L'accident arriva si vite que la caméra en manqua la moitié. Le commentateur était en train d'évoquer le nombre de tours du pilote de tête, et d'un coup, on vit des voitures qui partaient en toupie dans les décors, de la fumée et on entendit des exclamations.

Ensuite, un gros plan s'opéra sur la voiture de Diesel dans la rambarde.

— Quel choc, Rob, dit le premier commentateur. Diesel Lange est rentré en plein dans la rambarde, à plus de deux cents kilomètres à l'heure. Les décombres sont tombés droit dans son pare-brise. Je ne sais pas ce qui s'est passé, mais selon le mécanicien au repérage, il essayait d'éviter la voiture numéro 23. Malheureusement, il y avait le virage juste là, et il manquait de visibilité.

— En effet, ce n'est pas bon. Je ne le vois pas sortir de la voiture, Phil.

La peur au ventre, Tuesday se sentit nauséeuse. Elle connaissait l'issue de la scène, qui se déroulait deux ans auparavant. Malgré tout, cela la rendait malade de penser que Diesel aurait pu mourir.

Sa voiture était pliée et une ambulance arrivait. La personne qui avait fait la vidéo avait coupé les publicités interrompant l'émission, et d'un coup, Tuesday vit Diesel étendu sur une civière, sans casque et inconscient.

Elle ne put aller plus loin et tapa sur le clavier avec force pour arrêter l'image.

Elle tremblait.

Elle lut les détails surlignés dans les notes de son père : poumon perforé, deux vertèbres cassées, rotule en miettes, épaule luxée…

Pas étonnant qu'il ait mal. Et qu'il refuse de conduire la voiture de stock-car d'époque.

Elle lut en entier l'interview de son père. En regardant les mots à l'écran, elle les entendait tous les deux, les deux hommes qu'elle chérissait le plus. Elle les entendait, reconnaissait leurs expressions et leur choix de mots. Ils avaient parlé et ri ensemble, et cette idée lui fit monter les larmes aux yeux. À la fois de contentement qu'ils aient pu se voir avant le décès, et du choc de comprendre que d'une certaine façon, son père avait mieux connu Diesel qu'elle.

Il l'aimait, elle le croyait, mais il ne lui parlait jamais de son accident, de ses blessures et de l'impact sur sa vie. C'était un sujet tabou, et si elle l'abordait, il détournait la conversation.

Par contre, il avait parlé de ce changement dans sa vie avec son père.

« Je ne sais pas, Bob. Beaucoup de gens veulent croire que tout arrive pour une bonne raison, parce que ça les réconforte. Mais à mon avis, le résultat, c'est qu'on se tourmente à essayer de comprendre ce qu'on était censé apprendre d'un événement douloureux et imprévu. Parfois, il se passe des choses atroces sans raison, et on doit faire face au résultat. J'ai eu une super carrière de pilote. Maintenant, c'est fini. On parle d'un mal pour un bien, mais je suis toujours le même. Ni plus, ni moins. »

Tuesday lut et relut les documents, puis se força à regarder la vidéo trois fois de plus, l'estomac noué chaque fois. Elle établit une liste de questions, puis se mit à écrire.

Dans l'allée devant sa maison, Diesel admirait avec Johnny la voiture qu'il avait restaurée, qui était en train de se faire charger sur une remorque.

— Sacrément belle, cette caisse. Tu peux être fier, mon neveu.

Il l'était. C'était satisfaisant de voir les résultats de son travail, de son temps et de son argent.

— Merci. Maintenant, je peux me considérer comme un vrai roi du cambouis.

— Mouais, tu as au moins le cambouis, commenta son oncle avec une tape sur l'épaule. Tiens, voilà ta petite amie qui arrive.

Sa petite amie. Même une semaine après leur fameuse conversation, Diesel n'y était toujours pas habitué. Tuesday était assez folle pour accepter d'être avec lui, et il s'en sentait franchement heureux. Elle sortit de sa voiture, lunettes de soleil sur le nez, une enveloppe en papier kraft en main. Elle portait un jean étroit avec des sandales à talons et un haut moulant, ce qui était pour Diesel l'association parfaite entre classe et sexy.

— Salut ma chérie, ça roule ?

Il vint à sa rencontre pour l'embrasser, ravi d'être en droit de montrer son affection devant son oncle, les déménageurs et tous ceux qui se trouveraient alentour.

Ces dernières semaines, il planait un peu, entre le sexe et ses sentiments grandissants pour Tuesday. Comme il n'avait pas l'intention de renoncer à l'un ou l'autre dans un avenir proche, il se préparait une saison hivernale très plaisante.

— Salut, dit-elle en souriant. Bonjour Johnny, vous allez bien ?

— Impeccable. Et cette voiture, elle est pas belle ?

— Splendide, je sais, dit-elle avec un sourire admiratif pour Diesel. C'est incroyable que tu l'aies restaurée tout seul.

Ce fut un moment très gratifiant pour lui.

— C'était pas si difficile.

Simplement quatre mois de sa vie, plus vingt-cinq mille dollars… Une paille !

— Tu es incroyable, conclut-elle à son oreille.

Elle avait les yeux cachés derrière ses lunettes, mais il reconnut le ton de sa voix. C'était celui qu'elle avait quand elle voulait dissimuler une vraie émotion derrière du désir sexuel.

— Toi aussi, tu sais.

Diesel s'apprêtait à céder à son impulsion de l'embrasser encore, quand son oncle se racla la gorge.

— Vous essayez vraiment de me faire vomir ? Écris-lui un poème et va lui lire en privé, bon Dieu. Ne nous soumettez pas à votre adoration mutuelle.

Tuesday éclata de rire et Diesel leva les yeux au ciel.

— Occupe-toi de tes oignons.

Mais Diesel savait que les critiques étaient bienveillantes. Sa famille était heureuse pour lui. Johnny lui adressait nombre de sourires entendus et Beth rappelait déjà qu'elle était disponible pour donner son avis sur des bagues.

Cette approbation de ses proches lui était précieuse. Diesel aurait mal vécu qu'ils n'apprécient pas la femme qu'il aimait.

— Tu venais juste voir la voiture, ou mon corps de rêve te manquait ? demanda-t-il.

— Ni l'un ni l'autre.

Comme d'habitude, Tuesday ne chercha pas à flatter son ego, et cela lui plaisait toujours autant.

— Je voulais te montrer les épreuves de l'article. Il paraîtra la semaine prochaine.

Diesel réprima un grognement. Elle l'avait prévenu que le magazine pour lequel elle faisait des piges allait publier l'interview qu'il avait accordée à Bob Jones six mois plus tôt. Dans un moment de faiblesse, il n'avait pas osé dire non à celui qu'on savait atteint d'un cancer en phase terminale.

Ensuite, il avait cru que l'entretien ne paraîtrait jamais, et il n'en était pas mécontent. Il n'aimait pas parler de son ancien métier ni de son accident, et c'était ce qui intéressait tout le monde. Il n'y avait rien d'autre à dire sur un pilote retraité qui n'avait jamais remporté de grand championnat.

Tuesday avait essayé au moins trois fois de discuter avec lui de l'article, de lui poser d'autres questions et de lui extorquer des détails supplémentaires, mais il l'avait envoyée promener. Il n'avait pas envie d'évoquer cette période, point à la ligne.

— Ah oui ? répondit-il sans conviction, prenant l'enveloppe qu'elle lui tendait. Merci.

— Ça tombe très bien. Le magazine sera en kiosque quelques jours avant la vente aux enchères, ce qui fera une super pub pour la voiture. J'ai fait mettre une photo.

Tout à coup, Diesel eut un sentiment d'inconfort marqué. Il allait se retrouver sous les projecteurs, et d'une manière qui risquait de ne pas lui plaire.

— Quand as-tu pris une photo ?

— Je suis allée au garage, une fois. Tu dormais et je m'ennuyais.

Cela ne paraissait pas déraisonnable, mais il avait quand même l'impression qu'elle aurait dû lui demander la permission.

— Tu aurais pu m'en parler. Je l'aurais sortie du garage.

— J'aime bien, avec tous les outils autour. Ça fait naturel.

Johnny était allé parler au conducteur de la remorque, ce qui était sans doute préférable. Ils n'étaient pas loin d'une dispute.

— Ç'aurait été sympa qu'on puisse en discuter.

Elle répondit par un simple haussement d'épaules.

— Tu vas le regarder, oui ou non ?

Il n'avait franchement pas envie de le voir, et encore moins de le lire devant elle, dans l'allée.

— Je le lirai plus tard.

— J'ai bossé dur pour cet article. Ça n'a pas été facile pour moi de finir le papier de mon père, expliqua Tuesday, le ton de voix altéré.

— Je sais bien, répondit-il, exaspéré. Je suis sûr que tu t'en es bien tirée. Mais c'est dur pour moi aussi. Je n'aime pas que les gens se mêlent de ma vie.

— Je ne suis pas « les gens ».

— Toi non, mais tous les lecteurs, si.

Ne comprenait-elle pas qu'il préférait que sa vie reste dans le domaine privé ? C'était la seule bonne chose qui était ressortie de son accident. Les médias lui fichaient la paix.

— Putain, tu es frustrant, des fois. Tu ne me dis rien, comment suis-je censée savoir ce qui se passe dans ta tête ?

— T'énerve pas. S'il y a quelque chose de vraiment important, je le dirai.

En un rien de temps, ils ne gênaient plus l'entourage en se dévorant du regard, mais en échangeant des propos agressifs. Diesel n'avait pas envie de continuer sur cette voie.

En entendant sa réponse, Tuesday leva tellement haut les sourcils qu'ils dépassèrent de ses lunettes noires.

— Bon, je crois que je vais partir, maintenant. J'ai des courses à faire avant le repas de ce soir, et après notre conversation, je vais sans doute y ajouter un cubi de vin.

Malheureusement, il était peu probable qu'elle plaisante.

— Oh, allez, tu n'as pas besoin de boire. Il est deux heures de l'après-midi et ce n'est qu'une discussion, pas une dispute. Va faire tes courses, ma chérie. Je finis ici avec la voiture et j'irai lire ton article à l'intérieur.

Elle tendit la main vers lui. Avec un soupir, elle caressa sa courte barbe et lui dit :

— Tu es mignon que c'en est un scandale, tu es au courant ?

Apparemment, la dispute était évitée, et c'était tant mieux.

Il l'embrassa avant de répondre.

— Tu parles, je sais bien. Mais toi, tu es voluptueuse.

Ce mot la fit rire, et elle conclut :

— OK, à ce soir.

Elle lui envoya un baiser et adressa un signe de la main à son oncle.

— À bientôt, Johnny.

Son oncle le rejoignit pendant qu'il regardait Tuesday s'éloigner dans sa voiture.

— Je pense proposer à Tuesday de venir vivre avec moi, lui confia-t-il. Quel est ton avis ?

Il retournait cette idée dans sa tête depuis un bon moment, et plus il y pensait, plus elle lui plaisait.

— Si elle n'est pas du genre à être offensée par cette proposition. Il y a encore des filles qui aiment avoir la bague au doigt.

— Je ne pense pas que ce soit son style.

— Alors, fonce. Mais il faut t'attendre à ce que ta tante ait un mot à te dire.

— Oh, je m'en doute.

Tante Beth lui ferait sûrement la leçon, mais cela lui semblait une étape naturelle. Ils n'étaient pas prêts pour le mariage, mais la vie commune rendrait leur histoire encore plus belle.

— En tout cas, je suis content pour toi. Elle a l'air d'une femme très chouette, et elle a mis un sourire sur ton visage. C'est tout ce que je demande. Je peux regarder l'article ?

Diesel aurait pu refuser, mais il était probable qu'on parle de sa famille. Comme Pete était son cousin et avait connu une mort tragique dans un accident semblable, ils étaient pour toujours associés dans les médias. Comme Pete était l'enfant unique de Beth et Johnny, il était normal que son oncle regarde tout ce qui le concernait.

Johnny se débrouillait bien pour préserver la mémoire de son fils sans que cela vire à l'obsession. Il était resté fort dans l'adversité et le deuil.

Diesel n'était pas sûr qu'il s'en serait aussi bien tiré à sa place. Il donna l'enveloppe à son oncle et alla discuter des derniers détails avec le conducteur de la remorque, qui en avait terminé. La voiture allait rester en exposition sur la piste d'entraînement quelques jours, puis être stockée dans un hangar et enfin, être remorquée à l'hôtel où la vente aurait lieu.

Diesel était très fier de cette voiture. C'était son idée de l'art, un engin bien réglé qui, après cinquante ans, pouvait toujours faire du deux cents à l'heure sur la piste.

— Tu as vu la photo ? demanda son oncle, qui regardait l'article.

— Non.

Diesel se pencha avec curiosité par-dessus son épaule. La photo faisait un peu fouillis, comme si elle se focalisait plutôt sur le bric-à-brac autour que sur l'objet principal.

— Elle aurait pu me dire ce qu'elle faisait. J'aurais sorti la voiture du garage pour la laver. Elle est toute poussiéreuse.

— Et celle-là, tu l'avais vue ?

Diesel suivit le doigt de son oncle et découvrit la dernière voiture qu'il avait pilotée, pliée après l'accident. Charmant.

— Elle ne m'avait pas prévenu pour celle-là non plus.

Peut-être parce que chaque fois qu'elle abordait le sujet, il bottait en touche. Maintenant qu'il voyait son raté imprimé en couleurs criardes, il le regrettait.

— Je vais lire l'article, si tu veux bien.

Il avait un mauvais pressentiment, tout à coup. Il n'allait peut-être pas être ravi de son contenu.

Johnny le luit tendit.

Cinq minutes plus tard, Diesel était vraiment mécontent. Le ton était à la limite de la critique. On n'aurait pas cru qu'il avait été rédigé par sa copine.

Dans les deux années qui ont suivi l'accident, Lange n'a cherché ni à retourner derrière le volant, ni à défendre des mesures de sécurité plus importantes, les deux reconversions traditionnelles des pilotes accidentés. Il vit dans une relative obscurité dans une grande propriété, sans femme ni enfant, ni aucun témoignage de sa fulgurante carrière dans sa maison spacieuse. Le garage est la seule pièce qui dénote une relation avec le monde de la course automobile, et en voyant les pièces de voiture partout, la plupart des gens croiraient qu'il a été mécanicien en chef et non pilote.

Que suggérait-elle, exactement ? Il n'allait quand même pas couvrir les murs de photos de lui ou de médailles. Déjà, ça ne cadrerait pas avec la décoration, et il n'avait pas besoin d'un rappel constant de ce qu'il avait perdu en dérapant sur le circuit.

Il rappela son oncle, qui s'était mis à lancer la balle à Wilma pour le laisser lire l'article tranquille.

— Quoi ?

— Tu trouves que j'aurais dû me mettre à défendre des mesures de sécurité plus draconiennes, après l'accident de Pete et le mien ?

Son oncle afficha un air interloqué, comme s'il se demandait d'où lui venait cette idée. Mais il ne lui posa pas la question et répondit :

— Non, bien sûr que non. On n'aurait rien pu faire pour changer le cours des choses pour vous deux. C'est un risque que vous assumez, il n'y a pas à chercher plus loin. Si on prend plus de précautions, ce ne sera plus de la course.

C'était aussi ce que pensait Diesel. Son accident était le résultat d'un concours de circonstances imprévues et d'une erreur de sa part.

— Il m'énerve un peu, cet article.

— Il ne faut jamais mélanger l'amour et le travail, mon garçon.

Effectivement, le travail de Tuesday ne l'emplissait pas d'amour, à ce moment précis.

13

Diesel disposa ses brochettes de poulet sur le gril, essayant de ne pas s'inquiéter. Une tempête couvait, et pas au sens météorologique. Clairement, Tuesday lui en voulait, et lui-même nourrissait des sentiments mitigés à son égard.

— Bon, lança-t-elle. Je suis là depuis une heure et j'en ai assez d'être patiente.

L'orage s'approchait. Diesel s'empara des pinces pour espacer les brochettes.

— Patiente à quel sujet ?

— Tu n'as pas dit un mot de mon article.

Il entendit qu'elle quittait sa chaise, mais ne se retourna pas. Il n'était pas prêt pour cette discussion.

— Je t'ai dit que c'était un bon article.

— C'est naze et tu le sais.

— Qu'est-ce que je devrais dire ?

— Un commentaire qui montre que tu t'intéresses à moi et que tu sais comme ça a été dur pour moi d'écrire ce papier.

Il sentit la colère monter et se retourna.

— Je m'intéresse à toi et je sais que ça a été difficile pour toi. Mais ça a été difficile pour moi aussi de le lire.

— Et pourquoi ? demanda-t-elle, les poings sur les hanches.

Elle se tenait à un mètre de lui et son geste mit à nu la peau entre son tee-shirt et son jean.

— C'est comme ça.

Diesel savait que ce n'était pas une réponse, mais il n'arrivait pas à s'expliquer. Il ne pouvait pas lui dire que parfois, il avait l'impression d'être un parfait *loser*. Qu'il avait déçu son oncle, le propriétaire de son équipe, son sponsor et lui-même par-dessus le marché. Qu'il était resté à des kilomètres de l'objectif de succès pour lequel il avait travaillé si dur dans ses jeunes années.

— C'est tout ce que tu vas me dire ? Tu te fiches de moi ?

— Qu'est-ce que je devrais dire ?

— Ce que tu ressens !

— Je vais bien, répondit Diesel qui repartit au barbecue pour retourner les brochettes.

Elle l'enlaça par-derrière. Il ferma les yeux et elle posa la joue contre son dos. Peut-être devrait-il lui avouer que l'article l'avait mis en colère. Qu'il n'aimait pas la façon dont elle l'avait dépeint, en ermite cloîtré dans sa maison.

— Tu peux tout me dire, tu sais. Je tiens à toi.

— Oui, je sais. Moi aussi.

Il était très content qu'elle soit dans sa vie, et il l'aimait.

Malgré tout, il ne voulait pas se disputer avec elle et lui faire regretter de l'avoir choisi.

Aussi il n'ajouta rien.

— Ça va ? demanda Kendall. Tu me sembles un peu stressée.

Son amie était loin du compte. Tuesday était en état de stress maximal et alternait entre l'envie de vomir et celle de pleurer de façon hystérique.

Du coup, elle avait choisi une solution qu'elle estimait plus sage, c'est-à-dire qu'elle buvait un verre de vin.

— Je suis stressée à fond. Et si la vente capote complètement ?

Kendall lui tapota le bras pour la réconforter, mais Tuesday le remarqua à peine. Elle regardait dans la salle, cherchait ce qui pouvait être amélioré au dernier moment, s'assurait que tout était en place et que le personnel de service était prêt à accueillir la foule qui allait entrer d'une minute à l'autre.

— Impossible. Tu as fait du super boulot. La salle est géniale, tu as des tas d'objets donnés à mettre en vente et il y a plein de monde. Détends-toi.

Tuesday n'allait certainement pas se détendre avant vingt-trois heures, quand la dernière personne serait partie et qu'elle aurait une idée de la réussite de la journée.

— Merci, mais je vais quand même m'inquiéter. Ça marche comme ça.

— Je comprends. Où est Diesel ?

— Je ne sais pas, par là.

Ils ne s'étaient presque pas vus de toute la semaine et chacun était venu par ses propres moyens. Tuesday avait été tellement occupée à régler les derniers détails qu'elle avait à peine eu le temps de lui envoyer des SMS, alors impossible de passer du temps avec lui, encore moins une nuit. Mais apparemment, ça ne le dérangeait pas. Si elle n'avait pas été aussi anxieuse du résultat de la journée, elle se serait inquiétée du fait qu'il était un peu distant, comme si quelque chose le tracassait. Enfin, elle se préoccuperait de Diesel demain. Ce soir, elle se bornait à prier d'arriver à réunir de l'argent. Dans le cas contraire, elle décevrait atrocement les personnes atteintes de cancer, celles en rémission, ses amis et mécènes qui avaient fait des dons si généreux.

Elle n'était pas spécialement surprise que Diesel s'éloigne au moment où elle avait le plus besoin de lui. Il n'était pas fort dès qu'il était question de mettre à nu ses sentiments et d'avouer sa vulnérabilité.

Elle reprit une grande gorgée de vin.

— Tu ne devrais peut-être pas boire, suggéra Kendall.

— Si, répondit-elle sans hésitation.

Elle n'allait pas survivre à cet événement sans son vieil ami Merlot. Pour la première fois, elle s'arrêta pour regarder sa meilleure amie.

— Tu portes des talons hauts, j'ai du mal à y croire !

— Ça sera mon effort de l'année, répondit Kendall. Ça fait super mal.

— Alors, merci. Tu es superbe.

Kendall portait très bien sa robe de soirée rouge et ses escarpins couleur chair. Tuesday se mit à triturer son collier. Elle était en noir, ce qui lui avait paru une bonne idée. La moitié de sa garde-robe était constituée de noir et les taches ne se voyaient pas dessus. Désormais, elle se disait que la couleur du deuil était appropriée. Cette soirée allait avoir raison d'elle. Ou alors c'était l'événement lui-même qui allait mourir de son échec.

— Toi aussi, répondit Kendall.

— Ça y est, je transpire, soupira Tuesday, qui vida son verre. C'est pas normal, ma robe est sans manches. Bon, je vais trouver un serveur qui va me donner un autre verre, et ensuite on pourra ouvrir à une horde de gens. Enfin, espérons.

Elle alla à la recherche de toute personne en uniforme capable de lui fournir du courage sous forme liquide.

Kendall se mit à la recherche de son mari, espérant qu'elle verrait Diesel au passage. Elle voulait l'avertir que Tuesday, qui ne se pardonnerait jamais si elle se saoulait pour cette manifestation, devait être surveillée. Kendall la savait très bien capable, par moments de nervosité, de sauter un repas et d'aligner les verres en perdant le compte.

En fait, Evan était en train de discuter à la porte avec Diesel, donc elle fit d'une pierre deux coups. Elle s'accorda une petite seconde pour admirer son mari, plus sexy que jamais, puis s'approcha.

— Salut, ma puce, dit Evan avec un baiser.

Kendall adorait être mariée avec lui. Il était son premier et dernier amour. Ils s'étaient mal compris et avaient passé dix ans l'un sans l'autre, mais maintenant, ils rattrapaient le temps perdu. Quand on avait cru une fille enceinte d'Evan après une nuit malheureuse, Kendall avait envisagé l'avenir sans lui, mais même cela n'avait pas réussi à les séparer.

— Coucou. Alors, qu'est-ce que tu m'achètes, ce soir ?

— Ce que tu voudras, répondit Evan en désignant les superbes lots de la vente aux enchères.

— Ben voyons, s'esclaffa Kendall. Si je te demande de miser sur le voyage à Bora-Bora à vingt mille dollars, tu risques de changer d'avis.

— Bon, celui-là, c'est exclu, mais à cause de notre emploi du temps. Sinon, je t'achèterais le monde si je pouvais.

Kendall pouffa. Il avait vraiment envie de la mettre dans son lit tout à l'heure.

Diesel fit la grimace.

— Tu n'y vas pas avec le dos de la cuillère, Monroe.

— C'est la vérité, protesta Evan avec un sourire.

— Mais oui. Merci, mon amour, dit Kendall, qui se tourna vers Diesel et baissa la voix. À bon entendeur : Tuesday en est déjà à son deuxième verre de vin. Tu devrais peut-être garder l'œil sur elle.

Une lueur indéfinissable passa dans les yeux de Diesel.

— Elle est adulte. Elle peut prendre un verre de vin si elle le désire.

Kendall fut surprise par cette réponse. Diesel avait pourtant montré un penchant très protecteur envers Tuesday, ce qui l'avait beaucoup rassurée. Sa meilleure amie était peut-être indépendante et sarcastique, mais elle avait besoin de quelqu'un qui s'occupe d'elle, comme tout le monde. Kendall pensait avoir vu en Diesel la personne qui pourrait s'en charger. Tuesday avait l'air d'être heureuse avec lui, et ils passaient beaucoup de temps ensemble.

— Je veux juste dire que ce serait bien qu'elle ne dépasse pas trois verres. Je n'ai pas envie d'en parler à sa mère, la soirée va être suffisamment difficile pour elle.

Diesel poussa un soupir.

— Oui, je sais. T'en fais pas, je la surveille.

Kendall le remercia, non sans une pointe d'inquiétude.

Entre son amie qui n'avait pas envie de parler de Diesel et lui qui n'avait pas envie de rester à son côté, il y avait anguille sous roche. Kendall n'aimait pas ça.

Tuesday se sentait bien. Elle n'était pas ivre du tout, mais contente et détendue. Elle faisait le tour de la nombreuse assistance avec aplomb, un grand sourire aux lèvres. Les enchères se déroulaient bien. Les lots recevaient des enchères aux montants prévus, avec quelques-unes plus élevées que ce qu'elle avait anticipé. Les serveurs offraient avec constance du champagne et des petits-fours et tout le monde appréciait sa soirée.

La voiture de Diesel était en place d'honneur, au milieu de l'imposante salle de bal. Elle attirait l'attention des pilotes en activité comme à la retraite et des fans de stock-car. Tuesday était tellement fière de lui qu'elle avait envie d'aller lui rouler une grosse galoche devant tout le monde. C'était son petit ami, et il était trop cool. À partir d'un tas de ferraille, il avait obtenu une pièce de collection qui faisait envie à tous les êtres dotés d'organes sexuels mâles dans la pièce. Sans compter Kendall.

Diesel attirait autant l'attention que la voiture. Il se trouvait à côté, beau à tomber dans son costume, les cheveux dans les yeux comme d'habitude. Tuesday lui avait suggéré en se moquant de lui d'y mettre du gel, mais il avait été très clair à ce sujet. Dans ses cheveux, il mettait du shampooing, et rien d'autre. Elle s'était vraiment trouvé le mec parfait. Viril, sensible, protecteur et pas du tout négligé. Certes, il était un poil antisocial, mais il y avait pire. Et s'il refusait de parler de son accident, elle n'allait pas l'obliger à revivre un épisode aussi affreux.

Tuesday sourit à la femme d'un pilote dont elle avait oublié le nom. C'était idiot, parce qu'elle n'oubliait jamais les noms, notamment ceux cités sur son blog, et que celui-ci en particulier aurait vraiment dû lui revenir. C'était la femme de Jonas, la blonde dont les seins étaient d'une forme surnaturelle.

Elle s'adressa à Tuesday :

— Dites donc, j'aurais presque envie de savoir conduire une voiture comme ça. Elle est vraiment sexy, cette antiquité. Et tous les hommes dans la pièce en ont envie, du coup j'en ai envie aussi.

Où était passé son vin ? Tuesday prit un verre sur le plateau d'un serveur qui passait et regarda la blonde avec consternation. Elle avait du mal à la suivre et n'allait sûrement pas objecter qu'on ne pouvait qualifier cette voiture d'antiquité sexy.

— Oui, elle est chouette, hein ? On va clôturer les enchères dans quelques minutes.

— Je pense quand même que je vais choisir le sac Hermès. En plus, je crois que le vieux, là-bas, veut vraiment l'avoir. C'est nul, parce qu'il ne saurait pas la conduire plus que moi.

Tuesday suivit son geste. Diesel parlait à un homme de cinquante ans tout au plus, ce qui le rendait apparemment aussi antique que la voiture aux yeux de Mme Strickland. Mais Tuesday savait qui il était, et elle ne se tenait plus de joie à l'idée qu'il soit intéressé par la Chevrolet. C'était le P-DG d'une des cinq cents entreprises les plus riches du pays. S'il voulait la voiture, il serait sûrement prêt à y mettre le prix.

— Ah oui ? Excusez-moi, dit-elle à la blonde. Je dois aller passer une annonce au micro.

Elle venait d'avoir une idée fabuleuse. C'était la meilleure façon de s'assurer une énorme enchère de Roger Hanover, le multimillionnaire. Elle avala une énorme gorgée de vin qui lui coula un peu sur le menton. Elle s'essuya d'un geste approximatif, rajusta sa jupe et se dirigea vers la scène.

Diesel était piégé. Roger Hanover lui détaillait sa vie, son œuvre et ses voyages, ce qui lui donnait sérieusement envie de se pendre sans réfléchir plus loin. Il aurait préféré rentrer chez lui retrouver Wilma, mais il devait supporter toute la vente. Il voulait soutenir Tuesday et s'assurer qu'elle ne perdait pas conscience dans la fontaine de chocolat.

La dernière fois qu'il l'avait vue, elle parlait à Nikki Strickland et éclusait encore un verre de vin. Tout en hochant la tête poliment à l'intention de Roger, il regarda dans la salle, mais ne l'aperçut nulle part.

— Comme je vous disais...

Roger poursuivait son blabla. Diesel détestait jouer les potiches. Il n'était pas doué pour lécher les bottes ni pour être le centre de l'attention, et ce soir il devait faire les deux. Depuis qu'il était entré, il n'avait pas passé une seconde sans que quelqu'un veuille lui serrer la main, le remercier, prendre une photo de lui ou lui poser des questions indiscrètes.

— Bien sûr, tout à fait, approuva-t-il, tout en essayant discrètement de localiser sa petite amie.

Ils avaient passé une semaine pas terrible, mais ce soir, il voulait mettre les choses au clair. Il allait lui expliquer pourquoi l'article l'embêtait et lui demander d'emménager avec lui.

Mais il était de plus en plus irrité à mesure qu'elle buvait, et la soirée n'avait pas l'air partie pour se terminer sur une déclaration d'amour.

Il aurait dû se douter qu'elle allait se réfugier dans l'alcool ce soir. Elle était anxieuse et il aurait dû rester plus près d'elle. À part qu'avec la publicité qu'elle avait assurée à la voiture, il était piégé à côté pour un temps qui semblait infini. Son genou lui faisait atrocement mal et il n'avait même pas eu l'occasion de goûter aux espèces de mini-soufflés qui circulaient sur les plateaux.

— Excusez-moi, je vous demande votre attention.

La voix de Tuesday résonnait dans le micro, plus forte que nécessaire et pleine d'une exubérance qui inquiéta tout de suite Diesel. Elle était montée sur scène, un verre en main, la robe tenant tout juste et les cheveux un peu en bataille. Elle n'avait pas de raison particulière d'être là. Il n'était pas prévu qu'elle parle, Diesel en était certain. Elle avait répété tant de fois le planning de la soirée qu'il aurait pu le réciter par cœur.

— J'espère que vous passez tous un très bon moment. Je vous remercie d'être venus si nombreux ce soir et de continuer à faire monter les enchères.

Jusqu'ici, tout allait bien. Elle était cohérente, dans le ton de la manifestation, et ne balbutiait pas.

— Comme vous l'avez tous vu, nous avons un lot très spécial : cette magnifique Chevrolet de 1963, remise dans l'état où elle était lors du championnat de cette année. Je réserve un petit plus à la personne qui fera la plus grosse enchère dessus.

Aïe. En principe, il n'y avait pas de petit plus. Diesel s'avança. Il était trop tard pour l'arrêter, mais il redoutait ce qui risquait de suivre. Il ne voulait pas qu'elle se couvre de honte.

— Celui qui a restauré ce petit bijou offrira à l'acheteur une expérience de conduite. Tout à fait, vous serez dans le siège passager, à côté de… Diesel Lange !

L'assistance se mit à applaudir et pousser des exclamations et Roger émit un petit cri ravi, mais ce n'était rien dans le bourdonnement qui avait commencé dans les oreilles de Diesel. Elle l'avait pris en traître et vendu au public. C'était exactement ce qu'il lui avait demandé de ne pas faire. Il ne voulait pas conduire. Il en était incapable.

Pourquoi n'avait-elle pas respecté sa demande ?

Il parvint à sourire et à serrer la main de Roger avant de s'excuser, la tête soudain aussi douloureuse que son genou. Il se dirigea vers Tuesday, qui descendait d'un pas chancelant.

— Coucou, le salua-t-elle, les yeux brillants et le sourire un peu dément. C'était pas une idée géniale ? (Elle baissa la voix et lui parla à l'oreille.) Je crois que Machin-Chouette va monter son enchère, du coup. Trop fort, non ?

Elle estimait donc que dix ou vingt mille dollars de plus valaient le coup de le sacrifier à la cause ? D'ignorer superbement ce qu'il avait exigé ?

Il était dans une telle rage qu'il respira un bon coup avant de répondre. Puis encore une fois.

— Ça va ? s'inquiéta Tuesday. Tu es embêté par ton genou ?

Effectivement, mais c'était le cadet de ses soucis.

— On peut se parler à l'abri des regards ?

— Juste une minute, alors. Figure-toi que j'ai du monde, chouchou.

Si elle avait été à jeun, il aurait apprécié le petit mot doux mais vu la situation, cela ne l'énervait que plus. Il prit Tuesday par la main et l'emmena dans le couloir qui partait d'à côté de la scène et menait à la cuisine. Il n'y avait pas de serveurs de passage, et Diesel ferma la porte donnant sur la grande salle.

— Pourquoi es-tu allée raconter à toute l'assistance que je ferai faire un tour de piste à celui qui remportera l'enchère ?

Elle le regarda d'un air vide.

— Ben, je viens de te le dire. Ça fera monter les enchères.

Il dégagea ses insupportables cheveux qui lui tombaient encore dans les yeux et répondit :

— Je te l'ai dit tout de suite quand je t'ai donné la voiture – sur laquelle j'ai mis vingt-cinq mille dollars de ma poche, je te rappelle. Je la cède avec plaisir, mais je ne la conduirai pas. C'était ma seule condition. Et tu n'en as pas tenu compte.

Pendant un temps, l'expression de Tuesday se fit horrifiée et contrite, comme si elle avait oublié ce qu'il lui avait demandé. Ce qui était tout à fait possible. Puis elle avança une lèvre inférieure boudeuse.

— Allez, c'est pas si grave.

— Si, c'est grave. Je t'ai demandé de respecter mes sentiments, et tu as passé outre.

Le pire, c'était qu'il discutait inutilement. Tuesday était en sale état et il se sentait vraiment bête.

— Il faut peut-être que tu le fasses. Tu sais, comme remonter à cheval après être tombé…

— Quel intérêt ? Et c'est à moi de prendre cette décision, pas à toi !

Dès qu'il éleva la voix, elle porta son verre de vin à ses lèvres et commença à boire. À cette vue, Diesel perdit les pédales. Il ne réfléchit même pas et le lui prit des mains.

— Et arrête de picoler, un peu.

— Ça va pas ? s'exclama-t-elle, le visage déformé par la fureur. Rends-moi ce verre. Tu ne peux pas me le prendre.

— Et tu ne pouvais pas annoncer que j'allais conduire la Chevrolet, mais c'est ce que tu viens de faire. Alors si, je peux te prendre ton verre de vin. C'est ce que, moi, je viens de faire.

Il leva le verre au-dessus de sa tête, sachant qu'elle ne pourrait pas l'atteindre et qu'il laissait sa colère prendre le dessus. Cette conversation prenait un tour horrible, mais il était tellement blessé et frustré qu'il ne pouvait agir autrement. Parfois, il ne comprenait pas Tuesday.

— Donne.

La voix glaciale, elle tendit la main et lui donna un coup sur le torse. Diesel, qui ne s'y attendait pas, trébucha et sentit son genou flancher. Sa gêne ajouta encore à sa colère et il perdit ce qu'il lui restait de self-control. Il lança le verre contre un mur, avec un sentiment malsain de satisfaction en voyant la matière exploser et le liquide voler. Tandis que les morceaux pleuvaient sur la moquette et que le vin gouttait sur la peinture beige, elle perça par son cri son moment de victoire momentanée.

Merde, que faisait-il ?

— Je vais aller en chercher un autre, tu sais.

Diesel se retourna vers elle, fatigué tout à coup.

— Je sais, oui. Ce que je ne comprends pas, c'est pourquoi.

Elle lui lança un regard de défi.

— Et moi, je ne comprends pas pourquoi tu ne veux partager aucune émotion avec moi. Si tu avais pris le temps de me raconter ton accident, je n'aurais peut-être pas fait ça. Mais pour savoir quelque chose à ce sujet, j'ai dû regarder une vidéo amateur.

— Tu en as trouvé assez pour me critiquer dans ton article.

— Ce n'étaient pas des critiques ! J'exposais les faits en toute objectivité. Les gens veulent forcément savoir ce que tu es devenu, comment tu t'y es pris pour tourner la page. Même moi, je voudrais, et je suis ta copine !

— Je ne me rappelle pas que tu m'aies demandé franchement comment s'était passé mon accident.

Il la prit par le coude pour l'éloigner du verre brisé. Il savait qu'il était injuste en prétendant cela. Elle lui avait demandé de lui parler plus d'une fois et, incapable de lui montrer des signes de faiblesse, il avait refusé.

— Menteur. Tu refusais de m'en parler, point. Tu ne tiens pas assez à moi pour partager tes sentiments avec moi.

D'accord, Tuesday était en deuil, et elle l'aimait. Mais Diesel était frustré, avait peur de la perdre, que ce soit à cause de l'alcool ou de quelqu'un d'autre qu'elle trouverait plus cool que lui. L'insulte était trop douloureuse et il réagit de la pire façon possible :

— Alors il n'y en a que pour toi, c'est ça ?

C'était sans doute taquiner la bête à l'excès, surtout sachant que la bête en question était ivre. Mais Diesel était vexé, fatigué et gêné par l'attention qu'il avait attirée toute la soirée et les questions sur son accident. Il voulait mettre les choses au clair tout de suite. Que chacun puisse exprimer ce qu'il voulait dire.

Mais quand on obtient ce qu'on désire, on n'en est pas toujours satisfait.

Tuesday changea d'expression et il s'attendit à une repartie véhémente influencée par l'alcool. En fait, elle garda tout à l'intérieur et répliqua avec froideur :

— Ah, vraiment ? Je ne savais pas que c'était ce que tu ressentais. Et dans ce cas, je me demande bien ce qu'on fait ensemble.

Diesel n'arriva pas à croiser son regard. En cet instant, lui non plus ne voyait pas trop pourquoi ils étaient en couple. Elle avait des problèmes à régler et il ne pouvait pas s'en occuper à sa place.

Mais elle n'avait pas fini. Bien qu'elle vacille un peu sur ses talons hauts, elle articula parfaitement ses paroles dures :

— J'ai essayé de te parler plusieurs fois et tu m'as envoyée bouler. Tu peux dire que je suis la seule à avoir un problème, mais c'est faux. Tu ne sais pas partager ce que tu ressens. Si tu crois que tu as surmonté les répercussions de ton accident, ou même la mort de tes proches, tu te berces d'illusions. Tu as tout enfermé dans une boîte avec marqué « Ne pas toucher » et tu t'es convaincu que tu allais bien.

Il n'allait certainement pas lui dire qu'elle avait raison, même si cette remarque avait des accents de vérité effrayants.

— Je m'en sors très bien.

— Et si tu penses qu'il n'y en avait que pour moi dans notre relation, je peux te retourner le compliment. Il n'y en avait que pour toi et ce que tu voulais.

— Tu plaisantes ? Niveau sexe, c'était une dynamique qui te plaisait, ne le nie pas.

— Je ne parlais pas de sexe, fit-elle avec dédain. Tu as raison, j'aime te laisser décider du déroulement des choses à ce niveau-là. Je parle du fait que tu ne laisses rien paraître tout en me demandant de m'épancher. C'est égoïste.

C'était tellement inattendu qu'il en resta sous le choc. Personne ne l'avait jamais taxé d'égoïsme auparavant.

Les yeux emplis de larmes, Tuesday enchaîna :

— Ce soir, je voulais juste que tu me soutiennes. Et pour toi, il n'était question que de ce que tu refusais. Je n'essayais pas de te mettre dans le pétrin, j'essayais juste de survivre à cette soirée, qui est un moment difficile pour moi.

Expliqué comme ça, cela donnait un sentiment de culpabilité à Diesel, ce qui le mettait d'autant plus en colère.

— Je voulais la même chose. Juste un peu de soutien et de compréhension. Au lieu de ça, tu m'as pourri la soirée. Il faudrait peut-être qu'on fasse une pause, qu'on passe un peu de temps loin l'un de l'autre pour voir où on en est.

— C'est pas vrai ! Tu romps avec moi au milieu de ma soirée contre le cancer ?

Encore une fois, formulé de cette façon…

— Mais bien sûr que non ! Je trouve juste qu'on devrait prendre du recul et réfléchir. Parler quand on sera plus calmes, et que tu seras à jeun.

Elle afficha une expression de dégoût et jeta :

— Tu romps, tu assumes. Merci de m'avoir gâché la soirée.

Elle poussa la porte qui la ramenait à la grande salle et envoya voler ses cheveux en s'essuyant les yeux. Malgré cet aveu de fragilité, elle se tint très droite et d'une voix forte, conclut :

— Je te souhaite une bonne continuation dans la vie, Daniel.

Il aurait eu moins mal en recevant une clé à molette en plein dans le genou.

Il la regarda partir en se demandant ce qu'il venait de faire.

14

Dans la suite de cette soirée contre le cancer destinée à honorer la mémoire de son père, Tuesday se sentit minable. Après sa dispute avec Diesel, elle avait suivi le serveur à la trace et lui avait soutiré une bouteille de vin encore fermée, qu'elle avait bue dans l'heure suivante. Elle était consciente de ne plus marcher tout à fait droit et sa langue semblait devenue trop volumineuse pour sa bouche. Lorsqu'une journaliste lui posa des questions, elle eut des difficultés à trouver des réponses et gloussa beaucoup trop. Pourtant, elle ne comprit pas à quel point elle en était avant que sa mère l'attire à l'écart.

— Il faut que tu rentres chez toi, lui ordonna celle-ci.

— Pourquoi ?

Tuesday essaya d'embrasser sa mère, mais trébucha en se penchant vers elle. Sa maman était élégante, très en beauté, et elle avait fait un petit discours. C'était avant l'épisode Diesel et la bouteille de vin. Avaient-ils vraiment rompu ?

Quelle nullité. Tuesday sentit les larmes lui monter aux yeux.

— On s'est disputés, avec Diesel.

— Je sais, il me l'a dit quand je lui ai demandé de te ramener chez toi. Il ne vaut mieux pas que je m'absente, et comme il me le faisait remarquer, lui non plus. Ça ferait mauvais genre. Il a dit qu'il suggérerait à Kendall de le faire.

Bon, Tuesday devait vraiment avoir trop bu, parce qu'elle n'y comprenait rien.

— Pourquoi devrais-je rentrer ?

— Parce que tu me fiches la honte, répondit sa mère, avec douceur et fermeté.

Tuesday reçut un sacré choc. Sa mère avait honte d'elle à une soirée en l'honneur de son père ? Elle se mit à pleurer pour de bon.

Sans avertir, tout le vin qu'elle avait ingurgité décida de remonter à la surface et elle eut juste le temps de se retourner pour vomir au pied du palmier artificiel de l'entrée !

Quand elle se leva, elle eut vaguement l'impression de sentir des yeux sur elle, puis tout devint noir.

Tuesday se souvenait avoir repris conscience dans un taxi et pleuré sur l'épaule de Kendall, puis une fois chez elle, avoir bu encore deux verres de vin avant de sombrer pour la nuit.

Le lendemain, elle se réveilla avec la tête en charpie et le cœur brisé. Elle se sentait aussi très honteuse d'avoir terni la mémoire de son père et fait honte à sa mère à la soirée qu'elle avait organisée. Réprimant une nausée, elle chercha son portable avec des gestes imprécis et appela sa meilleure amie.

— Alors, tu te sens bien ? lui demanda Kendall en guise de salut.

— Je crois.

Elle recensa une tête trop lourde pour son corps, un nez en compote, une oreille douloureuse, un ventre qui faisait du yoyo, des épaules endolories, des pieds gonflés et une bouche tellement desséchée que même lécher du sable l'aurait soulagée. Sans compter le cœur tellement comprimé qu'elle en avait le souffle court. Au bout de cinq minutes d'éveil, elle avait déjà dû se retenir plusieurs fois de pleurer. En gros, elle avait envie de mourir, mais elle supposait que la souffrance physique allait passer. Son cœur, lui, risquait de mettre du temps à guérir.

— Est-ce que j'ai dit des choses vraiment indécentes hier soir ? Combien de personnes m'ont vue vomir ?

— Tu as dit des tas de choses sur Diesel, mais personne n'a entendu. C'était évident que tu étais saoule, mais tu n'as pas fait de déclaration catastrophique. Pour ta deuxième question, je dirais au moins une ou deux personnes. Je suis sortie juste après toi, parce que je savais qu'il fallait te ramener. Mais tu as réussi à siffler encore un verre avant que je puisse te traîner dans un taxi. Tu as des réflexes de ninja quand il s'agit de bibine.

Kendall avait le ton léger, mais Tuesday poussa un soupir.

— Merci. Je ne pourrais pas imaginer une meilleure amie que toi. J'arrive pas à croire que j'ai zappé ma propre vente aux enchères.

— Diesel venait de rompre. Je ne t'en ferai pas le reproche, et personne d'autre non plus.

— Ça prouve juste que je suis faible. Je déteste ça. Je veux avoir la maîtrise de ce qui se passe.

Chaque jour, elle luttait pour contrôler sa vie et ce qui l'entourait. Quand ça ne fonctionnait pas, elle déraillait.

— Tout le monde aimerait, mais sur certaines choses, on n'a aucun pouvoir.

— Je sais.

Elle regarda sa table de nuit, souhaitant qu'un verre d'eau y apparaisse par magie. Diesel lui avait proposé de faire une pause, et elle la lui avait accordée. Du coup, il n'avait pas eu à s'occuper d'elle cette nuit.

— Il faut que j'apprenne à lâcher prise. Diesel m'a demandé une fois quel était mon problème. On peut dire que j'ai besoin de tout contrôler, et quand je n'y arrive pas… Je réagis mal.

— Ça pourrait être pire, et si tu es lucide, tu vas pouvoir travailler sur tes problèmes.

— Oui, je veux vraiment m'y attaquer.

Tuesday ferma les yeux, espérant atténuer son mal de tête. Ça ne fonctionna pas. Elle poursuivit :

— J'ai toujours trouvé que c'étaient les hommes qui étaient trop égoïstes, que le problème venait d'eux. Mais si on garde une main de fer sur ses sentiments et sur les relations en général, ça ne donne pas envie d'être généreux sur le plan des sentiments ou un autre.

— Tu es trop dure avec toi-même, Tuesday. D'accord, tu n'aurais pas dû boire autant hier soir, et c'était pas joli. Mais Diesel aussi doit y mettre un peu du sien.

Mais ce n'était pas le moment d'être indulgente et de s'apitoyer sur son sort. Elle n'entendait pas vivre sa vie de cette façon.

— Écoute, on peut dresser une liste : je suis montée sur scène pour annoncer à tout le monde que Diesel allait faire exactement ce qu'il refusait de faire. J'ai humilié ma mère. J'ai raconté n'importe quoi à une journaliste. J'ai vomi sur une plante verte.

Je pense que c'est impossible d'être trop dure avec moi-même.

Elle essaya de retenir de nouvelles larmes. Pff, elle ne valait pas grand-chose.

— Et cette interview, elle a été diffusée ? s'inquiéta-t-elle soudain.

— Oui, répondit Kendall d'un ton hésitant.

Ça n'annonçait rien de bon.

— Elle craint, c'est ça ?

— Ça pourrait être mieux, mais on a vu pire.

Tuesday se redressa péniblement et attrapa son ordinateur portable. En quelques clics, elle trouva vite l'interview dans les informations régionales.

— Tuesday, tu ne devrais pas... commença Kendall, un peu catastrophée.

— C'est pas vrai !

Tuesday porta la main à sa bouche en se découvrant à l'écran, titubant sur ses hauts talons, les cheveux en bataille. Elle plissait les yeux et arborait un sourire béat. Il était évident qu'elle était allumée.

— Tu ne devrais sans doute pas regarder, intervint Kendall.

— Chut.

Il fallait qu'elle voie, qu'elle entende son comportement de la veille.

— Quel genre de lots mettez-vous en vente lors de cette soirée ? demandait la journaliste blonde.

— Bah, des tas de trucs, répondit Tuesday avec un geste vague. Des rencontres avec les pilotes, des repas dans des restaurants, du vin. Dommage que je puisse pas détourner une ou deux bouteilles.

Elle éclata d'un rire insupportable qui annonçait à tous ceux qui ne l'auraient pas deviné qu'elle avait abusé du merlot. À ce moment, elle trébucha et se retint à la journaliste.

— Oups, pardon.

Son interlocutrice commenta avec un sourire tendu :

— Je crois que vous n'avez pas besoin de détourner le vin.

À l'écran, elle se mit à hurler de rire, comme si elle n'avait jamais entendu de plaisanterie aussi drôle. Tuesday arrêta la vidéo. Elle en avait assez vu pour prendre sa décision. Elle avala sa salive et demanda :

— Kendall, tu connais un bon psy spécialisé en alcoolisme ?

— Quoi ? Tu es sérieuse ? Non, mais je peux t'aider à dénicher quelqu'un. Tu penses vraiment en être à ce point ?

Tuesday n'eut pas besoin de regarder dans le miroir pour savoir quelle tête elle faisait. Les symptômes qu'elle ressentait étaient très familiers. Elle s'était humiliée devant ses amis et ses collègues. Elle avait déçu sa mère et son petit ami, les deux personnes les plus importantes dans sa vie. Oui, elle en était à ce point.

— Ce n'est pas irréparable, et il faut que je me reprenne avant que ça empire. Tu sais, j'ai perdu mon père à cause du cancer. Je viens de perdre Diesel à cause de ma propre bêtise. Si je n'avais pas bu, cette dispute aurait pu se dérouler différemment. Ou ne pas avoir lieu du tout.

Enfin, les larmes jaillirent et un petit sanglot lui échappa avant qu'elle puisse s'en empêcher.

— Allez, lui dit doucement Kendall. Tu ne l'as pas forcément perdu et tout n'était pas de ta faute. D'abord, il aurait pu choisir un meilleur moment pour lancer une conversation aussi chargée en émotions. En plus, il a tout attribué au fait que tu avais bu. Il y avait aussi ses problèmes en jeu dans votre dispute.

Tuesday opina de la tête, même si Kendall ne la voyait pas. C'était vrai, tout comme ce qu'elle avait dit à Diesel, même d'une manière méchante et injuste. Il ne vivait pas spécialement le chagrin d'une meilleure façon qu'elle. Il souffrait intérieurement, tandis qu'elle en faisait étalage au bar. Aucune de leurs deux approches ne serait fructueuse sur le long terme. Cela étant, le problème de Diesel lui appartenait, même si elle l'aimait énormément. C'était à lui de décider d'agir ou non. Elle avait été indiscrète en revenant toujours à la charge pour le faire parler.

L'amour supposait de la patience, et elle allait avoir là quelque chose à apprendre.

Il lui fallait tout de suite s'atteler à son problème. Jamais elle n'aurait dû jouer les bravaches et faire comme si elle supportait la mort de son père. C'était une perte horrible et beaucoup de gens n'arrivaient pas à s'en sortir par eux-mêmes. Il n'y avait pas de honte à avoir besoin de quelqu'un à qui parler ou à trouver un moyen de canaliser le chagrin de façon positive.

Au lieu de ça, elle s'était tournée vers l'alcool, ce qui était le pire choix possible.

— Peu importe, répondit-elle à Kendall d'une voix étranglée. C'est fini, et c'est sans doute pour le mieux. Il faut que je règle mes problèmes avant d'entamer une relation avec quelqu'un. Sinon, ce serait injuste envers Diesel.

— Peut-être que dans un petit moment, quand vous aurez tous les deux eu le temps de réfléchir et d'accepter tout ça, vous pourrez vous remettre ensemble.

Une partie d'elle souhaitait se raccrocher à cet espoir. Mais une rupture restait une rupture, et elle ne pouvait pas focaliser son avenir sur quelque chose qui avait si peu de chances de se réaliser.

— Je ne crois pas. On s'est tous les deux dit des choses dures, répondit-elle, l'estomac noué, mais les larmes coulant librement sur son visage. Mais c'est vrai que je l'aime, Kendall. Vraiment beaucoup.

Peut-être aurait-elle dû le lui dire, d'une façon qui ne soit ni détournée, ni ironique.

— J'ai de la peine pour toi, ma belle. Merde, c'est vraiment nul. Tu sais que je suis prête à t'aider de toutes les manières possibles. Si tu veux faire une thérapie de groupe, tiens-moi au courant. Et je peux t'aider à régler les honoraires, bien sûr. Tu sais que ce serait avec plaisir.

— Merci, Kendall. Ça me touche beaucoup. Oh, je vais vomir, je te rappelle.

Tuesday raccrocha en urgence. Pendant que la douleur enflait dans son cœur, son estomac fit de même et, sans doute pour la rendre aussi malheureuse que possible, fit repartir tout ce qui restait de vin de la nuit sur son édredon de plume.

15

Vêtu de sa combinaison de pilote, Diesel se tenait à côté de la Chevrolet, casque en main. Prêt à partir, il n'avait plus qu'à monter. Mais c'était ce qui l'inquiétait. Et s'il n'arrivait pas à monter ? Des tas de gens autour le guettaient, et si son genou faiblissait au moment d'entrer dans la voiture, il aurait la honte de sa vie. Et une fois dedans, s'il ne parvenait pas à ressortir ? Si sa jambe était trop atrophiée pour une bonne maîtrise des pédales ?

Il pouvait rester là indéfiniment, ou il pouvait en avoir le cœur net.

S'il n'y arrivait pas, ce serait réglé. Il aurait peut-être droit à la pitié des médias et de l'équipe des mécaniciens, mais personne ne pourrait l'accuser de s'être défilé. Il était le seul à se traiter de lâche.

Dans la semaine qui avait suivi la vente aux enchères, il avait essayé une seule fois d'appeler Tuesday. Elle n'avait pas répondu, ce qu'il comprenait. Les torts étaient partagés, et en plus, il n'avait pas pris de ses nouvelles le lendemain. Il avait attendu le lundi, une fois que sa colère s'était un peu atténuée, mais arrivé à ce stade, elle était sans doute encore plus en pétard contre lui, et il ne pouvait pas lui en vouloir.

Devait-il ou non annuler le tour de piste prévu avec Roger ? C'était évidemment le grand patron multimillionnaire qui avait remporté les enchères. Mais d'autres points méritaient réflexion. Tuesday lui avait balancé des vacheries sous l'influence de la colère et de l'alcool, mais elle avait soulevé de vraies questions. Il ne s'était pas confronté aux conséquences de son accident. Il avait ignoré le fait que parfois, il se sentait moins viril à cause de sa blessure. Il avait été avare en émotions. Merde, il aimait Tuesday et ne le lui avait dit qu'à moitié ! Il la lui avait avoué de façon détournée, ridicule par rapport à la puissance de ses sentiments, et ensuite, il avait usé de périphrases. Il n'avait jamais osé lui dire « Je t'aime » en face.

Alors il allait entrer dans cette satanée voiture et prendre à bras-le-corps le reste de sa vie. Il allait maîtriser sa peur, puis s'excuser auprès de Tuesday. Il s'ouvrirait à elle, lui révélerait ce qu'il ressentait et ne la lâcherait plus jusqu'à ce qu'elle accepte de lui concéder une seconde chance.

Il pouvait vivre sans conduire une voiture de course, mais désormais, sa vie sans la femme qu'il aimait lui paraissait trop terne.

Il souhaitait l'aider dans son deuil, la soutenir dans son cheminement, sans que l'alcool ou n'importe quelles barrières se dressent entre eux.

Ensemble.

Diesel prit une grande inspiration et monta dans le siège, et ne sentit qu'un léger pincement au niveau du genou. Il allait prendre la voiture en main seul une fois ou deux avant de rouler avec Roger pour passager.

Ce fut une bonne sensation de se mettre au volant, comme s'il retrouvait un vieil ami. Il revêtit son casque et ajusta le harnais. Il mit le contact et se tourna vers Jesper, son ancien mécanicien en chef qui était venu l'aider.

Il lui sourit et Jesper répondit en levant les deux pouces. Dans la radio, il dit :

— Yes ! Alors, tes impressions ?

— Trop bien.

Jesper éclata de rire.

— Éclate-toi bien, mec.

— C'est ce que je compte faire.

Diesel appuya sur l'accélérateur et entra sur la piste. Après quelques secondes, il accéléra, appréciant les vibrations sous ses jambes et la puissance du moteur. C'était lui qui avait monté cette voiture, ce qui rendait les choses d'autant plus satisfaisantes.

Avec le premier tour, tous ses réflexes et ses années de pratique lui revinrent en un clin d'œil. Il se sentait aux commandes. C'était un sentiment de liberté exaltant.

Il ne pouvait plus conduire pour gagner sa vie, mais il pouvait toujours s'amuser. Il se le refusait depuis deux ans par peur de l'échec et de la honte.

Plus rien de tout cela n'importait. La chaleur du soleil de septembre formait des vaguelettes sur le circuit de Caroline du Sud, et Diesel roulait vers son avenir.

Tuesday pressa la main de sa mère entre les siennes. Elle ne s'inquiétait pas pour elle mais voulait lui exprimer son amour. L'hymne final de la messe retentissait, et elles se sourirent. Cette messe en honneur de son père donnait à Tuesday, qui fréquentait rarement les églises, un sentiment de paix inattendu. Elle avait peur d'être submergée de chagrin, mais en fait, elle était apaisée.

Elle était pleine de reconnaissance, d'avoir eu Bob Jones pour père, mais aussi d'avoir encore sa mère et d'avoir rendu justice à la mémoire de son père tout en contribuant à la lutte contre le cancer. Son comportement lors de la soirée avait été horrifiant, mais elle avait rassemblé une somme non négligeable et les pilotes avaient rendu un bel hommage au journaliste. Par respect pour lui, les médias avaient omis de mentionner qu'elle avait bu comme un trou, ce qui était bien plus classe que le traitement qu'elle aurait réservé à quelqu'un dans ce cas. L'ancienne Tuesday Talladega s'en serait donné à cœur joie pour descendre un organisateur qui se serait torché à sa propre manifestation.

Mais ce n'était plus la personne qu'elle souhaitait être. Ni l'ivrogne, ni la méchante. Elle s'était donc reprise en main et ses séances régulières chez la psy lui faisaient du bien. Elle n'avait pas bu un verre depuis quatre semaines.

Le chagrin suite à la mort de son père était toujours là, bien sûr. Mais il ne menaçait plus d'exploser chaque minute. C'était une belle journée à la fin du mois de septembre, les oiseaux chantaient et leurs petits roucoulaient. Elle avait survécu à la mort de son père et à la perte du premier homme avec qui elle s'était vue passer le restant de ses jours.

Cela avait été un choc pour elle que la perte de Diesel s'ajoute au deuil de son père, surtout en sachant qu'elle ne pouvait en vouloir qu'à elle-même. Elle avait passé deux jours au lit à pleurer et vomir, même une fois que les effets de sa cuite s'étaient dissipés. Ensuite, elle s'était traînée hors de la chambre pour contacter un psy et avait dû lutter pour trouver la force qu'elle se vantait toujours de posséder.

Elle avait tout gâché avec Diesel et elle en payait le prix. Au moment de son appel, lundi, elle était en train de vomir et elle était trop gênée pour le rappeler. Elle ne souhaitait pas entendre la vérité : elle avait sans doute anéanti tous les sentiments qu'il pouvait avoir pour elle. Plus tard, elle s'excuserait auprès de lui. Elle savait qu'elle avait joué un rôle prépondérant dans l'échec de leur couple et leur devait bien cela à tous les deux. Cependant, elle avait attendu d'être en mesure de lui parler sans s'effondrer. Il faudrait qu'elle se décide avant que ses excuses ne valent plus rien.

— On y va ? lui souffla sa mère lorsque les dernières notes se furent éteintes.

Tuesday hocha la tête. Elles quittèrent leur banc pour suivre les autres personnes qui avaient assisté à la messe. Tuesday allait proposer à sa mère de venir manger avec elle lorsqu'un regard sur sa droite l'arrêta dans sa lancée.

Un homme portait un tee-shirt Diesel Lange. Là, en pleine église, elle voyait son visage sur le torse de cet inconnu. Il portait les cheveux un peu plus courts à l'époque, mais il affichait le demi-sourire qu'elle connaissait si bien.

Elle regarda vers l'autel, où le prêtre venait solennellement de dédier la messe à son père.

Le cœur battant, elle se dit que c'était un signe. Il fallait qu'elle s'excuse auprès de Diesel aujourd'hui. Elle venait encore d'y penser et elle voyait soudain le visage de Diesel sous ses yeux. C'était quand même extraordinaire. Dès qu'elles furent sorties, elle se tourna vers sa mère :

— Je dois appeler Diesel. Il faut que je m'excuse.

Sa mère, malgré un temps d'étonnement, approuva de la tête.

— Je trouve que c'est une bonne idée, ma chérie.

Maintenant qu'elle avait pris sa décision, Tuesday voulait la mener à bien tout de suite. Elle sortit son téléphone de son sac à main et l'appela aussitôt, encore sur le parking. Elle tomba sur sa messagerie. Elle se demanda si elle allait laisser un message, mais son téléphone était manifestement éteint, aussi elle ne prit pas cette peine. Elle préféra appeler son oncle.

— Allô, Johnny ? Ici Tuesday Jones... Vous allez bien ?

Elle se mit à faire les cent pas, percevant à peine l'air tiède sur sa peau et les fleurs encore épanouies en ce début d'automne.

L'oncle de Diesel fut évidemment surpris de son appel, mais répondit seulement :

— Oui, merci, et vous ?

— Je vais mieux, mais j'ai encore des choses à régler. J'ai téléphoné à Diesel, mais il ne décroche pas. Est-ce que vous sauriez où il est ?

Le résultat était loin d'être garanti, elle le savait. Diesel pouvait être en train de faire beaucoup de choses. Mais Johnny répondit sans tarder :

— Ah ça, oui. Il est au circuit. C'est le jour du tour de piste pour le millionnaire.

Encore une fois, Tuesday se dit que c'était un signe. Aujourd'hui, il tenait la promesse qu'elle avait faite pour son compte de façon éhontée. Il fallait qu'elle lui présente ses excuses, et plutôt deux fois qu'une.

— Ah, d'accord. Merci, beaucoup.

Elle hésita avant de demander :

— Et comment va-t-il ?

— Pas mal, mais tu lui manques, ma p'tite. J'aimerais bien que vous arrangiez les choses, tous les deux.

Sa gorge se serra.

— Moi aussi, mais Diesel ne pense peut-être pas la même chose. Je vous tiens au courant.

Johnny avait fait naître une lueur d'espoir chez elle. Une minute plus tard, elle partait pour le circuit, encore en talons hauts et jupe crayon.

Quand elle arriva sur place, elle se rendit compte qu'elle n'avait pas sa carte de presse sur elle. Allait-on la laisser entrer ? Heureusement, l'un des vigiles la reconnut et lui autorisa l'accès.

Diesel sortait de sa voiture en boitillant à peine. Tuesday, sur le bord de la piste, débordait d'émotion à le voir. Lorsqu'il retira son casque, elle vit qu'il s'était taillé la barbe. Elle n'était plus aussi en bataille, et il faisait moins ermite. Elle n'était pas habituée à le voir en tenue de course, et il était sexy ainsi. On l'aurait dit né pour piloter, ce qui était sans doute le cas. Il souriait franchement, comme s'il avait assuré à mort sur la piste et qu'il avait apprécié chaque kilomètre.

Ce qu'elle pouvait l'aimer ! Comment avait-elle pu le laisser partir ? Comment avait-elle pu lui dire des choses aussi horribles ?

Quand il la vit, il s'arrêta et son sourire s'effaça. Tuesday s'obligea à marcher vers lui, ses talons retentissant sur l'asphalte.

— Bonjour, dit-elle d'une voix grave et rauque.

— Tuesday. Bonjour. Tu es venue pour le tour de piste ?

Il avait l'air méfiant et serrait les mains sur le casque contre son torse.

Elle secoua la tête avec force. Les émotions qu'elle avait passé les dernières semaines à rationaliser revenaient toutes à la surface en même temps, menaçant de la mettre à terre.

— Non, articula-t-elle à grand-peine. Je ne savais pas que c'était aujourd'hui. Je suis venue pour te parler.

— Oh.

Tuesday n'ajouta rien, incapable de trouver comment enchaîner. Diesel lui demanda alors :

— Comment ça se passe ? Tu vas bien ?

Encore récemment, elle lui aurait répondu par l'affirmative. Mais elle n'éprouvait plus la nécessité de s'accrocher à une façade. Au contraire, c'était la vérité dont ils avaient besoin tous les deux.

— Pas vraiment, mais je vais mieux. Je vois une psy, ça se passe bien, et j'ai arrêté de boire. Je ne suis pas encore au top, mais ça va venir.

— Je suis très content de savoir que tu ne bois plus. Ça, beauté, c'est une très bonne nouvelle.

En entendant son petit surnom, elle reprit courage et lui dit ce qu'elle était venue lui dire :

— Je suis venue te présenter mes excuses.

— Quoi ? s'étonna Diesel, qui regarda autour d'eux. Tu veux bien qu'on fasse un tour ? Je préférerais qu'on parle sans témoins.

— Oui, bien sûr.

Tuesday le suivit et, sans y penser, elle lui prit la main pour la presser, comme elle l'avait fait avec sa mère. Elle ne la garda pas entre les siennes, bien que la sensation soit très agréable. Cela ne faisait que lui rappeler comme il était difficile pour elle de ne plus avoir le droit de le toucher.

Elle ne savait pas trop par où commencer et comment s'exprimer. Elle souhaitait choisir ses mots avec plus de soin que par le passé.

— Je te demande pardon. J'ai été horrible à cette soirée. Je n'arrive pas à croire que j'ai annoncé que tu conduirais le gagnant alors que tu avais refusé. C'était inexcusable. Je l'ai fait parce que j'étais saoule et que sur le moment, ça me paraissait une super idée, mais ça a juste empiré les choses.

Tuesday lui jeta un rapide coup d'œil pour voir comment il réagissait. Devait-elle se taire ou continuer ?

Il la regardait avec intensité.

— Tu me manques, beauté.

Puis il interrompit sa marche et lui mit la main sur la joue.

— Je t'aime.

Waouh, c'était la première fois qu'il lui disait franchement ces mots. Elle en était à la fois ravie et anéantie à l'idée de ce qu'elle avait si facilement lâché. Mais cela l'incita à oublier toute prudence. Elle ne réfléchit pas avant de répondre :

— Moi aussi. Je t'aime tellement…

Elle se jeta alors à son cou. C'était peut-être la dernière fois qu'elle le voyait en tête-à-tête, et elle voulait le toucher, le tenir contre elle. Il lui rendit son étreinte et la serra contre lui, ses lèvres lui effleurant la tempe.

— Moi aussi, je m'en veux, dit-il. Je suis désolé. Tu avais raison, je gardais mes sentiments pour moi, et j'aurais pu plus me confier à toi. Mais j'avais peur, peur que tu penses que je n'étais pas un vrai mec. Et c'était super égoïste de ma part de t'attaquer sur tous tes problèmes en plein pendant ta vente aux enchères.

— Quoi ? s'indigna-t-elle en redressant la tête. Pourquoi je penserais que tu n'es pas un vrai mec ?

— Parce que je ne peux plus faire tout ça, expliqua-t-il avec un geste vers le circuit. En plus, je ne fais pas l'apologie des mesures de sécurité, je boite et je reste chez moi sans exposer mes médailles ni aucun témoignage de ma carrière.

Tuesday sentit les larmes lui monter aux yeux.

— Oh, c'est pas vrai… Je n'ai pas du tout pensé à ça en écrivant cet article. Je devais le faire, ça a été dur pour moi. J'ai glissé les commentaires qu'on attendait d'un journaliste, mais je m'en fiche, que tu conduises ou pas. Ce qui m'importe, c'est que tu sois heureux. J'aurais dû mieux t'écouter quand tu voulais bien me parler.

Elle le regarda droit dans ses yeux bleu pâle et ce qu'elle y vit transforma son étincelle d'espoir en feu de joie.

— Je veux être avec toi, déclara-t-il.

Il l'embrassa, et c'était le baiser le plus doux qu'il lui ait jamais donné, auréolé d'amour et de la perspective d'une vie passée ensemble.

— Je t'aime, et je veux qu'on règle nos problèmes de concert. J'étais vraiment heureux avec toi, Tuesday. Je ne l'avais jamais été autant.

— Pareil pour moi.

Elle l'embrassa à son tour, peu soucieuse des regards qui devaient se porter sur eux, ou de l'endroit où ils se trouvaient. Elle voulait simplement lui montrer ce qu'elle ressentait à l'intérieur.

— Je t'aime, Daniel.

Ouf. Diesel serra encore Tuesday contre lui avec soulagement. Tout allait bien se passer. Ils allaient se sentir mieux que chacun d'eux n'aurait pu croire et ils seraient heureux.

Ils l'étaient déjà.

Tout à coup, pris d'une impulsion subite, il se retrouva à mettre un genou à terre, et le mauvais avec ça, idiot qu'il était. Mais ici, devant les autres personnes présentes, devant Roger Hanover, le photographe et Jesper, il voulait aller plus loin que l'idée « d'être ensemble ».

— Tuesday.

Elle avait porté les mains à sa bouche et le regardait avec des yeux immenses. Des larmes roulèrent doucement sur ses joues.

— Tu veux bien m'épouser ?

Sans hésiter, elle opina de la tête plusieurs fois d'affilée et à toute vitesse.

Il sentit l'euphorie exploser en lui et lui demanda avec une tendresse moqueuse :

— J'ai enfin réussi à te faire taire ?

Avec un dernier hochement du chef, elle éclata :

— Oui ! Oh, putain, oui !

Il éclata de rire.

— J'ai toujours adoré ton enthousiasme.

Elle sauta sur place avec frénésie.

— Oh, mon Dieu, on va se marier !

Elle se retourna et adressa des signes enfiévrés à Roger qui se tenait à côté de la Chevrolet qu'il avait achetée. L'air amusé, celui-ci demanda :

— Vraiment, Diesel ? Vous êtes sûr de vous ?

En fait, il n'avait jamais été aussi sûr de lui.

— Oui. Complètement.

Il essaya de se relever et grimaça.

— Aide-moi, beauté.

— Avec plaisir.

Aussitôt, elle lui tendit la main, le sourire encore plus gigantesque que d'habitude, et il ne se sentit pas moins viril quand elle lui apporta son soutien.

Il se sentait entier.

Et ensemble, ils n'iraient pas seulement bien, mais pourraient se sentir pleinement heureux.

— Allons te trouver une bague. Et un cookie.

— Voilà un programme qui me plaît, Dan, répondit Tuesday en riant.

Mariage à l'horizon

Un par un, les célibataires de choix du monde de la course automobile ont cédé à l'appel de la vie matrimoniale et figurez-vous que ce n'était pas fini. Daniel Lange, dit Diesel, pilote retraité et mec le plus sexy à avoir honoré les circuits de sa présence, a eu l'intelligence de… me demander en mariage. Oui, moi ! J'ai accepté, bien entendu, parce que mon père n'a pas élevé une idiote : quand on trouve l'amour, pas question de le laisser échapper. C'est comme un volant, il faut le tenir à deux mains.

Vous êtes tous invités au mariage. Non, je rigole.

Je vous écrirai depuis Bora-Bora si je trouve le temps.

Bises à tous,

Tuesday Talladega.